聖ヨハネ病院にて
大懺悔

kanbayashi akatsuki

上林 暁

講談社文芸文庫

目次

聖ヨハネ病院にて・大懺悔

薔薇盗人

　校門際のたった一株の痩せた薔薇——然もたった一輪咲いた紅い薔薇の花が、一夜のうちに盗まれてしまった。鋭利な刃物で剪ったのではなく、延びた爪で摘みきってあった。朝になってみると、柔い切り口はもう黒く萎びていた。花のなくなった枝や葉のうえを、蟻だけが所在なさそうに、でも忙しそうに這い廻っていた。

　朝っぱらから学校中が大袈裟な騒ぎになった。朝礼の時、全校の生徒を集めて、校長が亢奮した口調で厳格な訓辞を与えた。たとえ一茎の薔薇の花であっても、折角可愛らしく咲き開いた花には、朝夕水をかけてやるだけの奥床しい心掛けがなくてはいけない。それをまた盗み取るなんてことは、動物や植物を愛護しないばかりではなく、愛校心にもとるものであると極めつけた。しかし一旦過ちを犯した人は今更仕方がないから、若し万一皆さんのうちに、あの薔薇の花を折り取った人があるなら、正直に、包み隠さず、あとで受持先生のところまで申し出て下さいと結んで、二十分に近い訓示を終った。

もともと桜の木が自慢の野なかの小学校である。桜の木ばっかり五十本ほどが、学校のぐるりを取り巻いている。毎年三月の卒業式には、来賓という来賓が、かならず窓の外を飛び散る桜吹雪を指さして、生徒たちの前途を祝福するのである。それが、今日この頃は若木も古木も見事な葉桜になって、紅黒く熟れた桜ん坊が地一面に落ち散り、生徒たちの足の下に蹈んづけられている。それらの桜の木を除いては、木らしい木は一本もない。強いて何かの木を求めるならば、――それが校門脇の痩せた薔薇の一株なのだ。だからこそ、その薔薇の株に花が一つ咲いたとなれば学校中から珍花のように愛翫せられるし、折り取られたとなると、かけがえのない貴重なものが喪われたように学校全体の騒ぎとなるのである。

　終日教員室の話題にもなったし、生徒たちの間でもいろいろ取沙汰されたけれども、

「先生、私が折りました。」と申し出るものは遂に現われなかった。

　仰《の》け反《ぞ》って大人を見上げる子供のように、仰け反って咲いていた花がなくなったので、油虫さえもう薔薇の茎を見捨てた。そのずんぼろ坊主の薔薇の株を見てかえりながら、先生も生徒も、あの紅い花はどこへ捨てられたんだろうと、心の隅で考えた。明日の朝、朝日が照っても、露に濡れた花はもう輝かない。……

　学校の庭に咲いていた真紅の薔薇の花は、昨夜から仙一の家の座敷で萎びつつあった。もっと正確に言えば、仙一の妹の由美江の胸の上で萎びていた。

由美江は五つになる女の子である。由美江はお父《と》やんの縞の袷を着て、じくじくに破れた古畳の上に寝ころんでいる。お父やんの着物は、由美江の手も足もすっぽりくるんでしまって、余った袖口は垂れ下り、裾は畳に引き摺っていた。そのうえ垢でじっとり重たく、縞目もわからない。その垢染んだ着物の胸に、まっ紅な薔薇の花を徽章のようにくっつけて、仰向けに寝転がっているのである。夜になっても電気燈は勿論、洋燈も蠟燭もつけず真っ暗なまま、昼でも薄暗いこのあばら家のなかで、薔薇の花だけが、派手な、それだけ不気味な強い色彩で耀いている。だが花が萎びるにつれ、その耀きもだんだん衰えて行くのであった。

五年生の仙一は皆からはぐれ、急いでかえって来た。先生や生徒たちの顔がみんな恐ろしく、それに追っかけられるような気がして、われ知らず走っていた。家のなかへ這入って来ると、由美江の胸につけた薔薇の花が、一時にくわっと耀きくるめいたような気がした。頭が痛んだ。彼は自分が盗んだ薔薇の花を恨んだ。

由美江のそばへ寄って行くと、由美江はぱっちり眼を開いた。薩摩芋のようにいびつに赤肥りした大きな顔の端っこのほうに、飯粒のように白くくっついた小さな眼である。いま隣村の芝居小屋に掛っている芝居で子役が欲しくなり、座長と差配とが由美江を買いに来たのであったが、どんなに顔をつくってみたところで舞台には立てないというので相談が成り立たなかった。子役にも買われない顔！　眠っているとばっかり思っていたのに眼をあけたのは、眼をあけてるのが大儀だから、ただぼんやり閉じていたのであろう。「いや、いや。」と由美江はだぶだぶの着物のなかで身をもがいた。だが仙一は、縫目に挿し込んだ花を素早く抜き取ると、一ひら一ひら丹念に花びらを捲り取り、最後に蕊も花びらも一緒くたに手のなかで揉み円るめて、暗い土間を目がけて投げ捨てた。

由美江は悲しげな表情をして兄のすることを眺めていたが、諦めたのか泣きもせず、そのまま又静かに眼を閉じた。ゆうべ、薔薇の花を胸に挿してやった時には、弱々しいけれども抑えることの出来ない喜びを、その疲れた瞼に浮べたのであったが、今はもうその影は跡型もなく、瞼はもとのままに疲れていた。

奥の方の壁際で、襤褸《ぼろ》蒲団のなかでからだをくねらせながら、父親の喜八が咳をした。咽喉につまった痰を吐き出す咳であった。喜八は仙一の方をちらと見たけれども、何も言わなかった。

仙一は学校の荷物を抛り出すと、由美江と利江の間へごろっと身を投げた。利江は七つになる女の子である。由美江も利江も碌々飯が食えないのに、由美江は芋のように肥り、利江は骨と皮に痩せ細っている。利江の痩せ細ったのは飯を食わないせいもあるが、犬に対する恐怖病にもよるのである。利江は外を歩いていても犬ばかり警戒している。夜なかに突然泣き喚くことがある。「犬が来た、犬が来た」と言って胴慄いするのである。利江は仙一が鰡《ぼら》釣りに行くときの腰巾着である。仙一が釣竿と蚯蚓箱《みみずばこ》を提げ、利江が魚籠《びく》を提げて川へ行く。仙一が自分の背丈よりも長い鍬の柄を持って野原で蚯蚓を掘っているときには、かならず利江が蚯蚓箱を持ってそのそばに蹲んでいるのであった。

利江も襤褸にくるまって寝ていた。利江と由美江の間へ身を投げた仙一も襤褸をひっ被って、日はまだ高いのに眠る準備を整えた。からだがひどくだるい。今日も昼飯は食わなかった。夕飯も食べられそうにはない。

夕方が来て、三人の子供たちが眠りに陥っている時、喜八はやっと床から這い出し、晩飯代りに芋をふかした。米は一粒もない。

——喜八がなまけ者の極道者であるという世間の非難は一応当っている。殊に去年の夏、働き者の女房お由布《ゆう》が死んでからは、嫌でも応でも二人前の仕事をせねばならないはずなのに、なんにもせずにごろごろしているところから見れば、強《あなが》ち世間の非難を斥けることは出来ない。

だが、世間の非難も少しは酷なようだ。現に喜八は左手の指が生れつき四本しかないのだ。中指が一本足りない。なるほど見かけはがっしりした大きな骨っ節だ。けれども、欠陥をもった彼の病質な体軀のなかには、恐らく濁った血が流れ、頭はいつも重く、からだの蕊はいつも病んでいるにちがいない。そのために彼は働くことが嫌なのだ。その上彼が三十代までは、親爺と一緒に自作していた同じ田地を、四十代の今は小作をしているのだ。張り合いがないったらありやしない。彼はふて寝をはじめた。と同時に、いよいよ親子四人が飢餓に曝されることになった。芋ばっかり食った。時々親類の者が米を持って来て呉れることはあった。近所から繭の蛹《さなぎ》を貰って来て、醬油で煮〆めて食ったこともあった。鶏は卵を産んだ。すると仙一が、生みたての卵を提げて菓子屋へ走って行き、瓦煎餅や巻煎餅に替えて来た。それをみんなが分けて食った。（菓子屋では卵をまた菓子に使った。）だが、毎月五円だけはきまった収入が彼にもあった。十五になる娘の富江が伊勢の紡績から送って寄越すのだ。富江は死んだお由布の連れ子で、喜八の家へ母親と一緒に来た時はまだ赤ん坊だった。その富江の仕送りが今は家内じゅうのただ一つの頼みの綱なのだ。

喜八は寝ころびながら、それでもときどき「青年」の頃を思い出すことがあった。彼も若い時はなかなかの洒落者であった。赤い絹糸を桃色珊瑚の緒〆めで締めて、桐の胴乱を腰に下げていた。雨の夜は、蛇の目の傘をさし、蔦の葉の模様などを描いた女用の先革《さきがわ》をつけた足駄を穿いて、娘のうちへ遊びに行った。ふところには、「孝子五郎正宗」という講談本などを入れていた。そんなにして洒落れのめしてはいるが、どこか知ら間の抜けたところのある洒落者であった。むごたらしく言えば、指の一本足りない肉体的欠陥を、あらゆる扮装で補おうとする悲しいお洒落だとも思われた。そして彼のお洒落がどんなに間が抜けていたかは、四本のうちの薬指にあたる肉太の指に、金鍍金の指輪を誇らしげにきらめかせていたではないか！

喜八はやがて湯気の立つ芋を小笊に移し、それから三人の子供たちを揺すぶり起した。

子供たちは笊を目がけて這い寄った。喜八は又床の中へもぐり込んだ。

　そのあくる日の放課後、仙一は教員室に残されて、受持の松原先生と向い合って立っていた。仙一の薔薇盗人が暴露したのだ。

　松原先生は耳から膿が出るので綿を詰め込んで、袴をはいていた。仙一は先生の顔を見たり、先生の背後の壁に凭せかけた日露戦争分捕品の錆び鉄砲を見たりしていた。

　仙一が教員室に留め置かれるのは、これで何度目かであった。そのうちでも目星しいのは、卵買いの助さんの荷籠を揺さぶって、卵を三十ばかり潰した時。助さんは薄野呂《うすのろ》で、子供たちから馬鹿にされていたが、その時ばかりは学校へ扭《ね》じ込んで来たのだった。その次ぎは、路傍の干大根へ「男、女、男、女」と落書した時。洗いたての白い干大根がずらりと懸け並べてあったのが、書き方の時間を終えてかえって来る仙一たちに落書の魅力をそそったのだった。

　さて、松原先生は額に筋を立てて向い合っていたが、いきなり鞭で、仙一の頭をぴしゃりと打った。仙一はよろめいた。固形物のような涙が一つ、ころりと落ちた。

「寺田、君は薔薇の花を盗んだな。」

「はい。」先生の権幕があまり高圧的だったので、仙一は思わず簡単に白状してしまった。

　あの日の夕方、仙一は鎌を持って、釣竿にする竹を切りに山へ行ったのだ。かえりに学校のそばを通ると、急に薔薇の花が欲しくなった。自分が欲しくなったと言うよりも、うちで寝ころんでいる由美江の胸に挿してやりたいと思ったのだ。それは、あのあばら屋のなかで華やかな色彩に飢渇していたところから来た欲望であった。そこでふらふらと摘んでしまった。――夕方学校のそばをうろうろしていた仙一の姿を見掛けたというものが出て来て、仙一に疑いがかけられ、それが適中したのであった。

「盗んだ薔薇はどうしたかね。」先生の声は少し和らいでいた。

「由美江にやりまひた。」

「由美江というのは誰かね。」

「妹です。」

「妹はよろこんだか。」

「よろこんだこたアよろこびまひたが……」

「それがどうした。」

「握飯や焼飯貰うて来た時にや、かなわんと思いまひた。」

その時松原先生の頭には、薔薇盗人としての仙一よりも、欠食児童としての仙一の姿が、強く頭に浮んで来た。

「君は昼飯食べたか。」

「食べません。」

「朝飯食べたか。」

「隣のおばさんに焼飯貰いまひた。」

「腹は減らんか。」

「減りまひた。」

額がおでこで、一種岩石のように頑固そうな顔つきをした仙一ではあるが、今そこに立っている仙一には、どこか知ら打ち萎れたところがある。試みに彼の着物を剝ぎ取ってしまえば、腹が病的に膨れ、胸が落ち窪んでいるにちがいない。彼は朝礼の時でもぶっ仆れたことが度々である。食べものらしい食べものによって、彼のからだが保たれていないせいだ。「仙一、飯食うたか。」朝萎れきって学校へ出掛けて行く仙一を、隣のおばさんたちが呼び止める。「食わん。」仙一はかすれた、憐れっぽい声で答える。そうすると彼は呼び入れられて、一杯か二杯の御馳走になる。

或る朝は、「仙一、飯食うたか。」と呼び止めると、「食うた！」と一声残し、昂然として学校へ出かけるのだ。一杯か二杯、うちで食って来ただけで、それだけの元気が出るのだ。だがそんなことは近頃滅多にない。

松原先生は今目の前にいる仙一を見ていると、また卒倒しやしないかと心配になり出した。そのうえ最初に殴りつけたことが、暗い自責となって蘇って来た。

「以後、花なんか盗んじゃいけないぞ。」
「はい。」
「薔薇の花が欲しけりゃ」と言って先生は、窓の外の野原を指さした。「いくらでもあるじゃないか。」

　窓の外は、黄色く熟れた一面の麦畑である。麦畑の間を縫って、野川がうねうねと流れている。その川岸や河原には、今が野茨の真っ盛りである。石橋へ出る小路のところでは、茂り合った茨がトンネルを作っていて、学校へ来る子供たちは花の香に咽びながらその下を潜るのである。蝶や蜂や虻がその間を唸り廻っている。

　その野茨の花を摘めばいいじゃないか、と松原先生は言うのである。しかし仙一には、野原に咲く白い茨の花なんか、ちっとも綺麗だとは思わないのだ。その時仙一は、自分が盗んだ紅い薔薇の花を一瞬思い浮べたのだが、その花はすぐほかの、も少し大輪の紅い薔薇の花に変って行った。それは、薄桃色のだらりとした洋服を着た三十くらいの女の人の胸に挿されていた。厚化粧をしていたが、膚はひどく荒れていた。それが変になまめかしかった。その女の人は、肥後の熊本から清澄丹という腹薬を売りに来た楽隊のなかの一人だった。村の辻で人集めの音楽が一通りあったあとで、赤い唇をしたその女の人が爪立ちながら、あだな声で、薬の効能を説いた。その胸に燃えていた紅い薔薇の花だ。仙一はなぜか知ら、その女の人と薔薇の花を思い出した。……

だが仙一は、野茨の花を摘め、という松原先生の提言に対しては、素直に「はい」と答えた。

「じゃア、もう帰ってもよろしい。」

仙一は頭を下げた。

それから鼻緒のきれた藁草履をぶら下げ、徒跣《はだし》で学校の門を飛び出して行った。

「仙一、学校の薔薇の花盗んだな。」夕闇のなかで、父親の眼玉がぐるりと光った。——あれから二三日たっていた。喜八の耳にもうはいっているのだ。

仙一は黙っていた。

「盗んだな。」

仙一はまだ黙っていた。

「おい返事せんか。」喜八の声は急き込んで来た。

「うん。」仙一は口のなかで仕方なく返事した。

途端、寝床から飛び起きて来た喜八は、仙一の横っ面を張り飛ばした。仙一はよろめき倒れた。倒れると同時に、涙と泣き声が噴き出した。

「ぬすっとするような奴は出て行け！」

喜八は倒れている仙一を横抱きにすると、土間の闇のなかへ抛り出した。仙一は土に嚙みついて泣いた。

寝ていた二人の妹も上半身だけ起して泣きはじめた。

「出て行けと言うたら出て行かんか！」喜八は朽ちた床が抜けるほど地団太を踏んだ。仙一はまだしゃくり上げながら、野良猫か鼬《いたち》が人目を掠めて走り去るような恰好をして走り出て行った。

外に出ると、十三日か四日の月が竹藪の上に大きく出ていた。竹の葉先で月の面が掃かれる具合になって出ていた。月を見ると、仙一はふと泣き止んだ。それから又しゃくりはじめた。

彼は徒跣で自分の影を踏みながら、村のなかの道を当途もなく歩いて行った。薔薇の花を盗んだことを、父親がどうして知ったんだろうなどとは、彼は考えなかった。薔薇の花のことなんか、もうちっとも考えなかった。夜のなかに、たった一人ほっぽり出されたことが淋しくてたまらなかった。

仙一は歩いているうちに花火の音を聞きつけた。隣村の芝居小屋から打ち上げた花火の音だ。すると仙一は、芝居が見たいなアと思った。

道夫の家のそばまで行くと、道夫は白い塀の上に内股に乗って、塀のうちらの菜園でもいだ胡瓜を噛りながら、月を眺めていた。道夫は助役の息子で、餓鬼大将仙一の手下の一人で、三年生である。

「道ちゃん！」仙一は塀の下から実に懐しげに声をかけた。

「よう。」と言って、道夫は下を見おろした。

「道ちゃん、そこで何しよら？」

「なんにもしよらん。」

一寸間おいてから仙一が言った。「道ちゃん、芝居見いに行かんか。」

「お母さんが銭呉れんもん。」

「子供は銭がいるもんか。ただで見れらア。」

「ほんまか？」

「ほんまとも……」

「そんなら行こう。」道夫は塀から飛び下りた。

月の照った改正道路を、二人の子供は隣村まで歩いて行った。彼等の前や後にも、芝居を見に行く人がぼつぼつあった。

「道ちゃん、胡瓜みんな食うてしまうか？」と言って、仙一が物欲しそうに道夫の方を見た。

「つべす（端）の方でもよけりゃ、やろか。」

「かまん。」

仙一は分けて貰った胡瓜を夕食だと思った。

芝居小屋の入口まで行くと、木戸番が番台の上に坐って木戸銭を受取っていた。莫蓙や座蒲団を持った人たちがぞろぞろ這入って行った。春蚕《はるご》のすんだあとで、案外入りがあった。舞台では頻りに太鼓が鳴っていた。

仙一と道夫とは、人の流れにまじって、木戸を這入ろうとした。

「こりゃ、こりゃ。」木戸番が拍子木で二人の頭をこつこつ打った。「札買うたか、札買うたか。」

二人は黙って、木戸番の顔を見上げた。

「札がない者は這入っちゃいかん。」木戸番が呶鳴った。二人の子供は恨めしそうな顔をして後退りした。

野天で、板囲いの桟敷に、兎も角も見物人が詰った。性急な太鼓の音が鳴って、三番叟がはじまるらしかった。入場者も杜絶えたので木戸は閉められた。二人の子供だけが、夜露に打たれて外に取り残された。

二人の子供は、板囲いの隙間に眼を当てて覗いてみたが、何一つ見えなかった。ただ、場内が楽しげなどよめきに満されているのだけが聞えて来た。

「仙一、去《い》のうよ。」道夫が心細い声で促した。

「去のう。」

二人は黙って板囲いから離れた。その時、幕の開く拍子木の音が冴え返って聞えたが、二人はただ心のなかで聞いただけで振り返ろうともしなかった。重なり合った黒い影になって、もと来た道を戻って行った。

「道ちゃん、辻堂の方から去なんか。」と仙一が誘った。辻堂には昔お堂が建っていたそうだが、今はただ田圃のなかに墓地が広がっていて、墓地のまんなかを村へかえる道が通っている。

「改正道路の方から去のうよ。」

「墓でも恐ろしいことはないぞ。」

「恐ろしいことはないけんど、道が悪いや。」その実道夫は怖さに足が慄えていた。

「ずっと近道になるぞ。」

仙一が先に立って、辻堂の方へ、すたすた歩いて行った。道夫はびくびくしながら仕方なくあとからついて行った。

墓石は黒い坊主頭のように並んでいた。砂地は月の光で白かった。砂を踏む二人の跫音《あしおと》が、遠くから人が来るのかと思われるように響いた。墓地の中ほどまで来た時仙一は立ち止った。そして、そこから五六間先にある墓を指さして言った。

「おらんくのお母やんの墓は、あれぞ。」

道夫はおずおずその方を見た。土饅頭に、ただ割石が一つ載せてあるきりの墓だった。雑草がぐるりに生え延びて、花のいっぱい咲いた紫陽花の木がすぐそばに立っていた。

仙一は母親の墓を道夫に指し示しただけで、そのまま帰りはじめた。わざわざ辻堂のほうからかえったのも、ただそれがしたいばかりだった。母親が死んだのは、去年の夏の暑い日であった。仙一は利江を連れて鰡釣りに行った。珍しく三才の鰡を釣り上げた。自分一人では釣り上げることが出来なかったので、そばにいた小父さんの人から掬い網で掬って貰った。それを持って揚々とかえって来ると、町の病院へ入院していた母親が死んでかえっていた。――

村はもう寝静まっていた。道夫の家の前で、

「おやすみ。」

「おやすみ。」と言って、夜露に濡れて、水泳ぎのあとのようにぐったり疲れて、二人の子供は別れた。

仙一は家へ戻って、土間の戸をそっと開けようとすると、家のなかがなんとなく明るんで見えた。おや、と思いながら這入ってみると、蠟燭の火が一本ほの揺れて、その光のそばで、父親の喜八が後光に包まれたような恰好をして、草履を作っていた。仙一の学校草履をもう二足も作っていた。

仙一が戻って来たのを見ると、喜八は重い口で「芋食うて寝よ」と言った。

仙一は徒跣で座敷へ上り、芋を二つ三つ食ってから、利江と由美江の間へ割り込んで寝た。父親の影法師が煤けた壁の上で大きく揺れるのを見つめながら。……

野

二年ばかり前のこと、薄い靄のかかった或る晩秋の日の午後、私は或る郊外電車のG駅へ通ずる広いバス道路を歩いていた。自転車に乗った男が来るほかは、ずうっと向うまで誰ひとり通っていなかったので、その舗装道路は無駄なほど広く見えた。自転車に乗って来る男も、道があんまり広くて恣《ほしいまま》な状態なので、端を通っていいのか、まんなかを通っていいのか極りがつかず、やけを起したふうに、あっちへ踏んでみたりこっちへ踏んでみたり、のろくさ来るのであった。そういう私自身も、道が広いために一種のデカダンに陥ったような気持で、帽子も冠らず、ステッキを一つ突いたまま、端へ寄ってみたりまんなかへ出てみたりして、当てもなく歩いて行くのだった。

その時ふと気がつくと、「神学校通り」と書いたバス停留場の標示板が路の傍にポツンと立っていた。こんなところに神学校があったのかと意外な気持で、私はそこに立ち停ると、あたりをぐるっと見廻した。しかしどこにも神学校らしい建物は見えなかった。建物どころか、右側を見ても、左側を見ても、神学校通りらしい道も突差には見つからないのであった。右側は林になっているし、左側には、黄色い欅の葉の散り敷いている幅の狭い小径が見えるきりであった。けれどもそこに標示板が立っている限り、その小さな野路を、神学校通りと信ずるよりほかはなかった。どこへゆく当てもなかった私は、その時急に神学校が見たくなったので、落葉を踏んで、その小さな野路へ入って行った。

欅の木は、左の片側に高く二十本ばかり並んでいた。路の上に延びた枝は、葉の繁る頃はトンネルのようにかぶさるのだろうが、今は黄色い葉を半ばふるい落していた。地面に落ちた葉は厚みをもって積っていて、その上を踏んでゆくと、じっとりとした湿りが下駄の底に感じられるようであった。やがて欅の下を出外れて人家へ取りかかろうとするところまで来て、思わず眼をあげると、人家の屋根の向うに、灰色の十字架の塔が静かに姿を現わしているのが私の眼に留った。私はなんだか胸がときめくような気持だった。十字架の塔は、後から避雷針の立った塔で守られていた。十字架の塔が、避雷針の塔で守られているのは、ひどく現実的な感じだったけれど、近づくにつれて見えて来たまだ新しい校舎も灰色だし、構内を取り囲む高い塀も灰色だし、どんよりと重く被いかぶさっている空も灰色だし、私自身も薄い靄につつまれているし、私は自分が或る神秘的な雰囲気に近づきつつあるという気持を擾されることはなかった。多寡が生臭い神学校の門前に近づくのに、ミスチックな雰囲気に近づきつつあるというふうに言うのは、少し誇張のように思われるかも知れないけれど、その当時の私は、遠い昔に自分のしたことが夢のように思われるのは勿論のこと、昨日一昨日にしたこともなんだか夢のようだし、今さっきしたことも、更に現在自分がなしつつあることも夢のなかのことのように思われる精神薄弱状態にあったから、一寸でも風変りな雰囲気に接すれば、私の心の状態はもはやそれを只事とは思わないのであった。そのために、俗風景が詩的風景と見えたり、散文的な雰囲気が神秘的な雰囲気と感じられるくらい珍らしくはないのであった。私がここにこれから書こうとしている野の風景も、すべてそういう精神の所産なのである。

そういえば、そのときそこへやって来た一人の神学生を見て、私が羨望の思いに堪えなかったのも、同じ精神のさせる仕業であったかも知れない。私が神学校の間近まで来て、ふとうしろの方を振りかえると、いま「神学校通り」でバスを降りたらしい金ボタンの学生が、欅並木の下を、こちらに向って歩いて来るのが見えた。この神学校の生徒に間ちがいはなかった。彼はすたすたと急ぎ足に歩き、忽ち私のそばを通り抜けて行った。彼は帽子も冠らず、小脇には街で買って来た本の包みを抱え、脇目も振らず、左に傾きながら歩いて行った。彼の下駄は新しかった。私は彼が鉄の扉の開いた門のなかに入ってゆく後姿を見送りながら、先に言った如き羨望の念を禁ずることが出来なかったのだ。つまり私は、彼のひたむきな表情や歩きぶりから青春を感じたのであった。それは、たとえば神の研究というようなことに、彼の全想念を打ち込んで惑うことない敬虔な姿に思われるのであった。彼が上体を左に傾けながら歩いてゆくのさえ、彼の敬虔な身振りのように思われた。青春を、そのようなひたむきな精神で過すことの出来る彼に、私は言いようのない羨望を感じたのだ。若しかしたら、これらのことはすべて私の独断であるかも知れない。というのは、彼の学んでいる神学の研究なるものは随分好い加減のものなのかも知れないし、彼自身無味乾燥な、青春の想念なんか微塵も持ち合わせないくだらぬ学生かも知れないのだ。それにも拘らず、私が頭っから彼の姿をひたむきと見、羨望の思いを抱いたのは、現在の私があまりにやくざで、情ない生活をしていたから、現在を思うにつけ、青春への悔恨が激しく、ついそういうふうに思い込んでしまうからであった。

私はその当時、敗残の身を持て余し、生きているとも思われない日々を過しているのであった。日々の食事も乏しく、朝飯二杯、昼飯二杯、夕飯三杯ときめて、それ以上はどんなにひもじくても食べないことに決めており、そのうえからだは病み、文学への希望は報われず、畳は破れ、襖には穴があき、あばらや同然の家のなかに、親子五人が生活とも言えない生活を営んでいるのであった。従って、家庭のなかも索寞として、面白いはずはなかった。その日も、私は書きかけの原稿のなかに、「僕はこのごろよく独り言を言うようになった。まだ独り言を言うほど老い込んだわけでもないのに、気がついてみると、家の中でも道を歩いていても、銭湯のなかでも、いつの間にか独り言を言ってしまっている。それは私の孤独のさせるわざだ。私はいま全くの孤独のなかに生活している云々」と書きかけにしてあったところ、机の上を掃除していた妻がふとそれに目を留めたのだ。それを読むと、妻は眼に涙を溜め、「私がいるのに孤独とはなんですか」と詰問する始末に、私はさりげなく片附けようとしたけれど、それでは妻が納得せず、説得しようとすればするほど孤独という言葉が深刻な相を帯び、自分でも悲しくなって来るばかりなので、私はもう五月蝿《うるさ》いとばかりに家を飛び出し、当てもなく歩いていたのだった。当り前に考えれば、妻の言葉は尤もである。そう言えば、私には妻のほかに、両親も健在だし、弟妹も沢山ある。子供も三人ある。孤独などと言えた義理ではない。然るに、人間の心の奥には、妻子眷族によっても決して満されることのない孤独の鬼が棲んでいるのだ。私はそれを一般論として話して、決して妻を蔑《ないがし》ろにして孤独だなどと言ってるんではないと説き聞かせようとしたのであったが、妻の心は妻の心で、私に絡みつく隙を狙っているような状態だったから、その説は予期していた以上に却って深刻な言い合いとなって来て、私の手に負えなくなり、妻の心はますますやりきれなくなるばかりであった。すると私も同様にやりきれなくなって、飛び出すよりほかなかったのだ。

一人の神学生が、ひたむきな急ぎ足で私のそばを通り過ぎて行ったのは、恰も私がそのような切ない気持でさまようている時だった。私はその姿を見ると、自分の半生を空しく荒廃させてしまったと思う悔恨で胸を焼かれる思いがした。自分にも嘗てはあのような青年時代があった。しかし、自分は何一つひたむきな献身も敬虔な感情も経験せず、うやむやのうちに青春を過してしまった。その報いのため、今はこのように惨めな人間になったのだと思うのだった。もう一度あの時代に還ることが出来るなら、今度こそ青春を敬虔な求道にでも捧げ、自分の半生を荒廃させずに過したいと思っても、もはやそれは及ばぬことであった。

私の家の近所には、或る大学の運動競技場がある。そこでは、溌剌たる若い学生達が、競走路を走ったり、鉄槌を投げたり、障碍を跳び越えたりして、毎日を過している。しかし、私は何一つ運動競技が出来ずに学生時代を過して来たけれど、それを見て、青春を空しく過して来たと悔恨したことは一度もない。また、私が時折出かける近くの喫茶店には、或る実業専門学校の学生達が集って、よく高談している。彼等の話すことはいつも、銀行だとか会社だとか、どこのなんという重役が知合いだとか、そんな話ばかりである。すると私は虫酸《むしず》の走るような嫌悪を感じて立ち上るのである。私は七度び生れ変っても実業家などにはなりたくないと思うのである。それだのに、私は、一人の貧相な神学生が歩いて寄宿舎にかえる姿を見ただけで、青春への激しい郷愁を掻き立てられたのである。彼は学校を卒業しても、立身出世をしたり、金儲けをしたりしようなどとは思っていないのにちがいない。彼の心を占めているものは、求道への純粋な願いだけにちがいない。私の荒廃した心は、それを思うと、思いがけなく、水を飲んだように和み、慰められるのであった。してみると、私の心は、いつの間にか、実利や喧騒などを厭い、魂の静かな憩いを求めようとしているかのように思われるのであった。

私は構内に消えて行った学生のあとを追うようにして神学校の門前まで来ると、「日本××××神学専門学校」と書いた標札を見上げながら立っていたが、しばらくためらった後、思い切って構内へ入って行った。コンクリートの路が校舎の正面の方へ通じていて、その上をコトコト歩きながら屋内に眼を注ぐと、会議室かと思われる室に卓子《テーブル》が並び、校長室かと思われる室の書卓の上に黄色い菊の花が凋びかかっているのが、歩くにつれて、窓硝子の光にかすれながら見えるだけであった。

私は神学校の構内に入った時から、無数の小鳥の声がそこらの空気を満たしているのをぼんやり意識していたが、本屋を離れて寄宿舎のそばへ来ると、小鳥の群は私の前に正体をあらわし、その囀り散らす声のために私の頭は眩暈するほどであった。小鳥の群の主力は、スレート葺きの寄宿舎の屋根の上にせり合ってとまり、寄宿舎の前の庭木の枝にとまったのは、鈴なりになって枝ごと揺れていた。羽をぱたぱたさせながら飛び交うやつも、屋根や梢にとまっているやつも、口の間もなく囀り呆けていた。時々こぼれ落ちるように、屋根や梢から芝生の上に降りるのもあった。本屋にも、蔦の絡んだ寄宿舎の窓にも、人の影はもちろん、咳一つ聞えなかったので、小鳥どもは、誰憚るものなく、我が物顔に囀り合っているように思われた。私は暫く立ち止って、あれは一体なんの鳥だろうと、眼を細めながら小鳥の群を見ていた。なんだか、まだ見たことのない、珍らしい鳥のような気がしてならなかった。声も聞いたことがないような気がした。そのうちふと、ああ、あれは雀だと思いつくと、私は我知らず苦笑いをした。私は雀の声も姿も殆ど忘れかけていたのに気がついた。幾年振りで雀を見るのだろうと思わぬわけにはゆかなかった。その実、雀なら、私は時々野に出て見ていたはずだし、時には隣の家の屋根に来るのも見ていたはずなのに、私の荒んだ心は雀の姿すら心に留める余裕など持たなかったのにちがいない。だが、何年見ないにしても、雀のような日常的な鳥を、神学校の庭で遊んでいるというだけで、なにか神秘的な珍らしい鳥のように思い込もうとしていた私の精神状態をどう説明したらいいだろうか。落葉を踏みながら「神学校通り」に入って以来、私の精神はすっかり現実から遊離されていたのにちがいない。

正体が雀と判っても、雀を珍らしいと思う私の気持に変りはなかった。私は雀に親しみたいような、そばに寄ってもっとよく雀を見たいような気持になっていた。私は本屋を巻いて裏手に行っているコンクリートの路を断念し、雀を驚かさないようにそろそろ歩きながら、寄宿舎の前庭にある藤棚の下のベンチに行って腰をおろした。なかには、無躾けな闖入者に関心を示すような身振りをする雀もあったが、すぐもうなにもなかったかのように、闖入者など全く無視して、彼等の嬉戯に耽るのであった。私も初めのうちは物珍らしいままに彼等の浮かれ騒ぐさまを微笑ましい気持で眺めていたが、そのうちいつの間にか雀のことなど忘れ果て、ただ私のまわりに立ちのぼる彼等の鳴声に包まれて中有《ちゆうう》にさまようような気持になりながら、なんの考えに耽るともなく坐っているのであった。本屋の方でも、寄宿舎の中でも、なんの物音もしなかった。さっき帰った学生でもどこかの室にいるはずなのに、彼の姿もどこにも見えなかった。私はその静かな空気のなかに身を任せながら、全くの放心状態で、いつまでもそこに坐りつづけていた。私はその時くらい心が和らぎ、幸福を味わったことはなかった。

その後幾度、私はその藤棚の下のベンチに行って腰をおろしたことであろう。そこへ行きさえすれば私は心が休まった。そこへ行きさえすれば、生活の辛さからも家庭の重さからも解放されるような気がした。私はその間、街からすっかり遠ざかって暮した。その前の年あたりから今年の春まで足掛け四年の間銀座へも足を向けたことがなかった。先日、数寄屋橋のそばの或る有名なビルデングへ用事があって出掛けたところ、そのビルデングがどうしてもわからないので、通りがかりに新聞販売店の店先で掃除をしていた若い男をつかまえて訊ねると、「Mビルかな」とその男は私の間抜けをあざ笑うような表情で私の顔を見ながら、「あれですがな」と小馬鹿にした調子で、私が見過して来た時計台の聳えた樺色のビルデングを指差した。「ああ、そうですか」と頭を下げて、私は自分の間抜けさを自嘲しながら引っ返えしたことであった。私は今更、自分が田舎者になっているのに気がついた。電車通りを横切っても危っかしくて仕方がなかった。五日か一週間も銀座へ出なければ、随分長く銀座へ出なかったように半ば気取って半ば自然に話す人たちの前で、東京に住みながら四年の間銀座へ出なかったと言ったら、どんな顔するだろう。しかしその間、私は一度も銀座を歩きたいと思ったことはなかった。銀座のどこが面白いのかと思っていた。四年ぶりに歩いても、少しも面白いと思わなかった。私の心が荒涼としていたため、銀座の街も荒涼として見えたのだろうか。珈琲を飲みたいとも思わなかった。酒場へ行きたいとも思わなかった。嘗ては人並みに酒を飲み歩いて、行きつけの酒場を一時過ぎに叩き起してビイルを飲んだりしたこともあったが、今はもうそんなことに少しの興味も覚えなかった。映画も見たいと思わなかった。三四年の間に、場末の映画館で落花生を囓りながら古ぼけた「大菩薩峠」を一度見たきりであった。街に対して興味をもたなかっただけではない。からだが弱っていたので、私の心の底には街を怖れる気持があった。汚れた襯衣《シャツ》や破れたズボン下をはいては街に出られないという意識が、いつも私を捕えていた。電車の中で、街路の上で、いつどこで斃れるかも知れないので、その時恥を掻きたくないと思ったのだ。同じ恐怖のため、私は五ケ月の間近所の銭湯へも行かなかった。尤も、夏の間は毎日うちの台所で行水をつかっていたが、私が行かぬ間に湯屋の経営者が代替りしていたことも知らなかった。ではその間私は何をしていたであろうか。ただ飄然として、或は苛立つ感情を抑えながら、野をさまようよりほかは、何をしていたという記憶も殆ど残っていない。強いて言えば、古本屋を漁って買って来て読んだ星一つか二つかの文庫本が書棚の隅に溜ったくらいのものである。それから、小さな庭の隅にたった一本咲いたサルビヤの花が、いつまでも赤く咲きつづけるのを、来る日も来る日も縁側に蹲って眺め暮したような気がする。――そのように、長い間何をしていたという記憶も殆ど残らない生活ではあったが、心の重荷や生活の苦しみから解き放たれた日は一日もなかった。眠れない夜がつづいた。すると私は、自分の心を静かにするものをと思って、書棚の中から、妻が女学校の時持っていた古びた讃美歌集を取り出し、初めから読むのであった。歌うことを知らないので、読むのだ。読んでゆくうちに、自己を空しくした神への讃歌は、不思議にも私の苛立つ感情を鎮め、ふと気がついてみると、私は静かな眠りに誘われているのであった。しかし私の苛立つ感情は、讃美歌如きでは手に負えない夜も来るのである。すると私は、「ツァラトゥストラ」を取りおろし、声を立てて読むのであった。読むうちに、懦夫《だふ》をして立たしむる激しい説教のために、私はすっかり人生に対する自信を得、昂然とした気持になって眠りに落ちるのであった。然し、朝起きてみると、「ツァラトゥストラ」から得た自信も、或は讃美歌集から得た安らぎも、共に夢の如く消え失せ、現実の重みが、昨日と同じように私の上にのしかかって来るのであった。

昨日も今日も自分の上にのしかかる現実の重みから脱れるために、私は時を選ばず野に出ることを覚え、神学校の庭のベンチを発見すると、そこを自分の隠遁の場所と心得てしまった。私は正門や寄宿舎の前の門のところに一寸立ち止って構内の様子を窺い、誰もひとがいないとわかると、忍び込んで行って坐るのであった。誰もいないことが多かった。

三人の神学生が庭に出て落葉を焚きながら、火の上に手をかざして楽しそうに語らっていた時には、私は胡散臭そうに構内を覗いただけで塀の外を通り過ぎて行った。或る時は構内に入って行くと、本屋の屋上に、黒い牧師服を着た若い男が立って本を読んでいた。その日は丁度防空演習の日で、近くの野で時々模擬弾の破裂する音が聞え、その音が聞えるたびに、屋上の男は眼をあげて野の方を見た。その時は、私は構内をゆっくりと通り抜けたきりでベンチには坐らなかった。或る時はベンチに坐っていると、寄宿舎の裏手に当って、時ならぬ自動車の警笛の音が聞えた。驚いて立ち上り、裏手の方へ行ってみると、校長の舎宅らしい建物から煙突の煙が立ち上り、その建物の門口に車庫があって、背の高い西洋人が日本人の下男相手に古ぼけたフォードのエンジンの検査をしているのであった。やがて検査がすむと、その年配の西洋人は自分で自動車を運転しながら裏門から出て行った。その後から、空色のパンツを腿高にはいた二人の金髪の少年が、ラグビイ・フットボオルの球を抱いて走り出て来た。その時は丁度麦の熟れる頃で、自動車の出て行ったあと、爪立ちしながら塀越しに裏手の野を見ると、一面にゆさゆさと揺れるような穂波で、そこここに菅笠を冠った農夫の姿が見えた。麦畑の海を取り囲んで、或は島のように或は岬のように、燃え上るような緑の森や林が入り乱れていた。ふと見ると、銀色の車体をしたバスが、遠くの方を走って行くのが、緑の間に光って見えた。S風致区へ四十分毎に通うバスなのだ。

この間――一番最近に、その神学校を訪れた日は、私が初めて神学校を見つけた日とは似ても似つかず、美しく輝くように晴れた小春日和であった。そして、最初の日に通った路筋とは逆に私は歩いて行った。即ち、最初の日には、私はあれから神学校の門を出ると、少し勾配をもった大根畑の間の路を降り、綺麗な水の流れた溝川にかかった一本橋を渡ると、櫟林の裾に沿って、家のぐるりに掛稲のしてある農家の脇を抜け、縁側に出した火鉢に大きな薬缶をかけた次ぎの農家の前で直角に径を曲り、精米機の動いている農家の横を通って、S風致区へ行くバス道路に出たのであったが、今度は、バス道路から精米所を兼ねた農家の横を入り、神学校に向って歩いたのだ。精米所を兼ねた農家と言ったが、そこには最早や精米機は動いていなくて、機械の据っていた跡は広い庭になっていた。以前掛稲のしてあった農家では、今年はもはや稲扱《いねこ》きが終って、五十すぎの農婦と若い嫁とが、打穀竿で、庭に乾した籾殻を叩いていた。それを見ると、二年前に掛稲してあってから、まだ十日か二十日くらいしか経っていなくて、その時の稲を今取入れしているとしか思われないのであった。櫟林は火事のような赭さに燃え、乾いた葉ずれの音を立てていた。けれど、まだ散らなかった。私は小川を渡るつもりでやって来たけれど、朽ちかけていた一本橋はいつの間にかなくなって、向うへ渡るのには、小川を跳び越えねばならない。用心して跳べば跳び越えられぬこともなさそうであったが、私はそれを断念して林の中へ入って行った。林の中へ入る前に、私は小川のふちに立って、しばらく神学校の方を眺めていた。最初の日に見た時は、一帯の風景が灰色で、朦朧とした雰囲気に包まれ、夢とも現実ともつかない気分に惑わされたものであったが、今見る景色には、一点の曇りもなく、十字架の塔も、屋根も、寄宿舎も校長の舎宅も、蔦のからんだ塀も、陽の光の満ちた青空の下に、くっきりとした姿を現わしていた。寄宿舎の窓からは、下手糞なオルガンの音が聞えて来た。学生が聖歌の稽古をしているのであろう。

私は熊笹の葉に埋れた小径を分け、どこか腰をおろすところはないかと物色しながら歩いていると、櫟の根が、病菌に犯されたのであろう。大きな瘤のように膨れているのを発見した。それには青苔がつき、腰をおろすのには恰好な形であった。私はその時ふと、象皮病患者の睾丸を思い出して嫌やだったけれど、構わずに腰をおろした。私は中学一年の時、寄宿舎の同じ室にいた上級生から「八丈島」という本をもらった。それには、紺の絣を着た島の娘や、流人宇喜多秀家の墓などと一緒に、象皮病患者の厖大な睾丸の写真が載っていた。それは、膝の前に食台のように盛り上っていて、事実その上には茶碗が一つ載せてあった。私はそんな古い記憶を一瞬思い出したのち、その奇形をした櫟の根に腰をおろした。林の中は静かで、私は神学校の建物に向い合って坐っていた。

あたりの空気があまりに明るく、なにもかにもあまりにはっきりしているので、私はキョトキョトとあたりを見廻した。考えてみると、私が神学校へ訪れた日はすべて陰気な、曇った日ばかりであったような気がする。或は、無意識のうちに、そんな日ばかり選んでやって来たのかも知れない。私の記憶にあるものはすべて、灰色の靄に包まれていたような気がする。然るに今私の眼の前にあるものは、あまりはっきりとむき出しにされているので、私はいつもと少し勝手のちがう気持だった。神学校の塀を取り巻く畑の土は黒々として、麦がすこし伸びていた。うしろに首をねじ向けると、向うの櫟林の裾を、茶色のジャンパアを着た学生風の男が、空気銃を提げながら歩いている。私は、彼が近所のY大学グランドで見覚えのある野球選手であることをみとめることが出来た。ずっと遠くの文化住宅の裏手の畑では、若い女が蹲って毛糸を編んでいる。彼女の膝の上の毛糸の玉が赤く見える。

その時私は、今までに気がついていたけれど、たいして気に留めていなかった物音が、神学校の構内から少しの間をおいては聞えて来るのを注意しはじめた。それは、ドタッ、ドタッと何かを叩くような音で、随分長く聞えないからもう止んだのかと思っていると、また聞えて来るのであった。一体なんの音だろうと、私の好奇心がそれに集中しはじめた。気にかかりはじめると、私はもうそこにじっと坐っていることが出来なかった。私はいつの間にか櫟の根を離れ、林の中から出ていた。小川の狭くなっているところを選《よ》って飛んでみると、案外楽に飛び越えることが出来た。柔い黒土を踏みしめながらなだらかな勾配を上ると、私は懐手をしたまま、胡散臭そうな不精鬚の顔を、寄宿舎の閉った門の上に突き出した。ははア、と私は微笑ましい気持で頷いた。学生が二三人で弓の稽古をしているのであった。矢が的板に当るたびに、畳を叩くような音が出るのであった。学生達はまだ初歩らしく、袴をはいた弓の教師が指南して、矢の番《つが》え方、体の姿勢などを教えていたが、的板に当るのがなかなかのことで、芝生に音もなく落ちる矢の数が多かった。学生の一人はひどい跛であった。そして彼が一番熱心――狂熱的であった。彼は自分の番が廻って来ると、ひとの倍も矢数を引いた。それにも拘らず、彼の矢は滅多に当らなかった。当らないからいよいよ狂熱的になっている風であった。私が先程櫟林に坐っていたとき、ドタッドタッという音が時々間遠になることがあったが、あれはこの跛の神学生が弓を引いていて、彼の射る矢射る矢が的を外れて芝生の上に落ちていた時だったにちがいない。

天気が好いから、寄宿舎の窓に、赤い裏の蒲団が干してあるのが焼きつくように私の眼を惹いた。すると私は、蒲団の持ち主の故郷、彼等の両親のことを思った。彼等の故郷の父母は、彼等の息子が、立身出世したり、金を儲けたりするようにと思って、学窓に送っているのではあるまい。ただ、敬虔な人間になれと願っているのにちがいない。その有り難い父母の願いが、手造りらしい赤い裏の蒲団を見ると、私の胸にひびいて来るのであった。それはまた、私を青春への郷愁に駆るのであった。私は、萌黄色の裏の蒲団を携えて、他郷の学校へ遊学したのであった。私の両親は敬虔ではないから、私が立身出世をするように、金を沢山儲けたりするようにと願ったかも知れない。それでも私としては、母の手作りの蒲団から、有為の人物たれ、少くとも、一人前の人間となれという父母の願いを感じたはずであった。しかるに、今はもう私は父母の願いをかなえる手だてなど疾《とっ》くの昔に失って、尾羽打ち枯らした恰好で、野をさまようているのであった。もしその日が、曇った陰気な天気だったら、その蒲団はそれほどまでに私の悔恨を掻き立てなかったかも知れないが、あまりに好い天気で、蒲団の色があまりにからっとしていたので、私の悔恨は激しく波立つのであった。その反対に、若し私がその神学校を初めて見出した日が、暗く靄がかかっていなくて、余りにはっきり晴れた日だったら、まだ生新しいその神学校からあれほどまでも惑わされることはなかったであろうと、私は思うのだった。

私が蒲団に気を取られて、そんな思いに耽っている間に、いつの間にか順番が廻って、あの跛の学生がまた気負って矢を放ちはじめていた。弓を引く人たちが時々私の方を見るのがうるさく、私はその視線を脱《のが》れるように鉄の門扉を離れ、黄ばんだ蔦のからみついた塀沿いの道を当てもなく、アーケエドのように枝を延ばした欅並木の方へ歩いて行った。私の足袋は破れて拇指の爪があらわれ、下駄は板のように薄くなっていた。

私は野の方へ出るときは大抵、もと軍用地であった原っぱのそばを通り、赤瓦の屋根で、壁を薄紅色に塗った小さな家政女学校のそばを過ぎ、幹のくねった古木の下に石地蔵の立っているところから、或るお邸の黒板塀に沿って、野に出るのであった。そこから神学校の方へまわることもあるし、そのまま野を歩いてかえることもあった。また神学校の方から来ることもあった。その道の途中は新しい住宅地で、たまに萱葺きの百姓家が残っていた。百姓家の軒下には、腐れかけた唐箕が壁に寄せて置いてあり、どことなく汚水の臭いがして、庭先に出した空の盥のなかに、守のない子供が遊ばせてあったりした。

　去年の九月頃、燈火管制の宵に、私はこの道を通って、S風致区へ行くバス道路と西郊電車の線路との交ったところにあるI駅近くの親戚へ出かけたことがあった。そこの息子が応召出征するのを見送るためであった。タクシイもバスも駄目なので、余儀なく暗い夜道を歩いたのであった。石ころや凸凹に躓きながら手間取って、野のところへ出ると、遠くの空で探照燈が動いているのが見えた。それから少し行くと、S風致区へ行くバス道路とZ池の風致区へまっ直ぐ行く新開道路の出会った三叉路へ出るのであった。広いバス道路にかかると、出発の時間も迫っているので、私は足を急がせた。二十分余り歩いてもうI駅も間近くなった時分、手に手に日の丸の小旗を持った人々がぞろぞろかえって来るのに出会った。なかには、なにか演説のようなものの口真似をしながら歩いて行くものもあった。親戚の青年を見送りに行ってくれた近在の人たちにちがいない。そしてあの演説の真似のようなのは、出発に臨んで親戚の青年が述べた挨拶の言葉に違いないと思うと、もう間に合わなかったのかと私は腹をよじられるような思いだったが、それでも急げと思って、駅へ駆けつけると、そこのまっ暗な広場で、「……勝たずば生きてかえらじと」と軍歌がどよめき、夜目にも小旗が揺れている最中であった。私は胸がいっぱいになった。歌はそこら一面にひろがりわたっていた。青年はどこにいるのかと駅の中の人込みを探してみるが、どこにいるのか暗くて見分けもつかない。見送りの一人をつかまえて訊ねてみると、プラットホームに出ていますよという。切符を買って暗いプラットホームに出ると、直ぐ電車が来て、電車のなかへ押込まれた。なかに入ってみると、青年はニコニコ笑いながらもう座席に坐っていた。あの燈火管制の宵に、暗い電車駅の柵沿いの広場でどよんだ歌の声はなかなか忘れがたく、今でも私は野に出て、遠くを走る西郊電車の音を聞くたびに、あの夜の歌がまだたゆたっているのではないかと思うのである。

そもそも私が、初めてその野を横切ったのは四年前の早春のことであった。その時分私は事情あって、暫らくその親戚の家に厄介になっていたのだが、或る日妻子や家財道具などと一緒にトラックに乗り込み、現在の家に移って来たのであった。私が初めて野を横切ったのは、その途すがらのことで、折柄雪解の道はぬかるみ、風は頬に冷たかった。しかし、三月初めの晴れた日で、やがて春も間もないような明るい光が野に一面流れて、麦畑にはところどころ雪が斑《まだら》に残っているとは言うものの、土の色も麦の色もしっとりと濡れて、野なかの茶店に赤い幟の立っているのが一点鮮かであった。私は思いがけないところに、明るく暢びやかな野を見つけたのが嬉しく、少し落ちついたなら、仕事の合い間には、疲れを休めにこの野に出て来ようと、なんだか胸の躍るような気持で、走るトラックの上から一帯の景色を見渡したのであった。

やがてトラックがバス道路を離れて住宅地の方へ曲ろうとする時、行く手の右側に、白い柵の囲いが伸びているのが私の目に留った。あたりのくすんだ景色に対して、白い一線を劃した色だったので、あれはなんだろうと伸び上って眼を凝らそうとするうちに、トラックは家並の中へ入ってしまった。

あの白い柵はなんだろうと、野のことを思う度に私の心から離れたことはなかった。牧場だろうかと思ってみた。しかし、牛を飼う牧場なら、私たちがトラックで通りすぎた道ばたに、白ペンキで塗った板塀に武蔵野牧場と書いた搾乳場があって、そこの塀のなかで牛の鳴く声が聞えていた。それならその牛乳会社の第二牧場だろうかと思ってみても、はっきりそれと、私には思い込むことが出来なかった。いろいろ考えているうちに、私はいつの間にか、その白い柵に対して、空想とあこがれとを持ちはじめていることに気がついた。現実を離れた、童話のような世界が、そこにあるような気がだんだんして来るのであった。

落ちついたら直ぐ野に出ようと思っていたのに、私は毎日友人達と酒を飲んだり、文学談で夜を更したりすることにかまけて、なかなか野に出る機会なんか出来なかった。やっと出かけることの出来たのは、五月になってからであった。私は懐手をしてぶらりと出たが、例の小さな家政女学校の側を通って野を一廻り歩き、かえりには白い柵の正体を見とどけるつもりであった。私はZ風致区へ行く赭土路を横ぎり、幅二間ほどの野川の上にかかった土橋の上に立って、水底の藻が水勢のままに髪を梳《くしけず》られるような工合に靡いているのを見てから、赤い旗の立っている茶店の横を、勾配になった畑地の方へあがって行った。

その茶店は硝子戸の二階家で、店にはサイダアや駄菓子などを売っており、店先には縁台が置いてあった。その隣は草屋根の百姓家で、生垣の門の外にたばこの看板が懸り、煙草を買うためには、ずうっと庭の奥まで入って行かねばならなかった。この二軒の家が、うしろに林を負うて、野なかに陽を受けて並んでいる景色は、まことに長閑で暖く、私は野に出てその二軒の田舎家を遠くから望み見るたびに、どうしても一度はその前を通らずにはいられなかった。Z風致区へ行く新開道路の出来るまでは、旅人は恐らく草路伝いにこの二軒の家の前を通って行ったことであろう。百姓家の庭には、五月幟の立ち列んだこともあった。莫蓙を敷いた古びた縁側に、手摺のあるのも珍らしかった。虫干の日には、地味な盲縞の着物や、若い嫁のらしい艶めかしい扱帯《しごき》や晴着など、ありったけの着物が、庭に渡した綱の上にかけ並べられるのであった。三時頃通ると、野良から帰った一家の人たちが、庭に出した縁台の上に腰かけてお茶を飲んでいることもあった。

或る時、茶店の前に一台の自転車が置いてあって、その自転車の持主らしいゴルフパンツのようなズボンをはいた男が、土橋の袂でビュウビュウと竹竿を振っていた。竹竿の先には布切れがついていて、ときどきそれを土橋の下の流れに浸してはまた振るのであった。濡れるたびに、竹竿の先の布切れの音が勢を得てひびくのであった。私にはその男がなにをしているのか判らなかった。なにをしているのか判らないとなると、その男がビュウビュウと力をこめて竿を振るのが、なにか奇怪な呪術でもしているのではないかと思われて来るのであった。事実、その男の眼は卑しく濁って、得態の知れぬ、一寸無気味な他国者の風態をしていた。現に私のそばに立っていた十ばかりの男の子は、怖気立った顔つきをしてそれを眺めていた。そのとき橋の向うの、丈の高い枯蘆の茂みでは、雀の群が飛び交い、鳴き叫んでいた。やがて好い加減竿を振ると、その男は竿をそこにおろし、手ぶらで蘆の茂みへ入って行った。私もそのあとから土橋を渡った。蘆のなかには、カスミ網が幾重にも張りめぐらされ、雀たちはそれに頭を突っ込んで鳴き叫んでいるのであった。私には初めて、その男が竿を振っていた意味がわかった。雀たちはビュウビュウという物音に驚いて、飛び立っては、頭を網の目に突っ込んでいたのだった。私は初めから雀の鳴声に少しも歓びの響きのないのに気づいていた。あの神学校の庭に群れて鳴いていた雀たちの無心な歓びにくらべて、なにか知ら悲しみの響きをもっているのを不思議に思っていたが、それもその筈であった。雀たちは、その無気味な男の術中に陥りつつあったのだ。一羽がひっかかり、他の一羽が嘆き騒いでいるうちに、その一羽もまたひっかかったのであろう。そしてその嘆きの声が揃って、晩秋の野に悲しくひびいたのだ。男は落着き払って、身もがきする雀を網の目からはずし、首をひねっては、腰につけた袋のなかへ入れた。面白いくらい沢山ひっかかっていた。しかし私は見ていて無念の思いがしてならなかった。罪のない小雀が、悪魔の手に捻られているとしか思えなかった。お前達はなぜカスミ網なんかにひっかかるんだ、なぜぱっと高く飛び立って逃げないんだ、と私は、雀たちがむざむざとその男の術中に陥ったのが、口惜しくて堪らなかった。それというのも、私を口惜しがらせるほど、その男の手際が鮮かだったのだ。雀は算を乱して網にひっかかっていた。間もなく私はそこを離れ、Z風致区へゆく道をぶらぶら歩いて行った。うしろを振りかえってみると、獲物の始末を終えたその男は、また土橋の袂に戻って、ビュウビュウと竹竿を振りはじめていた。その音が私のところまで聞えて来た。雀の声も聞えた。遠くから見ると、その男の身振りはいよいよ得態の知れない奇怪なものに思われるのであった。

それはさておき、私が初めて野に出た日、私はその赤い幟の立っている茶店の脇を少し登って、広い畑地に出、思う存分陽を浴びた。麦の穂はまだ青かったが、もうかなり頭が重たくなっていた。空には雲雀が囀っていた。私がぶらりぶらり歩く後から、捕虫網を手にして、胴乱を肩にかけた学生が、額の汗を拭いながら追い抜いて行った。いつの間にか、殆ど親戚の家の見えるあたりまで来ていたので、これは来過ぎたと思い、私は引っかえすことにした。

かえりは白い柵を見るつもりで、私はバス道路へ出た。武蔵野牧場のそばを通りかかると、門の扉があいていたので「無用之者入場御断り」と書いてあるのも構わず、門のなかへ入った。夥しい蠅であった。牛どもは、牧舎を出て、ぬかるみの庭で遊んでいた。黒白斑らの牛ばかりであった。みんな大きな乳房を垂らし、思い思いに立ったり坐ったりしていたが、いかにも物憂げで、角にまつわる陽の匂いを嗅ぐように、鼻をうごめかすきりであった。私は野に出ると、ここの静かな牛を見るのも楽しみだった。大きな牛が静かに立っているのを見ると、私の心も鷹揚に鎮まる感じだった。門の閉っているときは、扉の桟の間から中を覗いた。子供を連れて来て見せたこともあった。牧舎の入口には、芋の蔓だとか、大根の葉っぱだとか、時々の飼料が束になって転っていた。或る時、おからをいっぱい詰めた四斗樽が置いてあるのを見た時は、私は苦い思いで、まともに見ることが出来なかった。

その頃私は窮迫のどん底にあったので、よく豆腐の糟をお菜に食うのであった。私は子供の時からおからが好きで、祭の宵や法事の宵なぞにうちで豆腐をこしらえるたびに、おからのあえたのを食べるのが、如何にも祭や法事の宵らしく楽しかったことを覚えている。だが、豆腐屋へ行って一銭二銭買って来て食べるおからには、そんな楽しい味などなく、噛みしめるものは、うらぶれの思いだけであった。そのおからも、朝早く行かねば、なかなか手に入らなかった。みんな豚の餌に持って行ってしまうと言うことであった。それを聞くたびに、私はいつも豚と餌の奪い合いをしているようで悲しかったが、今見ると、牛小屋の入口に、四斗樽いっぱいのおからが置いてあるではないか。私は正視することが出来なかった。私はこそこそと武蔵野牧場の門を出た。

それはもっと後のことであったが、初めて武蔵野牧場の門を入った日は、私はゆっくり牛どもを眺めたのち、帰途に就いた。三叉路のところで私はまたバス道路にわかれ、麦畑の間を白い柵の方へ近づいて行くのであった。やっと麦畑の陽炎の向うに白い柵がちらちらしはじめたと思っていると、私は急に眩暈を覚え、動悸が激しく、血を吐きやしないかと思うほど胸が苦しくなった。私はそのまま路傍の石の上に踞み込んだ。脚も重くて一歩も動けない。ふだん酒を飲んで夜更しばかりしていて、たまたま野に出て強い陽を頭から浴びたのが、いけなかったのだ。私の坐ったところは、丁度、植木屋の苗畑の端《はず》れで、頭の上には、葉の房々した楓の若木が傾きかかって、心地よい蔭をつくっていた。一体このあたりの百姓家では、屋敷のまわりに樹木を植えて、植木の渡世をしている家が多い。私は苦しい息をしながら、すぐそばのところで、この家の主らしい老いぼれた老人と、抜け目のなさそうな若者とが、植木の取引をしているのをぼんやり聞いていた。老人は若者の手から金を受取りながら、これじゃひどいじゃないかと怒った鼻声で言った。老人は耳が遠いらしく、若者は老人の耳に口を寄せては、甘いことを言って言いくるめようとするのだ。老人は、只一途に、これじゃひどいじゃないか、と何度も繰りかえす。若者は私が近くにいるのを気にして、私の顔をちらちら見返りながら、猫撫で声で老人の耳に口を寄せるのであった。しかし、もう二十五銭なきゃ、ひどいじゃないか、と老人は一向聞き入れない。私は、小狡い若者と、耄碌した老人との取引きを、胸苦しさのため夢のなかでのようにぼんやり聞きながら、眼は白い柵の方を見ていた。眼に映るものも、夢のなかでのようにぼんやりとしか焦点を結ばなかった。それに麦畑の上には盛に陽炎が立っていて、余計私の眼をぼんやりさせるのであった。白い柵は緑の植木に囲まれ、馬に乗った人物がこっくりこっくりと柵のまわりを動いているようであった。高速度写真に撮った騎馬の人物らしくも見え――それよりも私には、メリイゴオランドに乗っている人のように思われるのであった。私にはだんだん、その白い柵のところにメリイゴオランドがあるような気がして来たのである。音楽は聞えないけれど、それは遠いからで、あの馬に乗った人物は、音楽につれて馬を乗りまわしているとしか思われなかった。馬も音楽に歩調を合わせて歩いているようである。私はいつの間にか、あの馬の歩調に合う音楽のリズムを、心のなかで聞いているような気持になって、燃え立つ陽炎の向うでこっくりこっくりと馬を乗りまわす男をうっとりとして眺めていた。

それから三四十分の後、私は脚気のように重たい脚を引きずりながらどうやら家にかえることが出来たが、それ以来というもの、私の健康は急速に衰え、風呂に入って体重を量る度に、十五貫ばかりあった私の体重は忽ち十四貫を割り、なおぐんぐん下降して行った。それは人力では如何とも出来難い勢いのように見え、私は無気味でならなかった。梅雨炎暑と過ぎ行くうちに、私の健康は完全に害われ、九月に入ると同時に、私は寝汗と微熱に苦しみながら、殆ど毎日寝てばかりいねばならなかった。縁側まで起きれば、庭に一本咲いた赤いサルビヤの花がいつも私の唯一つの慰めであった。私は寝て天井の木理を見ながら、ふとあの白い柵のことを思い出すことがあった。私にはやはり、あすこにはメリイゴオランドのようなものがあって、今でも馬に乗った人がこっくりこっくりと、音楽につれて柵のうちを廻っているとしか思われなかった。しかし、自分はもう二度とあの白い柵を見にゆくことはあるまいと私は諦めていた。すると、あの白い柵はいよいよ私のあこがれの国のような気がして来るのであった。私はその頃よく、火葬になるのと土葬になるのと、どちらがいいかと考え耽ることがあった。しかし私は、どちらも嫌やであった。私は寝ながらそんなことを思い惑うていたのだから、もう二度と白い柵を見に行くこともあるまいと思うのも、私の偽らぬ実感であった。

その頃から私たちの生活全体が奈落に落ちるように落ちて行った。私がそんな工合だから、妻もいよいよ生活に自信を失い、親戚や親兄弟との交際も一つもせず、隣近所へも身を憚り、買い出し以外には外へもあまり出ぬ始末となった。しかし私たちの生活を弥縫《びほう》するためには今一度あらゆる努力を払おうとするかの如く、身重のからだで私の看病をし、やがて生れるべき子供のために、せっせと産衣の支度をしていた。

私たちが一番惨めな思いをしたのは、私の学校時代の友人夫妻が私たちを訪ねてくれた時のことであった。彼は大学法科を出て、外地の官庁で今は課長となっていたが、彼の妻が少し病気のために大学病院で診てもらうのに上京し、夫妻で私を訪ねてくれたのであった。十年ぶりに会う古い友人のために、私はせめて海苔巻きをつくって、接待することが出来ただけであったが、友人は暫く見ぬ間に堂々たる恰幅となり、彼の細君は豊かな身嗜みで、しかも世間慣れたてきぱきとした応対ぶりなのに、貧相になった私の妻は全く気押されて、碌に口も利けない有様であった。私はその時くらい、妻の生活に対する自信の無さを見たことはなかった。私は文学のためにと言えば、肩を聳やかしていることが出来たけれど、妻にはなにも肩をそびやかせることはなかった。客の前に出て来る子供は子供で、女の子は髪が乱れ、靴下にはつぎ当てだらけ、男の子は上衣が短くて臍を出している始末であった。妻は直ぐ子供をつれて茶の間に下ったまま、客が立つ時までまたと出て来なかった。

七月か八月か経つと、まだ私にも生気が残っていたと見え、私はまたそこらを歩き廻るだけの元気を取り戻すことが出来た。私は、近所の古本屋を漁って文庫本を買って来たりした。夜の散歩に省線駅の近くの遊び場へ子供をつれて行って、暗がりのなかでシーソーをさせたり辷り台を辷らせたりして、気を紛らせることもあった。その頃私は、散歩の途中五十銭均一でアゼエリヤのステッキを一本買った。たったそれだけのことが私の最も大きな生活の歓びであった。どこへ出るのにも私はそのステッキをついて歩いた。そのうちふと私は、ステッキを持ってれば大丈夫だ、一度野に行ってみようと思い立った。それまで私は、不安が先に立って野に行くことが出来なかったのだ。しかしステッキにしっかりつかまっていれば、たとえ胸が苦しくなってもぶっ倒れることはあるまいと、私は力を得たのであった。

雨あがりの日に、アゼエリヤのステッキをつき、殆ど一年ぶりで私は野に出て行った。どこにもかしこにも新しい緑が輝いていた。私は眩しい思いをしながら、蛙の鳴き声を追うようにして田圃のなかの小径を歩いた。暫く見ぬ間に新しい家があちこちに建っていた。武蔵野牧場と小川を隔てたところには半島人の聚落があって、そこの小屋のふえているのには私も驚いた。赤い幟を立てた茶店のそばまで行くと、路ばたの草の上に山羊が一匹寝そべっていた。青い草の中に白い塊があるから、なんだろうと思って近づくと山羊だったのだ。私はそのそばにしゃがんで、ふところからちり紙を取り出した。動物園の山羊は紙に食い足りているが、その山羊はおいしそうに何枚でも食べた。私の持ってる紙を山羊が呑み込むにつれて、ツンツンと口の力の伝わって来る面白さに、私は紙をなかなか手放さなかった。暫く山羊の口と私の手で紙の引っ張り合いをしていると、薄い紙はちぎれて、山羊の口へ呑まれて行った。そんなことを何度もしているうちに、私は出がけに懐中して来た紙を全部山羊に食べさせてしまった。やってしまってから、ふと私は、私のやった紙に中毒して、この山羊が死んでしまったら可哀そうだと思い、軽い後悔を感じた。私が田舎へかえっていた時、私の家の裏山に、近所の人が山羊を繋いだことがあった。翌る朝小屋を覗いてみると、山羊は腹が膨満して急死していた。不思議に思って、出刃庖丁で腹を截ち割ってみると、山羊の腹には馬酔木《あしび》の花がいっぱい入っていたということだった。私はそれを思い出したのだ。しかし毒のあるという馬酔木と紙とではちがうんだと自分に言いきかせながら、私は立ち上った。だがやっぱり気になっていたと見え、その次ぎ野に出たとき、その山羊が同じところで青草を食っているのを見るまで、私は安心することが出来なかった。

私は山羊のそばを離れると、牧場で牛が尾を振っているのを見、それから白い柵の方へ徐《おもむ》ろにバス道路を歩いて行った。私はその時でもまだ、その白い柵のところにメリイゴオランドのような歓楽場があって、馬に乗った男が柵のぐるりを廻っていると思う空想を捨てていなかった。こんな野の果てに、そのような歓楽場などあるはずはないのに、どうしてもそうとしか思えないのであった。果してそこには何があるだろうか。正体を見たいような、或は正体を見たくないような気持で、胸を躍らせながら、私は次第に白い柵へ近づいて行った。だが、だんだん近づいて見ると、その日は誰も馬を乗りまわしている人なぞ見えなかった。私はがっかりした。なんだか、淋しくて淋しくて仕方がなかった。そこへ行けば、四六時中馬を乗り廻している人やそのほか賑やかなことがあると思っていたのに、なんのことはない、近寄ってみるとただひっそりとしているだけであった。

私は新芽を出した銀杏の囲いに沿うて柵の入口を入った。真向いに「西郊乗馬倶楽部馬場」と稚拙な字で書いた看板が立っていた。ああ、乗馬倶楽部の馬場だったのかと思って、私は場内を見廻した。一年近い間私の空想から離れたことのなかった「馬に乗る人」

の意味もわかった。まだあまり上手でない会員が、ゆっくりゆっくりと馬を歩ませていたのが、「馬に乗る人」の正体だったのにちがいない。小ぢんまりした場内には砂が敷きつめてあって、まん中に一本銀杏の木が立っている。その銀杏の木の根方で、騎手らしい、凜々しい扮装をした若い男が、煉瓦壁に彩った障碍物の板を修繕しているらしく、盛に金槌の音を立てていた。そのほかにまだ、円木で作った障碍物も置いてあった。私は柵に凭れて、暫くそこに立っていた。私の夢は呆気なく破れたけれど、夢が破れてみるとまた、その馬場一帯がなんだか明るく、よく乾き、改めて私の心を惹きはじめるのであった。

その後私は野に出るたびに、ここに寄って来ては、私の乳の高さの柵に凭れかかった。誰もいない馬場のなかをぼんやり眺めたり、時には乗馬の練習しているところを飽かず眺めたりした。騎手はいつも帽子の顎紐をかけ、長靴をはき、手に鞭を持って馬場の中に立ち、「外方手綱締めて」とかなんとか練習者に号令をかけていた。ぎこちない固い手つきで手綱をもった乗馬者は、号令のままに、駆足させたり、停まらせたり、廻れ右させたりした。

その年の暮が迫って、街に門松や〆縄などが売り出されていた時分、私が省線A駅の方から禅寺の脇の、暗い坂道を降りて来ると、向うからガバガバと威勢の好い長靴の音が聞えて来た。軍人かと思って、摺れちがいざまに見ると、西郊乗馬倶楽部の騎手であった。彼は肩を張りガバガバと靴の音を立てながら、一寸気取った様子で街の方へ出て行った。それから正月が明けて三日目の朝、私が家の前に立っていると、一隊の騎乗者が、両側に門松の列んだ、霜に凍った道に、蹄の音を立てながらやって来た。先頭に立って、赤い旗を捧げているのは西郊乗馬倶楽部の騎手で、そのあとに従っているのは、中学生ばかり五六騎であった。赤い旗には倶楽部の名が白く染め抜いてあり、騎手はいつもより一層胸を張っていた。彼の馬は後脚が二本白く、前脚には白い布が巻いてあった。私はその後幾度も路上で彼に出会った。彼はいつも胸を反って馬に跨り、住宅地の角を曲って突然現われたり、生垣に沿って歩かせながら私の前に現われたりするのであった。

私は或る時神学校からのかえりに、寄宿舎の門の前からS風致区行きのバス道路へまっ直ぐ通じている道を初めて歩き、バス道路へかかろうとすると、右手のところに、西郊乗馬倶楽部と札のかかった自然木の門が目についた。正面に見える簡素な小屋が厩らしく、入口の扉が両方に開いて、中からコツコツと床か横木でも蹴るらしい蹄の音が聞えて来た。小屋の上には、よく茂った竹藪が被いかぶさっていた。ここにも、「無用の者立入るべからず」と制札がかかっていたが、あらゆる場所に対して無用の者である私は、ここでも禁を犯して庭へ入ってみた。厩の中まで入る勇気はなかった。庭には、棕梠や芭蕉や石楠花などが植わっていて、「草木の愛を」と白い板に書いた立札が二つ三つ立っていた。飼料の藁も乾してあった。

いつか夏の夕方そこの前を通りかかると、例の騎手が厩の前に椅子を持ち出して、その上に胡坐をかいて新聞を読んでいた。いつもの帽子をかぶり顎紐をかけていたが、靴は穿いていなかった。靴下をぬいだばかりらしく、やわらかく湿りけをもっている素足をいじりながら、夕方の光を紙面に受けながら新聞を読んでいる姿は、今がたまで馬を乗りまわしていたあとと覚しく、軽い疲れのさまも快く、ひどく健康的に見えた。気息奄々として薄汚い姿をしていた私は、格別の思いで、彼の新鮮な姿を見守らぬわけにいかなかった。

去年の秋の終り頃、やはり神学校からのかえりみち、乗馬倶楽部の庭へ入ってみると、強烈な馬の匂いがそこらに残っていて私の鼻をついた。それはほんの今までその庭にいた馬の残して行ったものにちがいなかった。私はあとを追っかけるようにして、程ちかい馬場へ行ってみた。案の定、一人の大学生が危い腰つきで、馬を乗り廻していた。騎手が時々低い声で号令をかけていた。馬場の中の銀杏は、幹のまわりにいっぱい黄色い葉を落していた。時々砂を積んだトラックがどこからかやって来て、砂を撒いた。一度そのトラックが柵の入口に乗り入れる時、入口のそばに立った若い銀杏の幹に突き当った。銀杏はありったけの葉を振い落し、トラックの砂は真っ黄色くなった。風のない、曇った夕方であった。バス道路一帯には前日の風で欅の落葉が溜り、S風致区通いのバスは、雪の日に街を走るバスが悩む如く、落葉のためにタイヤをとられそうになりながら、のろのろと走っていた。

その時、私が柵に凭れて乗馬の練習を見ていると、子供をおんぶしたおかみさんや、子供の手をひいた婆さんたちが、身ぎれいななりで、通りがかりに時々柵のそばに寄って来ては乗馬を見て行くのであった。不思議に思っていると、今度は、手にお酉さんの熊手を持った子供をおんぶした人や、自分で熊手を持った人たちが寄って来ては、また立ち去って行くのであった。してみると、今日は酉の日で、そしてどこかこの近くにお酉様が祀ってあるのにちがいないと私は思った。そこで私は柵を離れてバス道路へ出た。お酉様はどこに祀ってあるのか知らないが、この人たちのあとについて、行き着くところまで行ってやろうと決心すると、私はお婆さんやおかみさん達や子供等の群に交って、バス道路を、S風致区の方角に向って歩きはじめた。

二三町も歩けば、思いがけなく、もうそこがお酉様であった。バス道路の傍には、大きな熊手を並べた店が二つも出ており、玩具屋やおでん屋や巴焼、焼蕎麦の店などを女子供が囲んで大賑わいであった。バスは上りも下りも「大鷲神社前」で停って、参詣の人をおろし、熊手をかついだ人達を乗せて行った。神社はどこにあるのかと思ってみると、それらの店と見紛うくらい小さな祠で、前に小さな鳥居が立っている。その場所をどこかと思うと、神学校への行き帰りに度々通ったことのある、精米所のある百姓家の庭先なのだ。大鷲神社前という停留所のあることも、そんな祠のあることもまるで気にかけていなかっただけに、忽然と湧いたその日の賑わいは全く思いがけなかった。幸運が授かると言えば、どんなちっぽけな場所も見逃がさず、押し寄せてゆく人間の浅間しさ、弱さ、悲しさなどを考えながら、私も人ごみの中を歩き祠に参拝した。私は人ごみのなかに、近所の魚屋の若い衆を見つけた。彼は主家の用で来たのであろう、大きな熊手を一つ買うと、自転車に積んでかえって行った。私は熊手なんか買う人の気が知れないと思いながら、国光柿だとか百目柿だとかの札を吊して柿の苗を売っている老人の前に暫く立っていてから帰って来た。

この間、十月の終り頃の或る日、私はふと思い立ってS風致区へ遊びに行って来た。野に出て、S風致区行きのバスを見る度に一遍行ってみたいと思っていた宿望を達したのだった。バス道路と西郊電車とが交っているところにあるI駅から向うへは行ったことがなかったので、私は田舎道をゴトゴト走る車のなかから、物珍らしげな顔をして、田園の景色ばかり眺めていた。私はかねてから、野趣の深いといわれるS池を見たいものだと思っていたので、窓の外を眺める私の心はかなり弾んでいた。洗い立ての、白い大きな大根が干しならべてある農家の前などを走って行った。私の側に坐った女は、熟れた稲田を指さしながら、「坊や、かえりに蝗《いなご》捕りましょうね。坊やは蝗知らないでしょう、ピョンピョン跳ねるんですよ。」と背の子供に言った。前の晩の雨のため、田の中を流れる野川の水はいっぱい溢れていた。禅定院という寺の前にS風致区の標識が立っていて、山門の前を流れる溝の水も澄んで溢れ、S池ももう直ぐだなと思っていると、早や左手の方に明るい池の水が光って見えて来た。池はバス道路まで迫って、そこらあたり一ぱい洪水のような感じだったが、その池の光のなかでバスを降りた。池尻の貸ボオト屋からは、ボオトが二三隻漕ぎ出して行った。左手の池の縁には大ぜい釣糸を垂れていたが、私は右手の、萩の花や尾花などに縁どられた明るい路を池沿いに歩いて行くことにした。私は最初、それがS池かと思っていると、それはJ池で、S池はまだその奥にあるという立札なので、S池の幽寂なさまが想像され、私はいよいよ興趣をそそられた。

J池のまん中程に島があって、島に亭があり、殺風景なセメントの橋が両岸をつないでいるので、私は橋を渡って左の岸に移った。橋の下を、男や女の乗ったボオトが抜けて行った。私は大分歩き疲れたので、岸に近いベンチの一つに腰をおろした。藻刈舟に二人の男が乗って、長い竿の先についた鎌で、水底の藻を刈っていた。根を切られた藻は、そこらあたり一面にかたまって浮いていた。ふと見ると、私の坐っているすぐ前のところに、番《つが》いのかいつぶりが流れ藻の間を泳いでいる。離れ離れになっていても、一羽が水の中へ潜ったかと思うと、直ぐ、他の一羽のそばへ頭を現わして並んでいる。私は暫くかいつぶりを見ていたが、彼等は次第に私の前から遠ざかって行った。ベンチに腰かけながら、その次ぎに私の見たものは、すぐ池のそばまで来ている畠で仕事をしている農婦と娘の姿であった。娘は畝をこしらえ、母親は地に這いながら草の根を掘っていた。肥桶も置いてあり、女の子もそばで遊んでいる。彼女等は、男女を乗せたボオトが眼の前の池を漕いで通っても、盛装した女づれの一団が彼女等のすぐ側で写真を撮っても、眼もくれなかった。土と区別もつかない彼等の姿を見て、私は憂鬱になった。私は動物園へ行って、迷い子の姿を見ると、もう動物を見ても面白くなくなるし、野に出て、土にまみれた百姓の姿を見ると、世にも悲しい気持になる。その時も、私のすぐそばで食いつくように地に這ってい る女たちを見ると、何とも言えない救いがたい気持になって、私はベンチを立ち上った。

J池が尽きると、おでん屋や汁粉屋や温室草花屋などが並んでいて、その中の道を通り ぬけてゆくと、森に囲まれたS池が静かに澱んでいた。左手に太鼓橋が架っていて、それ を渡って池の名の起りであるS寺へ行き、引きかえして池の端をめぐる路を一廻りした。萱や蘆は茂るに任せ、人怖じしない鴨が泳いだり飛んだりしていた。魁偉な形をした大蔓 が池の端の樹に絡んで、一旦池の水の中に入り、また伸び上って樹に絡んでいるのが、怪 しい動物のようであった。穴居人類の遺跡であるという洞穴も、池に向って口を開いてい た。池を囲む森では鵯《ひよどり》らしい鳥の声がしていた。私は、静かな路をゆっくりと歩いた。一廻りして、涸れたプウルのそばを過ぎ、茶店のところまで引きかえすと、庭に椅子卓子 を並べた一軒に入って、私はきぬかつぎの肴でビイルを飲んだ。私はすぐ酔った。私は卓 子の上に頰杖をつきながら、森の上に夕焼を映した雲の出て来るのをポカンと眺めてい た。時々鴨の飛び立つ音が池の方で聞えた。

私はそこに坐りながら、四年前に、友人のKさんとA君と三人で、このS池に遊びに来 ようと約束しながら、約を果せなかったことを思い出した。私たちはその頃池めぐりを思 い立ち、最初にZ池へ行ったが、私が病気になったため、S池へはとうとう一緒に来るこ とが出来なかった。その後Kさんは子供連れで来たというし、A君は一人で歩いて来たと言うことを聞くにつけ、私もいつかは一度来たいものだと思いながら、空しく四年を過したのだった。しかし、私は病気に対する例の思い過しから、もうS池へ来る機会は永久に来ないのではないかと思っていたのに、今現実にその池を訪れ、池のほとりでビイルを飲んでいるのが、なんだか嬉しくて仕様がなかった。その時私の眼先にちらついて離れなかったのは、Kさんと A君の顔であった。Kさんとは今も時々会うけれど、A君は去年の春東京を捨てて北支へ去り、その後長く会うことも出来ない。

私はKさんとA君と三人で、Z池へ遊びに行った日の楽しかったことを忘れることが出来ない。あれは四年前の、七月終りの蒸し暑い日であった。私が野に出て、立ちくらみしてから二月くらい後であった。あの日は、この四年間において、私にとって唯一度の楽しい思い出であり、私が遠くへ出た最後の日であった。

あの日のひる頃、私がうちにいると、KさんとA君がやって来て、これからZ池へ行かないかと言う。暑い日盛りだったが、ざるそばを食べてから、三人が一緒に出かけた。私はソフトに浴衣。A君は帽子を冠らず、扇子を開いて額にかざしながら歩いた。まともなのはKさんだけ、パナマに草履だった。私はそれから四五日して、五十銭の新しい麦藁帽を買ったことを思い出す。その夏の終る頃、私はまだ新しかったその帽子を、新聞でつくった紙袋の中へしまいながら、来年もし運勢が開けたら、この帽子を捨てて、新しいのを買おう、開けなかったら、もう一年こいつを冠ろうと妻に言った。しかし翌る年の夏になっても運勢は開けなかった。私はまた一年その帽子を冠った。その年の夏が終る時、私はまた紙袋をつくって、もう随分日に焼けた帽子をそれに入れながら、去年と同じことを言った。しかし三年目になっても運勢はやはりたいして開けなかった。私はまた去年の麦藁帽を取り出し、妻に言って梅酢で汚点を拭わせた。そしてその夏もまた、その古帽子で我慢した。

私たち三人は、物好きで出て来たものの、暑い暑いと文句ばかり言いながら、着物の裾をからげて歩いた。舗道の上を歩いていると照りかえしが熱くからだを包んで、ぼうっと目まいがしそうだった。やがてI八幡の森を見ると助かった気持だった。そこにZ風致区の標識が立っていた。池は多分この森蔭にちがいないと言いながら、私たちは葉桜の枝が頭すれすれに垂れ下った脇参道から杉森の中へ入って行った。池はどこにもなかった。私たちはがっかりして八幡様を拝み、それから参籠所に入って、そこの腰かけに寝ころんだ。もはやぐったり疲れていた。

太鼓を叩いたり、井戸水なんか飲んだりして、一休みすると、私たちはまた元気を出して、Z池を探ねながらぶらぶら歩いて行った。トマト畑にトマトの熟れているのも、田舎道らしかった。往還を少し歩くと、自転車屋の前に図面の掲示があって、左の方へ曲るとZ池はすぐそこのところらしかった。地図によると、S池もあまり遠くないらしく、私たちはその地図の前に立ちながら、今度の次ぎにはS池へ行こうではないかと、その時約束したのだった。私たちは期待に満ちながら、そこから左の方へ、田圃の間の広い道をポクポク歩いて行った。歩くほどに、いつの間にか、池は行く手の田圃の先に見えているのだった。私たちは最初それに気づかなかった。もしかしたら気づいていたのかも知れないが、まさかそれがZ池だとは思わなかった。気がついてみると、田圃のなかに赤く濁った池が静かに湛えているのだった。私たちは井之頭の池のような幽邃な境地を予想していたので、ひどく気抜けがした。A君の如きは、これがZ池かと、わっはわっは笑いながら手を拍くのであった。向う岸に杉の木が二本、赤く立ち枯れているのも、荒れた感じだった。

私たちは、人夫が改修している池尻のところを通って、島にある亭に行った。亭のなかには老人の夫婦が休んでいた。私たちは亭の外囲いの上に腰をかけ、時々吹いて来る涼しい風を浴びながら、小さく波立っている池の面を見晴らした。池にはかいつぶりが泳いでいた。私は初めて見るのだったが、A君が教えてくれた。かいつぶりは水に潜ると、思いがけぬところにぽかりと浮き上って、私たちを喜ばせた。潜ってから、今度はこっちへ出るだろうと当てっこをしていると、まるで遠い反対の方に頭を出すのであった。そして時々水面近く飛び立っては場所を移った。対岸の左手は今通って来た田圃で、右手の方には杉の森があった。陽が雲に入ったり出たりする度に、森の色も明るくなったり暗くなったりした。南の方の池尻にはボオト屋があるけれど、ボオトは一隻も出ていなかった。そこからは女子大学の塔も近かった。すべてが夏の日に輝いて、空も青く、平明な感じだった。私はその時は平凡な感じしか受けなかったけれど、あとになって思うと、それが却って快いのであった。時が経つにつれて、ただ野の中に赭い水が湛え、かいつぶりが水面を飛んだり潜ったりしていただけの光景が、度々私の心に蘇って来て、私を慰め、私をその方にひっぱるのであった。

かえりは、ボオト屋のそばを通って、野の道をまっ直ぐに歩いた。その道をどこまでも歩くと、S風致区へ行くバス道路と出会って、三叉路をつくるのであった。左手の道の方から、演習がえりの兵隊が、カアキ色の波のように群れ、乾いた埃をあげながら歩いて来るのが見えていたが、それは四つ辻まで来ると、そこで曲って、私たちのあとについて進んで来るのであった。路傍の茄子や胡瓜を見たり、左手はるかに、赤土の工事の見える職業野球のグランドを望んだりしながらのろのろ歩いているうちに、軍隊の行進はすぐ私たちの後に迫って来た。

そこで私たちは、とある人家の軒先に少しばかり芝のあるのを見つけ、三人がその上に腰を下ろして、軍隊の通りすぎるのを待つことにした。小さい男の子がそばで遊んでいたので、おい燐寸《マッチ》を貸してくれないかとA君が言うと、男の子は裏手へ廻って、徳用燐寸の大箱を提げて出て来た。A君とKさんがその箱を手許へ引きすえて、バットを吸った。その間に、一隊の兵士達は軍歌を歌いながら私たちの前を通りすぎて行った。手ん手に軍歌集を持って汗を垂らしていた。私たちが文学の話をしていると、さっきの男の子は、座敷から汽車の玩具を出して来て、私たちの眼の前で遊びはじめた。私たちに見てもらいたい様子なのだ。やがて私たちが立ち上ると、取り残された子供は、淋しそうに私たちのあとを見送った。

私たちはもう歩き疲れていた。物を言うのも嫌になった。その時、路ばたの板塀の上に、「生卵アリマス」と書いた札が出ているのが私の目を惹いた。生卵買って吸おうじゃないかと提議して、私は出がけに袂へ入れて来た裸の五十銭玉を手探った。石の段々をあがると、農家の庭だった。ここも植木の渡世をしているらしく、庭いっぱいの樹木だった。茎の太いダリヤの咲いた花畠のそばに井戸があって、おばさんの人が鎌を研いでいた。卵を百目くれませんかと言うと、おばさんは鎌を置いて、土間のなかへ入って行った。卵入れから卵を出して来るのだ。私の郷里の家では、紙張子の籠のなかに籾殻を入れ、そのなかに卵を埋めたり据えたりしてあるのだが、この家ではどんな風にして卵を蔵ってあるのだろうかと思っていると、今度は井戸の側においた鍬が眼についた。鍬の形は郷里のものと異るけれど、刃先が左に片寄ってちびていた。右足を前に出して鍬を使うのと、左足を前にして使うのと、得手々々によって、鍬のちび工合もちがうということを知っていたので、私は鍬の柄を持って少しばかり土を掘ってみた。私は右足を前に出して鍬を使うのだった。そこへ、古新聞の袋に入れた卵を持って、おばさんが出て来た。百目二十四銭で、近所の酒屋よりも一銭安かった。私たちは農家を出ると、早速卵を一つずつ持って、石の角に打ち当てたり、路傍の車の柄に打ち当てたりして殻を割り、仰向けになって、卵のみを啜り込んだ。なんだか心が解放されたようで愉しかった。

　少し行くと、板橋があって、きれいな水が藻を揺りながら流れていた。一人の男がシェパードを水のなかに入れ、ブラッシで毛並を洗っていた。私たちは小川のふちの青い草の上に腰をおろして犬を眺めた。犬を怖がるA君が、犬から一番遠いところに座を占めた。犬を洗った男が立ち去ると、私たちは代る代る水の中に入って、埃のついた足を冷やした。そこには、ぬるぬるした板があって、私たちはその上に立った。水は脛の深さだった。私たちは水からあがると、下駄を尻の下に敷き、濡れた足を青草の上に投げ出して乾くに任せた。陽の光は傾いて、草の上を斜に辷っていたから、足の濡れを乾かす力もないだろうと思われるほどであったが、向う脛に濡れついていた毛は次第に乾いて行った。二人の少女が、向うの草径からあらわれて板橋を渡り、私たちのうしろに消えて行った。黒いオハグロトンボの群が、流れの上のかすかな風に逆らいながら、同じところをひらひらひらひら飛んでいた。足が乾くにつれて、疲れが湧き、肱枕をついて私は草の上に眠りたいような懶《ものう》い気持であった。……

　私はS池のほとりの茶店で、あの楽しかった日のことを思い出しながらひとりポカンとしていたが、気がついてみると夕闇もせまりはじめたので、私は立ち上って、行った時とは反対の路を辿りながら、池の縁をぶらぶらかえって来た。ほてった頰に、水気の多い夜気が冷や冷やと気持好かった。貸ボオト屋に灯がついて、それが黒い水面に映って揺れていた。燈火管制明けの夜だったから、明るい灯が殊に私の眼を喜ばせた。私が暫らく待って乗ってかえったバスも、勿論燈火管制明けの眩しい灯を車内にとぼしていた。

それから数日経って、私は今度は、四年前に、KさんとA君と三人で足を洗った小川のそばへ出かけて行った。晩秋の好い天気だった。板橋の下の流れは水が減って、私たちが足を洗ったぬるぬるした板は、水の上にあらわれて干乾らびていた。私たちが敷いた草も黄色く枯れ、ただクローバの葉だけが季節外れのきれいな緑でひろがっていた。私は乏しい水の流れを見ながら、そこに長く立っていた。私はKさんや、遠く支那にいるA君のことなどを思い浮べた。私の感慨は、ここで足を洗った時分からの四年間を、自分はよくも生きて来たものだということであった。


最後に、野について最も悲しい思い出を一つ書いて、私は筆を擱くこととしよう。

今年の夏になって、長い間私たちの生活を弥縫しようと努力して来た私の妻が、激しい神経衰耗《すいこう》に陥ったのであった。八月初めの或る日の午後、私はZ池よりもっと北にある、野の果ての静かな病院に、妻を運んだのであった。眠り薬を注射された妻は病院自動車の中に眠り、薬のために咽喉が乾くのか頻りに唾を吐き散らした。何を念ずるのか、病院に着くまで胸の上の合掌を解かなかった。家には、その朝雇ったばかりの派出婦に、三人の子供を託してあった。私は妻の顔を見ていることが出来ず、窓の外にばかり眼を外らしていたが、天日も為に昏くなるような気持がして、夏野の景色も何も私の眼には映らなかった。

　しかし三月ばかり病院にいると、妻はすっかり元気を回復したので、私はまた妻を自動車に乗せ、秋の姿になった野を横切ってかえって来た。妻は前よりもずっと元気がよく、今は毎日毛糸を編んでいる。

　妻が病院から帰って間もなく、二の酉だった。私はそれを覚えていて、夕食後、例の大鷲神社へ出かけて行った。暗い夜空に、祭の灯が映えて、笛や太鼓の音も賑やかに聞えていた。今年は精米所がなくなったので、その跡の庭に、神楽の舞台が出来ていた。面をかぶった頼光と大江山の鬼が出て、何かやりとりするたびに、見物人達は笑いをあげた。「誰だかよく判らねえや」と呟くひともあった。在所の知合いの誰彼が扮しているのにちがいない。私は人ごみのなかに、うちによく来る屑屋の朝鮮女を見かけた。二人の子供をきれいに着せて連れて来ていた。私はその朝鮮女が熊手を持っているのを見ると、私も一つ熊手が欲しくなった。私は十銭の小さな熊手を買った。それには箒のつもりで藁しべを挟み、出世大鷲神社御守護のお守もついていた。私は熊手を持って、ひどく嬉しくなって、すぐ家にかえって来た。家にかえると、冗談ともつかず本気ともつかず、妻や子供や自分の頭にその熊手をのせ、今までは病気やなんかしてどうもよくなかった、来年は一つの幸運を授かろうじゃないかと言って、高く笑った。

聖ヨハネ病院にて

僕はこの頃、聖ヨハネ病院の一室で寝泊りしている。この病院の精神病科へ移って来ている妻を看取るためである。

数日前、半月分の入院費を払いに来たら、係りの看護婦が、一寸話したいことがあるから来てくれと言うことだったので、僕は看護婦室へ行った。奥さんが非常に衰弱していて、いつ如何なることが起るかも知れないから、附添いを附けてくれと言う話だった。僕は、看護婦の机の上に置かれた「真実一路」という本を見ながら、聞いていた。僕も、妻の顔の腫《むく》みが日増しにひどくなり、その腫みが右の脚にまで及んで、立ち居も思うままにならなくなっているのを見て、これは憂慮すべき状態ではないかと思っていた矢先だったので、驚愕はしなかったが、しかしぐんと胸にこたえるものがあった。それから看護婦は、妻の眼が見えないので、身の周りのことに不自由すること、衣類や寝具の不潔なこと、この間は廊下に置いた神父さんのお燈明を蹴って壊したことなど訴えた。

そんなわけで、その翌る日の夕方、僕は、トランク一つ提げて、病院にやって来たのである。附添いを雇うにも人は無し、頼りにする身内の者は誰も東京に居ないので、自分で附添いをするよりほかないのだ。トランクの中には、タオルや石鹼や歯ブラシや寝巻などのほかに、原稿用紙もペンもインクも本も入れてあった。僕は、何か新しい生活が始まるような、楽しくさえある気持を抱いて、病院へ来たのだった。もう暗みがかった野中の道を病院の方へ歩きながら、夫婦とは名のみ、これまで七年の間寝起きを共にすることもなかったのだが、計らずも一室に同居出来るようになった今度の生活は、いつまでつづくものか知らないが、自分達の夫婦生活における最後の残光のようなものだ、これまでにない美しい生活とせねばならぬと考えたりした。出来るだけ気を附けて、妻にもやさしくしてやろうと考えた。妻が便所へ立つと言えば手引きをしてやり、食事の時間になれば配膳を運んでやり、襦袢や湯文字などが汚れれば洗濯をしてやり、合い間合い間には本を読み原稿を書こうと考えると、勇み立つような気持さえ感ずるのだった。

僕が病院に寝泊りするようになってから四日目に、旅行中だった院長が帰って来て、久しぶりの廻診があった。着物をずらして聴診器を当てられる妻の胸や肩は、骨ばかりになっていた。見ていると、息を屛めたくなるようだった。診察が終ると、院長は僕を廊下に呼び出し、ヒソヒソした小声で、奥さんも衰弱が激しいから、案外ポックリゆくかも知れない、まア恢復は覚束ないものと思って、貴方も看取りをするつもりでいて下さいと言った。これはもう最後の宣告であった。院長は穏に、諄々とした口調で言った。僕は院長の一と言毎に頷きながら、妻の運命について、平静に聞き、平静に考えることが出来た。当然来るべき時が来たこととして、取り乱すことは愚か、悲しみさえも湧いて来ないほどだった。妻には済まぬことだが、その時僕の頭は、妻に別れる悲しみを通り越して、妻が亡くなった後の煩瑣な雑事を考えて、それに悩まされている有様だった。この数年来、僕はもうすべてを諦めて、妻の病気が快くなって、もう一度社会に有用な人となり、我が家庭に幸福をもたらして呉れる人となることを望んだことはなかった。一日でも長く、一日延ばしに、妻の生命を延ばしてやることしか考えなかった。だから、最後の宣告を受けても、半永久的なものと考えていたその一日延ばしに、或る区切りをつけられたものと思うだけだった。一日延ばしが、一月になろうが、四五日に縮まろうが、それはどうでもいい、今迄通り一日延ばしをつづけるだけだ。そう思うと、最後の宣告も、恐ろしくも悲しくもなかった。ただ、つづくところまで、妻の命をつづけさせてやるまでだと考えるよりほかはないのだった。

病院に来て、仕事の第一着手として僕のもくろんだことは、この際妻の思い出話を筆録しておこうとすることだった。結婚してから後の妻の生活については、大抵のことは知悉しているつもりだったが、妻の生い立ちについてはよく知らないので、それを書き留めておきたいのであった。それには、今を措いてもう機会はない、若しこの機会を逸すれば、無心に過した妻の生活は、永久にあの世へ持って行かれ、この世に跡をとどむべきすべは失われてしまうのだ。そう思ったものだから、僕は例のトランクの中から一冊のノオトを取り出し、しみじみ語ってくれるものと期待しながら、さりげなく言った。

「おい、退屈ざましに、これから毎日、何か、思い出し放題に話してみないか？　子供の頃の事でもいいし、女学校の時分の事でもいいから。そうしたら、僕が筆記してやるよ。」

するとヽ妻は憤然とした面持で答えた。

「嫌やですよ。貴方はまたそれを小説に書いて発表するんでしょう。」

僕は二の句が継げなかった。名目は何であれ、僕の心の奥底に潜む卑しい作家根性を、妻は看破したのであった。妻はこのような鋭さで僕を驚かせることが屢々であった。それは、病むようになってからも少しも衰えなかった。寧ろ、病むようになってから、心霊的な透視力さえ伴って来たように思われた。この鋭さのために、妻は病むようになったとも言えそうだった。この時も鋭い妻の一言に、僕は胸を突かれ、内心卑しい作家根性に恥入りながら、スゴスゴと万年筆を鞘に納め、トランクの上に開いていたノオトを閉じるより仕方がなかった。

妻は、言葉を改めて言った。

「わたし、そんなことより、お隣の部屋の方に、お詫びを言って来て欲しいわ。」

「何んのお詫び？」

「この間ね、お便所からの帰りに、わたし、お隣の部屋の前に置いてあった電気スタンドに躓きかかって、ガチャガチャと壊しちゃったの。わたし、それが気になって気になって仕方がないから、貴方、一寸行って、お詫びを言って来て下さいな。」

「その話なら、看護婦から聞いたんだが、ありゃ電気スタンドではなくて、神父さんのお燈明だって言うんだよ。」

「それなら、尚のことよ。ねえ、お詫びを言って来てよ。」

「あんたは眼が見えないんだから、それくらいのこと、仕方がないさ。」僕は謝罪に行くのが面倒だったので、あっさりそう言った。

「でもねえ、そんな大切なもの壊しちゃって、悪いと思うわ。わたし、それからって言うもの、はばかりへ行くのも、出来るだけ怺《こら》えているのよ。また粗相をしそうで、怖くって行けないのよ。」

「そうか。」と言って、笑いながら僕は立ち上った。真以《しんも》て言う妻の言葉に動かされたのであった。「あんたが、それほど気にしてるんなら、じゃア一寸行って、お詫びを言って来てやろう。」

僕は廊下に出て、隣の室のドアを叩いた。内から返事があって、僕はドアを開けた。室の主は、もう四十を過ぎていると思われる上品な奥様で、半身を起して、寝台の上に坐っていた。見るからに敬虔な感じのする人で、この人の室には、毎朝、ドイツ人の神父さんが来て、ブッブッと呟くような声で、祝福の祈りを捧げるのであった。寝台から離れた卓子の上には、十字架を中に、お燈明と花とが供えられてあって、それに向って、寝台の上に坐った夫人が、白いかずき物を冠って、きっとした姿で礼拝しているのを、ドアの隙間から見かける朝もあった。多分結核の患者で、病院内のサナトリウムの室が空くまでの間、精神病科の室に身を寄せているのではないかと思われた。

僕はドアの間から顔を出すと、

「私は、隣の室でお世話になっている武智のうちの者ですが、先日は家内が、お燈明とかを壊しましたそうで、大変申訳ないことを致しました。」と恐縮しながら詫びを述べた。

するとと夫人は穏な微笑を浮べながら、

「ああ、いいですのに。ちっとも御心配には及びませんわ。」と、歯牙にもかけていないらしい口振りであった。

それを聞くと、僕は罪を許されたようにホッと安心をして、更にその寛容な態度に甘えかかるように、

「目が見えないものですから、大変粗相を致しまして……」と繰り返した。

「ほんとに、何んでもありませんのよ。わざわざお詫びに来ていただくほどのことはありませんわ。」と言う夫人の微笑は、いよいよ鷹揚さに輝くのであった。

「家内が気に病んで、お詫びを申してくれと言うものですから……。それでは、どうも失

礼致しました。」

　病室に帰って来ると、妻は待ちかねていて、「どうでした？」と心配げに尋ねた。

「いいんだって、心配することはないんだって。」

「そうお。お燈明なんて、神聖なものを壊して、ほんとにいいのか知ら。」と妻はやはり心配の解けぬ顔をして言った。

「よくはないんだろうけど、仕方がないさ。大変好い奥様で、そんなことを咎め立てする人とは思えないよ。」

「そうお。そんならいいんだけど……。わたし、目が見えないから、今まで電気スタンドだとばかり思っていたのよ。」と、妻はやっと安心をしたように声を立てて笑った。

「だから、これからは、便所に行きたくなったら、僕にそう言うんだ。そうしたら連れてってやるから。そのための附添いなんだからね。強情を張って、自分一人で行くなんて言っちゃ、駄目だよ。」と僕はたしなめた。


　僕は病院に来てから、よく眠れる。これが、瀕死の病人の附添いかと思われるほど、屈託なく眠る。疲れが出るのかとも思うが、病院にいると、慾も得も離れた気持になって、不断の事は何も彼にも打っちゃらかしていられるからであろう。仕事や生活のことで煩わされることがないからだ。

毎晩八時半には消燈なので、妻はそのまま寝台の上に臥せり、僕は床の上にじかに蒲団を敷いて横になる。日がな一日寝台の上に坐りつづけ、而も秋の夜長のこととて、妻はなかなか眠るすべを知らない。僕は睡たくて仕様がないのに、妻は何かと話しかけて来る。僕はうるさいので、好い加減な返事をして聞き流しているうちに、ぐっすり眠り込む。これでは、夜なかにどんな異変が起っても気が附かないだろうと思っても、睡たいのだ。

　或る夜、一眠りしてふっと眼を醒ますと、妻の起きている気配である。

「徳子、起きてるのか。」と声をかけると、

「ええ。」と返事をする。寝台の上に坐っている声だ。

　僕は起き上って、電燈を捻った。妻は闇の中に坐って、何か縫い物をしていた。目が見えないので、灯がなくても平気なのだ。針は大きな蒲団針を使っている。

「宵からずうっと寝なかったの？」

「ええ。」

「好い加減にして寝たら、どうだ。起きてるところを看護婦に見附かると、怒られるぞ。」

「でも眠れないんですもの。」

　妻は縫いつづける。僕は電燈を消して、また寝ようとすると、「一寸、一寸、貴方。わたし糸を巻くから、持っててくれない？」と妻が引き留めるのであった。

「これは黒糸だよ。」と言いながら、僕は糸のかせを両方の手首にかけた。妻は紙の糸巻

を取って、巻きはじめた。僕は子供の時、そうやって、母が糸を巻くのを手伝ったことを思い出しながら、糸をかけた両手を右左に動かした。

「今度は、白い絹糸だよ。区別をするために、木の糸巻に巻いとくといい。」

糸巻きが終ると、「縫うことは措いて、針の穴にどうして糸を通してるんだ。」と、僕は不審に思いながら、尋ねてみた。すると妻は、懐ろに入れていた合財袋《がっさいぶくろ》の中から、小さな針金を取り出しながら、「これに糸をつけて、通しますわ。」と言って示した。それは、いつか小包を送った時に附けた荷札の針金だった。

「なかなか智慧が働くんだね。」と笑いながら、僕は電燈を消して、蒲団の中に潜り込んだ。

朝目を醒ましてみると、妻は疾《と》うから起きて、薄暗い中で針を動かしていることもある。こうして妻は、紺絣の揃いで、上衣とモンペを縫って、それを着ている。胸には、縞の布で、ポケットを附けている。勿論糸目は粗く、歪んでいる。他の患者達に引き較べ、むさくるしいなりなので気が引けるけれど、僕には妻の心根がいじらしいので、構わずに置いてある。懐ろに入れている合財袋も、そうして縫ったものなら、箸入れの袋もそうして縫ったものである。

僕は朝起きると、妻が洗面に行ってる隙に、ハタキをかけて、部屋の中を掃き出し、雑巾がけをする。その頃には、僧服を纏った神父さんが、頭立《かしら》った看護婦を扈従させて、信者の室から室へ、朝の祝福を与えに歩いて行く。看護婦はチンチン鉦を敲きながらついて行く。鉦の音は、廊下の角から現われて廊下の角に消え、また二階にもあがって行く。

食事前になると、係りの看護婦が、薬缶を持って、茶を注いで歩くので、それから間もなく、僕は炊事場へ行って、妻のために配膳を取って来る。僕は、前の日の午後家へ帰って支度して来た弁当を開く。弁当と言っても、大抵は代用食の薩摩芋五切れ六切れだ。それさえも、時には妻に頒けてやって、二切れか三切れしか食べないこともある。妻が、病院から給される三度三度の御飯や粥やパンなどを、さも大事そうに、それのみを一日の楽しみにして食べているのを見ると、哀れを催して、どうしても頒けてやらずにはいられなくなるのだ。そのあとでは、僕はおなかが空いてペコペコになって、何をするのも大儀になる。それを、無理に我慢して、おひるまで怺え通す。時には、怺え性もなくなって、こんなことなら頒けてやらねばよかったと、後悔することもある。

しかし僕も、ここに来てから、妻のお蔭で、牛乳が飲めたりする。牛乳を飲むなんて、もう何年もないことだ。病院では、時折牛乳の配給があるので、希望者だけ、それを現金で買い取る。妻は牛乳の配給のある日をどんなに楽しみにしていることだろう。そして、懐ろの合財袋の中から、皺くちゃになったお札《さつ》を出して、自分で金を払う。僕が蟇口《がまぐち》を出して払おうとすると、「いいのよ」と言って、自分で払わねば気が済まない。前の病院にいる間、一切金を持たせられなかったので、十銭札や五銭札のあることも知らなかったし、十銭札と五銭札の区別は、手で触ってみて、札の大きさで極めるのだが、そんなにして金を扱うということが、妻にとっては、新鮮な喜びらしいのだ。妻のその喜びを量って、僕は一旦出した蟇口をまた引っ込める。妻は牛乳瓶を受け取ると、「貴方、一寸紅茶茶碗を取ってよ、頒けて上げますから。」と言う。

「いいよ。僕はいいよ。家に帰れば、何か彼にか食べられるんだから。あんたがみんな飲んでしまえよ。」と僕がいくら拒んでも、妻はどうしても聞き入れない。仕方なく紅茶茶碗を取ってやると、妻はそれに牛乳を半分頒けて呉れる。目が見えなくて加減が判らないから、自分の分が少くて、僕の分が半分以上になることもある。二人は寝台の縁に腰かけて、牛乳をごくごくと飲む。

「おいしいなア。牛乳の味なんて忘れていた。」と、初めて飲んだ日に、僕はそう言った。柔媚な口触り、つづいて、乾いた咽喉を、冷やっとした乳が、滑らかに吸い込まれて行った。

時とすると、妻は自分では一口も口をつけずに、牛乳瓶をそのまま置くことがある。「どうしたんだ。おいしいうちに早く飲んだらどうだ。」と僕が促すと、「早く飲んじまうと惜しいから、あとで飲むわ。」と言って、半日もそのまま取って置くこともある。飲んでしまったあとの淋しさを考えるのであろう。そして、動物が反芻するように、ゆっくり味って飲むつもりなのだ。

今年になってから初めて栗が食えたのも、妻のお蔭だった。或る晩、家に行っていて病院に帰って来ると、妻は食器箪笥の中から、紅茶茶碗の受け皿を取り出した。皿の中には、得体の知れない茶がかった塊が、二かけ入っていた。妻はそれを撮《つま》むと、僕の手を取ってひろげながら、「今日の晩、栗御飯だったのよ。」と言って、その二かけの茶がかった塊を、僕の掌の上に載っけた。それは、僕のために、飯の中から選り出しておいた栗のかけらだったのだ。

「病院に来て、色々珍らしいものが食べられるなア。」と笑いながら、僕はその栗のかけらを一つ一つ、それこそ反芻するようにして食った。選り出すにしても、箸で挟めないから、妻の汚れた手で撮み出したものにちがいない。汚ならしい気がせぬではなかったが、妻の心尽しを汲めば、そんなことを考えてはいられなかった。

或る朝、妻にお相伴しようと思って、トランクの中から弁当筥を取り出すと、いやに軽いのだ。不思議に思いながら開けてみると、弁当筥の中には、一切れの芋もない。

「どうしたんだろ。僕の弁当がなくなってるが。」と言いながら、僕は妻の方を見た。

「わたしが食べたわ。」と妻はけろりとした顔で答えた。

「俺が、昨夜寝てる間に、盗んで食べたんだな。」僕の感情は突差に激した。

「ええ。」

僕は、折角の朝の楽しみを奪われて、腸が煮えくり返るような気持だった。僕は妻の顔を睨みつけながら、憎さげに言った。

「駄目じゃないか。俺の朝飯がなくなったじゃないか。弁当も食べないで、介抱が出来ると思うか。俺が仆れたら、どうする。そうしたら、誰があんたを介抱してくれるんだ。今夜から、家へ帰ったきり、もう病院には来ないよ。」

「でも、飢《ひも》じいんですもの。」

「飢じいんだって？　飢じいことは、あんたも俺もおんなじこった。」

　勝手にしやがれ、どうにでもなれという捨鉢な気持だった。そんなことを言って、はしたないとも思わなかった。妻を亢奮させて、どんな悪影響を与えるかとも考えなかった。僕はまるで駄々っ子のように、自制を喪って、突っかかってみたり、愚痴を言ってみたり、果ては泣き言を並べてみたりするのだった。

「わたし、天ぷらが食べたいわ。」その時妻が、僕の悶えをよそに、取ってつけたように言った。

「なに贅沢言ってるんだ。」

「でなきゃ、油を持って来て下さらない？」

「油をどうするんだい。」

「御飯にかけて食べるわ。」

「配給のないものが、どうして持って来られるんだ。握り飯にしたって、芋にしたって、大豆にしたって、あんたに持って来るものは、みんな俺の配給を割いて持って来てやってるんだぞ。ちっとは俺の心を思え。」

肚の虫は収まらなかった。いくら言っても言い足りなかった。罵詈雑言の限りを尽そうと思いながら、しまいにはもう言葉が見附からなかった。止むを得ず口を噤んでいると、自分の心が、如何に深い絶望的な気持で悶えているかが、よく判った。

僕はもう口を利くのも嫌やになったので、妻を一人残して、病室を飛び出した。下駄を突っかけて、裏門の方へ出て行った。前夜大降りした雨は歇《や》んでいたが、雲はまだ低く垂れ、道は湿っていた。消毒室みたいな土間で、口にマスクをした看護婦が大釜の下を焚いているのや、日光室と思われる硝子張りの室に、ベットだけが並んでガランとしているのを、白けた気持で眺めながら、僕は裏門を出た。

病院を囲む生垣に沿って右に折れると、片側には大根畑を縁取って茶の木の株が列んでいた。茶の木は蕾をつけていたが、まだ固かった。先には赤松の聳えた林があった。百舌鳥が鳴いていた。今はもう怒りを忘れ、唯しんしんと湧く悲しみを抱いて、僕は小径を歩いていた。病気の妻に向って、無慈悲な言葉を浴せたのが悔まれた。病室に一人取り残された妻の心を思い遣った。病院へ来たら、やさしくしてやろう、美しい生活を始めようと意図しておきながら、それを我と我が足で踏み躙った自分自身に腹が立った。そうかと思うと、急に現実に立ち返って、そうだ、明日からは弁当箇を持って来るのは止そう、米を炒って、袋に入れて、ポケットに入れて来れば、妻に気取られずに済むにちがいない、罪は自分の不注意にあったんだと、自分自身に言い聞かすのであった。

林の下草は秋枯れて、それに交って薊の花が咲いていた。小径の先には、野川を溢れた出水が芋畑を浸して光っていた。僕は、軽く勾配をなした小径を水際まで降って、暫くそこにぼんやり立って、林の影を映して、緩く動く水の面を眺めていた。

そうして僕は、考えるともなく、妻が一本の牛乳を頒けてくれたことや、二かけの栗の実を取っておいてくれたことなどを思い出していた。それからまた、或る朝、菜っ葉の浮いた一杯のおつゆを、半分頒けてくれたことも思い出した。牛乳を頒けてくれた時と同じに、その時も、菜っ葉は僕の方に来てしまって、自分の椀には汁の実は少しも残っていなかったが、妻は委細構わなかった。それからまた、おひるに出た薩摩芋を頒けてくれたこともあった。丸太の芋が四つだったが、妻はどうしても頒けてくれると言うので、そんなら一番小さいのを一つ呉れと言ったら、無理矢理二つ握らせねば承知しなかった。それこれ思うと、自分の妻ながら、きれいな心に僕は洗われるようであった。自分だったら、とてもそんなことは出来そうに思えなかった。僕は、自分の所行を恥じた。僕は自嘲的な舌打ちをしながら、水の上にペッペッと唾を吐き飛ばした。

この病院はカソリックの病院だから、異端の書を持ち込んではならぬと、「入院心得」

の初《しょ》っ端《ぱな》に書かれている。病室内で煙草を吸うことも禁じられている。で、僕は煙草に飢える度に、夜昼の区別なく外に出て吹かすことにしている。

それに、狭い病室の中で、神経を病む妻と二人で向いっきりでいるのは、こちらの神経にもこたえて来る。二十年近く連れ添った妻であるとは言え、どうにも遣り切れなくなるので、僕は息抜きのために、一寸の間でも病室を脱《のが》れ出たくなる。そのためにも、「一寸外に出て煙草を吹かして来るから」と言うのは、甚だ都合の好い口実になる。そして、外の空気に触れながら、解き放たれたホッとした気持で、煙草を燻ゆらすのである。

朝の食事の後で直ぐ病室を飛び出すのは、朝の煙草を楽しむためばかりではない。外の陽を恋うのでもある。もう十月も半ばになったので、病室の中は薄ら冷たい。その上、病室の前には、まだ葉の落ちない梧桐の木が芝生の上に立っていて、それが窓に射す陽を遮って、昼過ぎでなくては温くならないので、寒がりの私は、カロリイの足りないのも手伝って、一ッ時もじっと辛抱していられなくなる。病室の採光の工合は好いので、梧桐の葉さえなくなれば、朝から晩まで陽が入るはずだから、一日も早く梧桐の葉が落ちてくれればいいと僕は願っている。外に出ると、処女的とでも言いたい朝の柔かな陽の光を浴びながら、煙草を咥えて、病棟脇の通用路を往き来する。歩き疲れると、処構わず腰を下ろして、煙草の煙を眺めながらポカンとしている。

或る日曜日の朝は、門前の芝生の上に坐って、一服吸った。ポカポカと暖かった。自分一人暖い目に遭うのが、妻に済まないような気がされた。日曜日のことだから、色んな人が見舞に来る。若い娘がリュックサックを背負って来るかと思うと、母親が女の子と男の子を連れて来る。女の子の持った買物籠には、コスモスの花が投げ入れてあった。お爺さんがリュックサックを背負った後から、腰の曲ったお婆さんが、風呂敷包みを背負ってついて来る。お婆さんは玄関に坐り込んで、素足の埃を払って、足袋を穿いた。お婆さんの眼鏡の玉が白く光った。分別そうな老紳士は、風呂敷包みを芝生の上に置いて、包み直した。近所の人らしい女は、裸かの弁当筥と、煤けた薬缶を持って来て、間もなく帰って行った。

しかし、いつの間にか、僕の腰を下ろす場所は決ってしまった。通用路の片側に並んだ樫の木の下である。樫の木は十本ばかり、一間位の間隔をおいて立っている。一ところ、その樫の木と樫の木の間に、廃材が積んであって、其処は陽当りも良く、風蔭にもなっている。廃材を敷いて坐れるので、ズボンの尻も汚れない。僕はそこに坐って、全身痺れるような朝の煙草を楽しんだり、ポケットから本を取り出して読んだりする。

或る朝、僕はその樫の木の下で、団栗を拾った。団栗は、風のないのに、パサッと音を立てて落葉の上に落ちたり、枝から枝へ突き当りながら、廃材の上へ転げ落ちたりした。僕の頭にコツンと堅く当って、弾け飛ぶこともあった。僕は自分の周りに落ちた新しい団栗を拾い尽すと、立ち上って、腰を屈めながら、椎の実を拾うように拾い歩いた。拾って、掌に一杯になると、ポケットに入れた。ポケットが膨れるほど拾った。壊れかけた板塀を隔てた隣屋敷からは、栗の木が枝をかぶせかけて来ていて、腐った毬を落していた。僕はその栗の毬も漁って、たまたまその中に健全なふっくらした栗の実を見出すと、得意げに独りで微笑んだりした。そして、泥に汚れた栗の実を、ズボンの膝にこすりつけて、つやつやとした艶を拭き出すのが楽しみだった。

そこへ、どっかの病室へ附添いに来ているらしい若い女が、洗濯物を持って出て来た。樫の木と樫の木の間に麻縄が張り渡してあって、それに洗濯物を掛け並べようとするのである。僕も自分で麻縄を張って、妻と自分の汚れ物を濯いで、時々そこへ干すことにしている。女は、胡散臭そうにジロジロ僕の方を見ながら、一寸逃げ腰と言った恰好で、麻縄のところへ近づいて来た。僕は単純に、自分に気兼ねしてるんだろうと思ったので、彼女の心を解いてやるために、僕の方から心安げに声をかけた。

「天気が好くて、いい塩梅《あんばい》ですね。」

すると女は、駭《おどろ》いたようにギョッとした顔をしたが、やがて心を落着けて平静を装いながら、やはり胡散臭そうな眼を僕から放さずに言った。

「小父さん、何拾ってるの？」

「団栗を拾ってるんですよ。」僕は照れ笑いしながら答えた。

「団栗拾って、何んにするの？」

「代用食にするんですよ。」

　嘘でも冗談でもなかった。僕は団栗をうちに持ち帰って、水に浮べてみて、沈むのだけ掬い出して、それを乾して、来るべき冬に、何程かの備蓄食糧とするつもりだった。

「代用食に？　団栗を代用食にするんですか。」と女は呆れたように念を押した。

「ええ。」

「おいしいんですかね。」

　僕はそれには答えず、「お米の中に入っている黄色いものは、みんな団栗だそうじゃないですか。」と言いながら、また団栗を拾いつづけた。女は洗濯物を干しながら言った。

「病院て、なんて退屈でしょうね。」

「退屈ですね。」

「小父さんは、もう長く病院に居るの。」

「いや、まだ一週間許り。」

「頭が悪いの？」と女は恐る恐る尋ねた。

「いや、悪いのは女房で。」と僕は笑いながら、「僕は附添いに来てるんですよ。」

「ああ、奥さんが御病気なんですか。」

　女はホッと安心したように顔の筋肉を弛めた。僕はその言葉で、女がジロジロと胡散臭そうに僕を見ていた意味が判った。女は、僕を精神病科に入院している患者と思い違いをしていたのだ。女はその疑いが解けると、初めて当り前の人に話すように、急に親しい調子に打ち解けて、問わず語りに僕に話しかけるのだった。彼女は、埼玉の在から出て来て、病院には二晩寝ただけだけれど、退屈で退屈で、飽き飽きしていると滾《こぼ》した。彼女は、田舎の娘らしく、顔など眼が細く窪まるほど肥え太っていて、赤らんだ頬や手をしていた。彼女が附添いに来ているのは、近所の家の姉妹娘《きょうだい》で、姉は脱腸、妹はカリエスの手術のため、外科の方にかかっているのだが、病室が空いてないため、精神病科の病室にいると言うことであった。

女は洗濯物を干し終えると、紫天鵞絨《ビロード》の足袋が下駄からはずれるのをひっかけながら、病棟の方へ帰って行った。僕は女の後を見送りながら、可笑しさに独り笑いがこみ上げて来て仕方がなかった。処は精神病科の病棟の脇だし、僕の風体がまた異様で、団栗を拾ってはポケットに突っ込んでいるものだから、神経患者と間違えられるのも無理はないんだなと思いながら、僕は団栗を拾う手を休めて、不精鬚の伸びた頬っぺたや顎を撫でてみたり、戦闘帽を脱いで、カサカサにほおけた髪のかぶさった頭を掻き上げてみたりした。郷里の弟から貰った青年服のズボンは、尻に穴が空いていた。田舎の人から見たら、食えもしない団栗を拾って代用食にするなんて、それだけでも気違い沙汰と思われたにちがいない。そう思っているうち、僕はふと一つの錯覚に捉えられた。自分は正気で、妻の附添いに来ているつもりでいるのだが、それは自分の思い違いであって、実は自分の頭は狂っていてこの病院に入れられ、ここにこうして団栗を拾っているのではないかという気がして来るのであった。そう思い始めると、その考えはいつまでも僕の頭について廻って、なかなか離れないのであった。

十時過ぎになると、毎日一人の男が、病棟の出入口のところに現われて、敷石の上に持ち出した七輪を焚く。まだ二十六七と思われる若い男で、背がひょろ高く、蒼黒く瘠せて、肘や膝や踝《くるぶし》なんかの関節が瘤々になって見え、一見して長患いの病人らしい様子をしている。結核患者にちがいない。結核患者にしても、あの骨と皮ばかりの様子から見ると、相当重症なのにちがいないと思うものだから、その男を見る僕の眼は、自然胡散臭そうに走るのだった。彼は七輪の前に蹲んで、団扇で煽いでみたり、鍋の蓋を取って何遍も煮え工合を検べたりするのだが、燃えさしの煙がどんなに燻って来ても、彼は顔一つ反向けず、執拗に煽ぎつづけたり蓋を取ったりするのだった。彼のそうしているところは、僕の坐り場所から、真正面に見えた。

或る日僕は煙草を吸おうとして、燐寸箱《マッチばこ》を取り出してみると、もう一本もなく使い果しているのに気が附いた。僕はその男に近づくのが一寸けったいな気持だったけれど、煙草喫みたさに、彼の側へ寄って行った。

「一寸、煙草に火をつけさせて下さい。」と言いながら、僕は手製の巻煙草を煙管に押っ立てて、七輪の火に近づけた。

「どうぞ。」と言ったまま、彼は七輪の下を焚きつづけた。

「君はもう長くこの病院にいるんですか。」僕は煙草を吹かしながら尋ねた。

「もう快くなってるんですが、徹底的に癒すために、まだ病院に居るんです。」と彼は一寸とんちんかんな返事をした。

「君は毎日自炊してるんですか。」

「いや、お八つを煮てるんです。」と彼は無愛想に答えた。七輪に仕掛けてあるのは甘藷であるらしかった。

「僕も甘藷が欲しいんだが、この近所で売ってくれるところはないでしょうかね。」

「ありますとも。しつこく頼めば、どこでも売ってくれますよ。」彼は無造作に答えた。

その翌る日の朝、僕がまた日向ぼっこをしていると、その男は廊下からあたふた降りて来て、病棟の壁沿いの空地にベタに植わった三ツ葉を刈りはじめた。廊下を通りかかった看護婦が、窓から顔を覗けて、声をかけた。

「佐伯さん、その三ツ葉、随分よく出来たわね。」

事実、その三ツ葉はよく発育していた。葉柄は長く伸び、葉の緑も青黒いほどに茂って藪をなしていた。佐伯と呼ばれたその男は、何んとも返事をせず、一心に刈りつづけた。

「佐伯さん、折角丹誠して作ったものを、そんなに一時《いちどき》に刈って了っては、勿体ないじゃないの。」

彼は看護婦の忠言にも耳を藉《か》さなかった。彼はある限りの三ツ葉を始末せねば気が済まないらしく、きれいに刈り上げてしまった。

その時始めて僕は、この男が神経病の患者であることに気がついた。あのとんちんかんな受け答え、返事もしない一途な刈り方、最早疑うべくもなかった。男の患者は二階の病室に入れられているのだが、妻の病室の真上に当り、毎夜ガタガタと寝台の音を立てたり、階段を昇り降りすると言えば、急ぐ用もないのにドタドタと走り廻ったりするのは、この男に違いなかった。正気の僕が神経病患者と間違えられたり、神経病患者を正気の人間と間違えたり、精神病院というところは面白いところだと思いながら、どこで正気と狂気の徴候が分れるのか、紙一重の差があるかないかではないかと僕は考えたりした。

やがて彼は、今刈ったばかりの三ツ葉で、汁を焚きはじめた。三ツ葉の煮える匂いが漂って来る。僕はまた彼の側へ寄って行って、煙草の火を貰った。

「あの三ツ葉は君が作ったんですか。よく作っていましたね。」と僕は彼の機嫌を取るように言った。彼の素性が判ると同時に、僕は一寸おっかなびっくりであった。

「あいつが生えていると、夜も気になって、碌に眠られないんです。」と彼は言い訳をするように答えた。

しかし、僕の日向ぼっこも、安穏な日許りはつづかなかった。或る朝、例の所で本を読んでいると、ついうとうととして、僕は煙管を咥えたまま、腕を組んだ上に額を載せて、好い気持で眠っていた。そこへ誰か近づいて来る気配がして、僕の名を呼んだ。

「武智さん、武智さん。」

なんだか咎め立てるような声である。驚いて眼を開けると、看護婦が前に来て、木切れの先に便所のサンダルを引っかけ、片手に水の入ったバケツを提げて立っている。

「奥さんが汚したのよ、この水を一寸掛けて下さい。」

見ると、サンダルは汚物で汚れている。

「それはどうも済みませんでしたね。」と恐縮しながら僕はバケツを取り上げた。看護婦は、柄の長い束子《たわし》で、サンダルの汚れをこそぎ落す。僕は頃合いを見ては、バケツの水をかけた。

「これから、余分な食べ物は、お宅から絶対に持って来ないようにして下さいね。」

「承知しました。」

「サンダルだけでなく、便所もどこも汚してるんですよ。」

「そいつは済みませんでしたね。」僕は小さくなるばかりだった。

「もう一杯、湯殿から水を汲んで来て頂戴。」

僕は言われるままに廊下に駈け上って、湯殿の水を汲んで来た。そして、看護婦の差出すサンダルに、ザアザアと水を流した。

「貴方も、わざわざ附添いに来ていらっしゃるんですから、外にばかり居ないで、少しは奥様の面倒を見て下さいね。私達だけでは、忙しくて、とても手が廻り兼ねますから。」

「済みません。これから気を附けましょう。」

僕は辛かった。妻が病気なばっかりに、こんな辛い思いをせねばならぬかと思うと、僕は自分の怠慢を棚に上げて、妻が恨めしかった。

用事を済して病室に飛び込むなり、僕は眼の色を変えて、妻に怒鳴りつけた。

「駄目じゃないか。便所のサンダルも何も汚して……。看護婦が怒っとるぞ。」

妻は黙っていた。

「部屋中臭いじゃないか。襦袢も何も脱げ。」

「いいのよ。わたしが自分で洗うから。」

「洗う洗わないじゃない。早く脱げと言うんだ。」

暫く妻はそのまま動かないでいたが、やがて立ち上ると、押入の前へ行って、汚れた襦袢や何かを脱ぎ更えた。僕はそれを持って帰って洗うため、丸めて、大風呂敷の中に包み込んだ。

おひる前後になると、僕は慌しく立上って、帰り支度を始める。妻は淋しがって、僕が家に帰るのを余り好まないけれど、僕は一日に一度は帰って来なくては、どうも頭が重くて、気が晴れない。病室の外へ煙草を吹かしに出るのが、小さな息抜きとすれば、家へ帰って来るのは、大きな息抜きだ。

「じゃア、一寸家へ帰って来るから。」

　そう言って、僕は病室を後にする。その時妻が、寝台に手を突いて、「左様なら」と素直にお辞儀をして呉れることがある。そんな時には、自然な気持で、安心して帰って行かれる。しかし、妻がぷすんとした仏頂面をして、黙って、何んとも言わないで坐っている時は、中途半端な帰りようをするようで、面白くない。不安も後に残る。

　或る時妻は、僕を帰すまいとして、僕の後を追っ駆けて来たことがあった。僕はその時、一束の大根を、大風呂敷に包んで、背中に背負っていた。その前の日、雨の中を散歩に出て、大根引きをしていた百姓から買ったものであった。妻は、その大根を生まのまま、塩をつけて囓りたいと言うのだ。既に、小さいのを一本、そうして食った後だった。

「ねえ、その大根を、みんな置いてって頂戴よ。」

「何言ってるんだ、生大根を囓りたいなんて。この間便所や便所のサンダルを汚したことを、早や忘れたのか。」条理を尽して言っても、聞き分けがないことは最初から判っているので、僕は邪慳に言った。

「一時《いちどき》に食べるのじゃないわ。洗って、干しておいて、時々に食べるのよ。」

「そんなことをしたら、またおなかをこわして、しくじるもとじゃ。それより、僕がうちに持って帰って、煮て来てやるよ。」

そう言って僕が立ちかけると、妻は猿臂《えんぴ》を延ばして僕を捕えようとする。僕はその手を振りもぎるなり、ガチャンとドアを閉めて、外に飛び出した。妻は、「貴方、貴方」と叫びながら、僕を追いかけて来た。僕は外に立って、息を殺しながら、成行を見守っていた。妻は僕を摑まえようとするのか、両手を前に泳がせ、危い足取りで、廊下をひょろひょろと歩きながら玄関の方へ曲ってゆく。

僕はそこまで見ると、思い切って、自分の立っていた場所を離れた。そうして、一旦は病院を出て帰りかけていたものの、後に尾を牽かれる気持はどうにもならず、不安なままに、再び跫音《あしおと》を忍ばせながら、もとの所に還って来た。そっと首を伸ばして覗いてみると、玄関の薬局のあたりまで行っていたらしい妻は、看護婦に伴われて帰って来るところだった。

「武智さん、どうしてこんなところまで出ていらっしゃるの。早く御部屋へかえっていなさい。」と妻をたしなめる看護婦の声が聞えた。看護婦は曲り角まで来ると、「さア、ここからは一人でおかえりなさい。」と妻の手を放した。

妻に見附かる心配はないが、看護婦の目に出会うことを恐れ、僕はつと身を引いた。妻は心許ない足つきで、おとなしく帰って行く。その後姿は淋しかった。安心はしたけれど、僕も淋しかった。この妻を一人病院に残して、無理無体に自分だけうちに帰ってゆくのは、心を鬼にせねば出来ぬことに思われた。僕はもう一度病室へ取って返して、妻に温い言葉をかけ、納得ずくで別れて来ようかと思った。そうすれば、どれだけ後味が好いか知れない。しかしそんなことをしていて、うっかり妻に摑まれば、また騒ぎを大きくするだけのことだと思い返して、僕は背中に背負った大根の重い荷を揺り上げ揺り上げしながら、帰って来た。

僕は、青年服に戦闘帽を冠り、下駄穿きで、省線電車に乗って往復している。例のトランクは、手許から離したことがない。これは、妻の妹が、僕の家に身を寄せていた時分に置いて行った女持ちのトランクである。トランクの中には、弁当箆や水筒や新聞や、読みかけの本や書きかけの原稿などが、いつも入っている。弁当箆には、妻の食べるものしか入れて行かないことにしたが、水筒もやはり同じで、砂糖の入らない紅茶やおみおつけなどを詰めて行って、妻に飲ませるのである。

折角家に帰って来ても、時には妻の手を振りもぎるようにして帰って来ても、家の中は無人で、僕が開けざる以上、一日中戸が閉っている始末なので、侘しいことに変りはない。蟋蟀《こおろぎ》だけが我物顔に、広い座敷を飛び跳ねている。病院で妻と一緒に居ても心が重く、家に帰って来ても侘しいのが、僕の現在の境涯だ。しかし、たとえ癈人であろうとも、たとえ正気を喪っていようとも、天地の間に、妻と呼ぶべき人間は他にないので、この妻と生を共にせざるを得ざる以上、僕はすべてを自分の運命だと諦めている。そして、最早歓びも慰めも見出せない形骸のような人間を妻と呼んで、唯一人劬《いたわ》り傅《かしず》いてやらねばならぬ自分のさだめを、我ながら哀れと思うばかりである。

掃除をすると言っても、ただ箒を取ってザッと掃き出すだけだから、本や机の上には埃が白く浮び、畳の上はザラザラしている。家そのものが一つの押入のようで、戸を開けて入って来た途端、黴臭い匂いがむっと立ち罩《こ》めている。玄関の三畳は、焼夷弾の破片で屋根を破られて以来雨漏りが激しいので、腐れかけた畳が二枚、いつの頃からか上げられたきりになっている。座敷の塵や埃を、そこの床板の上に掃き溜めて済ましておくこともある。庭も整理して、秋蒔きの野菜を作りたいと思いながら、防空壕も朽ち潰れるままになっている。病院から取って帰った洗濯物も、手を着ける隙がないので、押入に押込んだままになっている。戦争中、一人で自炊をしながら立てて来た秩序が総て紊《みだ》れた。いつになったら、この秩序が回復することか。今はもう、生活の秩序が新しい様相を帯びて来たと思うよりほかはない。

遅い昼食を済まして、手紙を書き、たまの来客に会い、隣組長の家へ配給物を取りに行っていると、直ぐ夕食になる。

或る晩、夕飯を食べていると、電燈がふっと消えた。僕は、一物も見えない暗闇の中に坐って、箸を取り、丼を抱え、皿の大根をはさみながら、暫くそうして食事をつづけた。蠟燭もわざと点けなかった。日の光も電燈の光も射さない妻の世界を、実地に経験してみるつもりだった。それは恐ろしい世界であった。僕は忽ち頭がのぼせ上り、胸の動悸が激しく打ち、思ってもぞっとして来るのであった。僕は直ぐ蠟燭をつけた。一瞬にして僕は救われたが、そんな救いの全然ない妻の世界が、それだけ強く僕の頭に浮んで来た。それを、何んすれぞ、罵詈を浴せ、腹を立てるとは？　僕は自分の罪の深さに、心が乱れた。

飯を済ませて支度を整え、さて病院に出かけなくてはと思っても、一旦腰を据えたとなると、里心がついてなかなか立ち上れない。七時を過ぎ、八時になり、九時までいることもある。雨の降る晩は、一入《ひとしお》億劫である。隣の沢村さんの家の軒下に、貯水槽を伏せて、トタン板がかぶせてある。それに雨垂れが落ちかかって、お会式《えしき》の太鼓の音のように響く。初めて聞いた晩は、丁度お会式の頃でもあったので、ラジオでお会式の実況放送をしているのではないかと思ったりしたものだ。そのタンタラタンタラと響く音が、強くなったり弱くなったりするのを聞いていると、ああ、こんな晩には、このまま家に居て、蒲団をかぶって寝てしまったらどんなにいいだろうと思う。根が生えたように動きたくなくなる。しかし、病院で淋しく待っている妻のことを思うと、僕は引き起されるように立ち上る。それだけが、僕のからだを病院へ運ばせる力となるのだ。

「沢村さん、また病院へ出かけますが、あとをよろしくお願いいたします。」

出がけには、極って隣へ声をかけて、留守を頼んで行く。すると、沢村さんという、子供と二人暮しの小母さんは、窓から顔を出して、「これからお出かけですか。わたしなんか、もう寝ようとしてるところなんですよ。毎晩々々大変ですわね。」と犒《ねぎら》ってくれる。

「奥さん、如何ですか。」と尋ねることもある。

「病気が病気ですからね、別にどうこうという変りもありません。」と僕は寂しい微笑を以て答える。

　夜歩きに青年服に雨外套では、雨が降らなくとも、膚寒いこの頃である。夜風に首を縮めながら、電車の間遠な省線駅の歩廊に、長い間待ち呆けている自分を見出すこともある。暗くて誰一人通る者もない野中の往還を、病院指して急いでいると、行手を阻むように、野川が氾濫して、往還の一ところを始終水浸しにしている。そこに来合わすと、僕は下駄と足袋を脱ぎ、ズボンを捲り上げて、脛近い水をザブザブと渡る。

　病院が見えるところまで帰って来ると、僕は荷物を地面に置いて、煙草を一服つけて、気持を落ち着かせる。病院は、内玄関に明りが一つあるきりで、あとは真っ暗に寝静まっている。僕は廊下の入口の戸を開けて、そろっと忍び込む。廊下に上ると、リゾール消毒液の匂いがむっと鼻を突く。妻の病室の先に、担架を載せた台が置いてある。その担架の布が、夜の光を吸い取って、ぼうっと白く浮いて見える。その担架の光を頼りに歩いて行けば、あやめも分かぬ廊下でも難なく妻の病室に辿り着くことが出来る。

　ドアを開けると、月のある晩なれば、月の光が窓から射し込んで、妻の寝顔を照らしていることもある。月の光は、梧桐の葉が揺れるにつれて、青白い妻の顔を益々青白くさせて、揺れている。部屋の中に入ると、まっ暗で、ひそまり返っているので、妻はもう眠ったのかと思っていると、「遅かったわねえ。」と闇の中で妻の声がして、魂消《たま》げることもある。

「まだ寝ないのか。」

「いえ、もう一眠りして、起きてたところなの。」

電燈を点けると、妻はレタアペエパアの上に、郷里の母に送る手紙を書いているのだった。字配りは歪んでいるが、読んで読めないことはない字が、虫が這ったように並んでいる。

「今日はね、隣の沢村さんから林檎を貰ったから、あんたに半分持って来たよ。珍しいだろう。半分は僕が食っちゃった。」

そう言って、半分の林檎を妻に渡すと、妻は物をも言わずに齧りついた。その様を見ると、半分でも持って来てやってよかったと思いながら、僕は満足な気持がした。やっと、「おいしいわ。」と言って妻が息をついたのは、三口四口食べた後のことだった。

「今日はね。組長の遠田さんの奥さんから、あんたにと言って、霞ケ浦の鯰を一切れ下さったよ。」

そう言って、僕は鯰の煮付けをいそいそと弁当筥から取出したこともあった。妻は手掴みで食べてしまうと、骨をしゃぶりながら、「あとの半分は、貴方が食べてしまったんでしょう。」と僕を詰《なじ》るのだった。

「冗談言うなよ。誰があんたのお見舞に手をつけるもんか。」

「だって、この前の林檎だって、半分しか持って来て下さらなかったじゃないの。」

「嫌やになっちゃうなア。折角あんたを喜ばせようと思って、弾んで持って来たのに、そんなケチをつけて。遠田さんの奥さんが、知人から一匹貰ったというのを、自分で煮付けまでして呉れたんだよ。もとから一切れなんだよ。一切れの鯰だが、今時珍味だよ。黙って、有難く戴けよ。」

僕は、遠田さんの奥さんの好意と、自分の心づくしとが、ぴったり妻に通らない悲しさに、言っても詮ないことと諦めて、蒲団を敷いて、さっさと寝てしまった。

或る小雨のしとしとと降る晩だった。病院に着いたのは、もう十時を過ぎていた。遅くなり過ぎたなと内心焦りながら、いつもの出入口の戸に手をかけてみると、鍵がかけてあるらしく、開かない。「しまった！」と思いながら、妻の病室の前に行って、「徳子、徳子」と二声三声呼んでみた。もう眠っているのか、返事がない。硝子戸の内が廊下で、その向うにドアが閉まっていて、而も頭を窓の方にして寝ているのだから、たとえ妻が眼を醒ましているにしても聞えるはずがない。これは困ったことになったと思って、僕は暫く立ち尽していた。駅に引っ返せば、終電車なら間に合うことが出来る。しかし、折角病院に来ていて、引っ返す気はしない。殊にその日は、或る友人から芋を沢山貰ったので、いつもより余計に持って、意気込んで来ていた。僕は玄関の軒下に彳《たたず》んで、一夜を明かすことに決めた。そして玄関の方へ廻ると、ドアに接して腰を下ろし、トランクを立てて、それに凭れかかるようにして蹲った。ジメジメとした空気が漂って、聞えるか聞えないくらいに雨が降っていた。眠ればよし、眠れなくても五時間か六時間の辛抱だ、春頃食用油の行列買いにすら五時間半も立ったことがあるではないかと思ったりしていると、僕の心は割合落付いていた。うつけた気持で、そのまま何分か経って行った。

その時、誰か起きて来た気配が遠くでする。宿直の人かも知れない。その人を摑まえて、扉を開けてもらおうかと思っていると、そのまま気配は消えてしまった。と、玄関のうちから、僕の直ぐ真後のところで、コトリと音がする。振りかえってみると、それは意外にも妻であった。いつの間に来たのか、ひょろ長い姿で、ひっそりと妻がやって来ているのだった。僕が呼んだ声が聞えたものと見える。今日は芋を沢山持って来てやるよと、帰りがけに約束してあったから、それを楽しみに、寝ずに待っていたのにちがいない。

「徳子か。」と僕は嬉しさに弾んだ声を出した。

「ええ。」

「僕の呼んだのが聞えたか。」

「ええ。」妻は玄関の扉を開けようと、ガタガタと言わせた。

「じゃア、ここ開けないで、廊下の方の戸を開けてくれ。僕そちらへ廻るから。」

妻は扉を離れて、また玄関の床に上って行った。手探りなので、「そこに花瓶があるよ、危いよ」と、硝子扉越しに注意してやると、妻は袂が花瓶の菊の花に触れただけで、無事内扉につかまって廊下へ曲って行った。

そこまで見済ましてから、僕は通用路の方へ廻って行った。試みにさっきの戸に手をかけてみると、今度は簡単に開いた。もとから鍵がかかってなかったのだろうか、それとも妻が鍵を外したのだろうか。その時妻はまだ、僕のところまで来ていなかった。背後からかすかな灯の光を受けた妻は、幽霊のような影の姿になって、そろそろと、音も立てずに近づいて来た。僕は待ち合せて、肩につかまらせながら、病室に入った。病室には、僕の寝床が敷いてあった。

その日は、缶詰の配給があったと言って、妻は食器簞笥の中から、五六個の缶詰を出して見せた。それは、子供がお土産に貰った玩具を並べて見せる時のように、嬉しげな様に見えた。蜜柑と鮭と鯖の缶詰だった。

「今日は、芋も沢山あるし、缶詰も配給になって、いいことばかりじゃないか。」と言って僕は笑った。

「晩御飯の時、看護婦さんに一つ開けてもらって食べたわ。鮭でね、おいしかったわ。貴方、明日缶斫《あしたかんき》りを持って来てくれない？」

「よし、持って来よう。」

妻は、缶詰を出したまま、その側に坐って、いつまでも蔵うすべを知らなかった。が、最後に一つ一つの缶を撫で廻してから、大事に大事に、また食器箪笥の中へ蔵い込んだ。

　どんな生活にも、クライマックスというものがある。それ以後、生活はだんだん降り坂となり、遂には終焉に至るのである。僕が聖ヨハネ病院で始めた生活のクライマックスと言えば、或る日曜日の朝、構内の会堂で行われた弥撒《ミサ》を見に行った時が、それのような気がする。

　或る晩、家から帰って来て寝ていると、妻が、寝台の上に起き直って、何か大事なことでもありそうに話しかけて来た。何を話すのかと思っていると、

「今日ねえ、院内放送があって、明日の朝六時半から、病院の十周年記念の弥撒があるんですって。」

「弥撒がねえ。」と僕は好奇心を起して言った。日曜日の朝には、時々弥撒の歌を唱うのが聞えるとは、妻から聞いていた。

「健康な者は、信者でなくても、誰でも見に来ていいんですって。」

「そうか。西洋の小説で、弥撒なんて、嫌やというほど読んでいるが、見たことはまだ一度もないから、後学のために、一つ見ておくかな。」

「いらっしゃいよ、気持が好いでしょう。」

「そうだね、じゃア、行ってみよう。」

そうしてその晩は、まだ見ぬ弥撒というものを想像することで、愉しかった。

この病院には、院内放送ということがあって、拡声器の口から、院内の時々の出来事が、患者全体に知らされる仕組みになっている。いつか、まだ病院で寝泊りを始めない時分、妻のところへ見舞に来ていると、突然、拡声器の声が廊下に響き渡った。それが院内放送というものであった。丁度夕食前のことであった。

「皆様、只今皆様に配られた栗は、外科の柳川先生が皆様にお分ちになられたものです。柳川先生は、神田の方で開業されていましたが、戦災に遭われてから、こちらの病院で働いて下さることになりました。栗は柳川先生のお屋敷のうちで穫れたものです。少しずつですが、柳川先生の御好意に感謝しつつ、召し上って下さい。」

それを聞くと、僕は非常に気持の好い感じを受けた。病院全体が、一つの家族に纏まっている感じだった。それには、院内放送というものが、扇の要のような纏め役を演じているのが、見逭せなかった。その院内放送が行われた時、妻のところにはまだ栗が配られていなかった。やがて、看護婦が膳を運んで来たのを見ると、皿の上に十許りの栗が載っていた。妻は手で触って数えた。食指の動いた僕は、さもしい心を起して、「その栗一つ、僕にくれないか」と、口まで出かかるのを危く抑えた。妻は、自分でも一つも食べず、そのまま食器簞笥の抽斗に蔵ってしまった。僕は一寸口舐めずりするような気持で、それを見送った。

弥撒の朝は、僕は早く起きて、下駄を提げて、廊下を行った。内庭に降りると、コスモスなどの紅や白の秋草が咲き乱れていた。会堂の扉の外には、思い思いの履き物が脱ぎ揃えてあった。会堂に入ると、三四十人許りの男女が、聖書を片脇に、畳の上に坐っていた。中央の通路の右側が男子で、左側が女子だった。僕は作法も慣習も知らないで、ただ見に来たのに過ぎないから、遠慮をして、後方の板敷の上に坐っていた。院長もあとから、聖書を片手に入って来て、前の方に席を取った。入口に近く、オルガンが休んでいた。

祭壇には、聖母の像が祭ってあって、黄色いお燈明の光に照らされていた。独逸人だという神父さんは、会衆の方に向いて、ブッブツした声で聖書を読んでいるかと思うと、振り向いて、聖母像の前に行っては拝んだ。それが何度も繰り返された。会衆は時々頭を伏せたり、時には立ち上って、一歩踏み出した形で、礼をした。僕は勝手が判らないので、その度に困った。いつも頭を擡《もた》げてばかりもいられないので、しまいには、皆が頭を伏せれば、僕もそれに倣《なら》って頭を伏せ、皆が立ち上れば、僕も立ち上って礼をしたりした。その機械的な行動を、僕は少しも可笑しいとは思わなかった。いつか、この幻想的な場面に同化していたのだ。会衆は、青年服の者もあれば、普段着の者もあり、看護婦服の者もあった。僕はセルの着流しだった。黒い紋付に、白いかずきものを冠った清浄な感じの女の人達は、祭壇と会衆席を隔てる柵の前に一列に列んで奉仕していた。その女の人達の中には、妻の隣の部屋にいて、毎朝十字架を拝んでいた夫人も交っていた。今はどこの病棟に移っているのだろうか。妻がお燈明を壊したのを詫びに行って以来初めて見る姿であった。この人は、年ばえから言っても、奉仕の様子から言っても、会衆の中で、最も信仰の篤い、最も有力な信者であることが窺われた。身も心も、神に捧げきっているのではないかと思われる奉仕のしぶりだった。会衆の中からは、時々軽いしわぶきの声が起った。多くは呼吸器を病む人達にちがいない。

式が終りに近づくと、神父さんは、パンのかけらのようなものを、皿から取っては、柵の際に列んだ女の人達に、一人々々与えた。女の人達は、柵越しに、順々に半身を伸ばして、両手を重ねた上に、それを恭《うやうや》しく押し戴いた。

丁度その頃、朝日が射した。朝日は、向って左の、祭壇脇の硝子戸に当って、花やかに輝いた。それはその場に誂え向きの光景を現出した。若しその硝子戸が、古風な色絵硝子ででもあったなら、一層誂え向きであったろう。僕は、仏蘭西あたりの小説のどれかに、これと同じ光景が描かれてあったような気がした。朝日の光は、会堂の中をパッと明るく照らした。赤く焼けたような光だった。それは、神の来迎した姿とも思われた。その時に到って、僕は初めて一種の宗教的陶酔を覚えながら、昂然とした気持で、心の中では一堂の会衆を眼下に見下しながら、呟くともなく呟いた。

「自分は、如何なる基督教徒よりも、もっと基督教徒的でありたい。」

僕は、聖書ですら満足には読み通したことがない。もとより、基督教の何たるかをもよくは知らない。それでいて、そんな不遜な感想を抱いたということは、如何なる精神状態に源由するものであろうか。それは若しかしたら、この会堂の中に兄弟の如く集って、相共に弥撒という敬虔な行事に身を打ち任している人達に対する嫉妬からであったかも知れない。言い換えれば、自分一人だけ、この敬虔な行事から除け者にされているということを意識した異端者の悲しみだったのかも知れない。

しかし僕が、「如何なる基督教徒よりも基督教徒的でありたい」と、心に嚙み締めて呟いた時、僕にはそれを具現すべき一つの目途が、心に浮んでいた。それは、もっと妻にやさしくしてやろうと思うことであった。それによって僕は、「如何なる基督教徒よりも基督教徒的でありたい」との願いを、果し得ると考えた。道は遠きに求むるに及ばず、また信仰は神に憑る必要はない。自分の身近かには、妻という廢人同様の人間が居るではないか。眼も見えなければ、頭も狂っていて、その苦痛をすら自覚しない人間が居るではないか。この人間を神と見立ててはいけないだろうか。この人間のために、もっともっとやさしく、もっともっと自分を殺してやれば、自分は基督教徒ではないけれど、彼等以上に基督教徒的であり得ないことはないはずだ。そうすれば、道はおのずから求められ、神はおのずから身を寄せて来るにちがいない……。

会堂の一端、硝子戸に射し入る朝日の光の赫燿を目にして、僕はそんな啓示のようなものを感じた。勿論、僕の如き下根《げこん》のことであるから、そんな啓示を顕現し得べきはずはなかった。唯一瞬、会堂の中に身を置く時限りのものであった。会堂を一歩出れば、すべての殊勝心は霧散し、病室に入って妻と向い合うなり、腹を立て、罵詈を浴びせ、卑しい根性を露出する僕なのであった。しかし、たとえ唯一瞬のことであったとは言え、かかる敬虔な啓示を経験したということは、動機は見物にあったが、弥撒の式に列した甲斐はあったというものだった。

その間に、十周年記念の弥撒は終りを告げ、電気のスイッチが捻られたので、燈明は一斉に消えてしまった。朝日の光も、もう輝かなかった。神父さんは奥に引っ込んだ。院長始め、会衆の多くも外に出て行った。しかし、僕はまだ何かありそうな気がしたので、少数の人達と共に、後の端で残っていた。すると、神父さんがまた姿を現わした。つづいて、その後から、毎朝鉦を叩いて歩く、かの頭立った背の高い看護婦が現われた。看護婦は鉦を叩いている。二人は、柵を開いて祭壇を降り、中央の通路を出口の方へ、花道伝いのように静に歩いて行った。僕は頭を回らして、二人の後を見送った。やがて鉦の音は、会堂の外へ消えて行った。これから病棟から病棟へ、信者々々の部屋を経巡って、朝の祝福を与える勤めが始まるのだった。

僕は、病院と家の間を往き来している間に、漸く自分の第十創作集を纏め上げることが出来た。弥撒に列してから間もない或る朝、病室の食器箪笥の上に原稿紙をひろげて、一気に「後書」を誌した。そして仕事を仕上げた喜びのままに、それを妻に読んで聞かせた。最初の方は読んで聞かせても大丈夫であったが、終りの方には、こんなことが書いてあった。

「僕はこの後書を、都下K町の聖ヨハネ病院の一室で書いている。入院中の妻に附添いのため、寝泊りを始めてから十余日になる。妻は、最後の宣告に近きものを受けている。僕は、書く作品書く作品に、病める妻を題材として、読者を倦《う》ましめて来た。しかし、これもう、そう長くは続かないであろう。妻が死んで了えば、倦ましめようたって倦ましめる法がなくなるのだ。思えば僕は、妻が何も知らぬを奇貨として、臆面もなく、秘すべき妻の宿業を切売りの種にして、我が作家生活を樹てて来た。長じて子供達が、父の作品を読む時の心事も思わぬではない。その罪、万死に値しよう。しかし、この妻あるがために、我が文学精神が支えられ、言い得べくんば、高く保たれたこと、如何許りであったろう。若し妻亡き後を思えば、我が文学精神は萎微し尽すやも計られない。それを思えば、我乍ら不安に堪えられない。

その間、この慌しさの中に在って、漸く後書を書きつけるところまで事を進めることが出来た。妻は頻りに、僕の近作を読んで聞かせてくれと言う。妻自身と、それに関聯した作品を読んでやるわけに行かないので、僕は言を左右にしている。その代り、今朝は、モウパッサンの「宝石」「月光」の二篇を読んで聞かせた。妻はその間、座蒲団の上に両脚を載せて、うつらうつらとしていた。

妻は今、ベットに坐って、事も無げに針を動かしている。僕は食器箪笥の上でペンを走らせている。外は雨である。」

原文その儘を読んで聞かせると、差し障りがあるので、僕は端折《はしよ》って、飛び飛びに、こんな風に読んで聞かせた。

「僕はこの後書を都下K町の聖ヨハネ病院の一室で書いている。僕は午後だけ家に行って、夜になると病院に帰って来る。この慌しさの中で、暇を見附けては、漸く後書を書きつけるところまで事を進めることが出来た。僕は食器箪笥の上でペンを走らせている。外は雨である。」

読み終ると、知らぬが仏であると、僕は思った。

「聖ヨハネ病院で後書を書くなんて、ハイカラね。貴方らしくないわ。」と妻は冷かした。

「うん、僕もあんたのお蔭で、ハイカラな経験が出来たよ。」と言って僕は笑った。

附記

それから数日後、十一月の初めに、妻は聖ヨハネ病院を去って、そこから程遠からぬ、多摩川に近い病院に移送されることとなった。僕の言葉で言えば、三度目の「病院巡礼」だった。僕が過労と栄養失調のため、附添いに行くことが出来なくなったので、附添いのある病院に移るのだった。その間に妻はやや持ち直して、顔のむくみも減り、足の腫れも去った。しかし、新しい病院に移るのは不安らしく、妻は駄々を捏ねていた。

運送屋のリヤカアが来ると、看護婦二人と僕と、三人がかりで、リヤカアに搬んだ。僕は背を持ち、看護婦達は脚の方を持った。五尺二寸の妻が実に軽いのに、僕は驚いた。リヤカアには、僕も妻に向い合って、同車した。

リヤカアは、街道を避けて裏路を選び、林を抜け、田圃の小径を通り、また林を抜け、屋敷の生垣の間を走り、電車の踏切を越えて行った。

「あれ、何んでしょう？　馬が来るんじゃない。」と、妻は怖れをなした顔をして僕に尋ねた。

「あの、ハアハアと言ってる音かい。」

「ええ。」

「あれはね、運送屋さんが、犬に紐をつけてリヤカアを牽かせてるんで、犬が息を吐く音だよ。」と僕は答えた。

リヤカアは、火の見櫓のところで道を折れて、多摩川の方角へ走って行った。

姫鏡台

　二三年前の、暮も間近い或る朝のことだったが、私は遅い食事をすませ、そのまま茶の間に坐り込んで、新聞に目を曝していた。新聞には、数千万円の金を動かしていたという闇金融の学生社長が、事業の行き詰りから服毒自殺を遂げたという記事が、大々的に報道せられていた。この事件が、後に大きな社会的反響を呼ぼうとは思わなかったが、記事の面白さに惹かれ（半ばは暗い気持になりながら）、新聞を置くすべを忘れて、繰り返し読み耽っていたのだった。

　その時、妹の許子が、表の六畳の掃除を終えて、入って来た。許子は茶餉台の向うに坐ると、改まった調子で私に言った。

「兄さん、一寸お願いがあるんだけど。」

「何んだ。」私は何事かと不安を感じながら、新聞から目を放した。

「兄さんが今書いてる小説ねえ、あれを発表すること、見合せてもらえないか知ら。」

「読んだのか。」私はムッとして言った。

「ええ。原稿用紙が一枚欲しくて、整理箱を開けたら、原稿の題が目に着いたから、読んでみたの。」

計子は、私に食事の支度を整えると、箒とハタキを持って、表の六畳へ行った。敷きっ放しの寝床を片附け、ハタキをかけ、箒を使った後、長い間、しんと物音が絶えていた。そのひそまり返った様子に、私はなんだか可笑しいなと不審を抱かないわけではなかったが、まさか原稿が盗み読みされていようとは思わなかった。

私は「しまった！」と胸を騒がせたが、もう遅かった。その原稿は、「老嬢」と題して、やもめ暮しの兄を助けて十一年、婚期を逸した三十女の妹を主人公として、そういう老嬢の悲しさ、寂しさ、遣る瀬なさを取扱った作品で、絶対に妹に読ませてはならぬものだった。若し妹が読めば、彼女の悲しさ、寂しさ、遣る瀬なさを掻き立て、更にそれが雑誌に発表されれば、妹に身の縮まる思いをさせる底《てい》のものであった。だから私は、机のそばを離れる時はいつも、書きかけのまま机の上に置かないで、キチンと整理箱に納めてから立ち上ることにしていたのだった。その細心な注意にも拘わらず、遂に妹に見られてしまったのである。私は口惜しさと、妹に隠して秘に罪を犯していたような間の悪さを感じながら、作家としての立つ瀬に考えを及ぼして、暫く黙り込んでいた。妹の苦衷にも同情しないわけにゆかなかった。最後に私は我を折って、多少面当ても交えて、きっぱりと言い切った。

「じゃア、発表を見合せることにしよう。」

「わたしだって、兄さんの仕事に理解がないわけじゃないけれど。」計子は唇を嚙みながら、辛そうに言った。「あんな風に書かれては、私の生活があまりに惨めで、八方塞がりに思われて……。」

「その気持は判るさ。しかし、俺も面白半分に書いてるわけではないことを、判ってくれよ。こっちだって、辛い気持を押し殺して取りかかっているんだ。この間、千葉県の鉱泉場へ行った時書きはじめた作品なんだが、あの時、色々テーマを考えた末、あんなことを書くことに決めて、ペンを取ろうとすると、涙が出て仕方がなかった。書きながらもペンが渋って、何度洟をかみ、涙を拭ったか知れなかったよ。だから、二晩泊って、五枚しか書けなかったんだ。」

計子は泣きはじめた。

「あんたも、あんな風に書かれては辛かろうが、ただ俺の言えることは、あの作品で、あんたを決して傷つけようとはしていないことだ。一寸裸にされすぎて、あんたとしては傷つくところがあるかも知れないが、窮極のところは、あんたの人間性の立派さについて書いてるんだ。俺から言うのも変だがねえ。その点、俺を了解して、信用してくれよ。あんたも狭い考えを持たないで、自分の人間性に信頼して、あの作品のことを考えてくれよ。」

「わたし、自分があんまり立派そうに書かれるのも、却て辛いわ。」計子は涙声で言った。

「それはそうにちがいないんだが、まともに書こうとしたら、そういう風になったんだからいいだろ。」

「わたし、兄さんの作品に干渉するような女だもの、ちっとも立派ではないわ。」

「兎に角、作家というものは辛いもんだよ。」私は火鉢の中に火箸をグサッと突き差した。「生皮を剝ぐような気持で、しかも毎晩毎晩、うんうん苦吟しながら、一字一字畳み上げて行って、あと四五枚で、やっと出来上ると思ってホッとしていると、今度は周りの者から故障が出て、発表を見合せなくてはならなくなったりする。作家は辛いもんだよ。」

「そんなに言われると、わたし苦しくてならないわ。」

「まア、そんなに気にせんでもいいよ。俺の立場を了解してもらえれば、それでいいんだから。——それはそうと、あの作品の発表が出来ないとなると、差し当って、金に困るなア。」

　歳末を控え、経費多端の折柄であったから、当てにしていた原稿料がふいになるのは痛手であった。私は腹癒せに、ついそう愚痴を洩してしまった。

「お金なら、わたし、着物を売るわ。」計子は思い詰めたように言った。

「あんたにそんなことをしてもらおうとは思わない。何んとか考えることにしよう、まだ印税の残っているところもあるから。」

私は立ち上った。計子は暗く俯向き込んで動かなかった。私は茶の間の火鉢を机の前に運び、それを抱え込むようにして、胡坐をかいた。私は亢奮していた。複雑な感情が胸を圧迫して来て息苦しく、遣り場のない心を持て余した。

原稿は四十枚前後になる予定で、三十四枚まで進んでいた。朝飯の後直ぐ机に向い、夕方までには仕上げて、晩にはのうのうと一杯飲みに出るつもりで起きたのだった。私はもう、五晩も飲みに出ていなかった。殆ど欠かしなしに毎晩出ていたので、こんなことは珍らしいことであった。それほどまでに私はその作品に打ち込み、また題材の真面目さから気持も引き緊って、仕事の後の寝酒として、一杯の焼酎を引っかけることで満足して来たのであった。そして、仕上げた後の楽しみだけを、唯一の生き甲斐のようにして来たのであった。だが、今となっては、その楽しみを目前にしながら、空しく見送らねばならぬ仕儀となったのである。残念でならなかった。飲みに出るにしても、自棄酒《やけざけ》と言うべきものになるのである。

私は気持を落ちつけ、発表は見合わせるにしても、一応作品を仕上げるだけは仕上げておこうかと考えた。しかし、空しくて、ペンを取上げる気になれなかった。将来、妹の精神状態が持ち直したり、或は運勢が開けたりした時発表するとしても、それは十年先か二十年先か、いつのことだか判らない。若しかしたら、私の生きているうちには発表出来ないで、私の死後、遺稿として発表される運命となるかも知れない原稿である。そんな遠い先のことを考えると、今から仕上げておくのは、馬鹿馬鹿しくてならなかった。昔の私は死後のことを考えたものだったが、意気衰えたのか、昨今の私はずっと現実的になっているのだった。

　さて、この作品を断念する以上は、新しい稿を起さねばならぬ羽目となった。そうしなくては、固く約束して、当てにしきっている「文学機関」の編集者に義理が立たないのである。私は気を取直そうとした。だが、これまた、何としても、新しい稿を起す気になれないのであった。心の乱れは、創作気分を完全に打ち壊していた。創作気分を回復するまでには、数日のブランクを要しなくてはならぬように思われるほどであった。よし新しい稿を起すにしても、締切は翌々日の月曜日に迫っていた。これまで私は一日延ばしをして、記者はお百度を踏み、到頭ギリギリに来ているのだった。当日貰えねば、年内に新年号を出すことが出来ぬとまで、記者は泣きを入れていた。それは前日の夕食頃のことであったが、その時三十枚まで出来ていたので、「もう大丈夫ですよ。」と私は原稿を見せて、記者を安堵さしてかえしたのだった。いくら、そんな固い約束を破るのが心苦しいと思ってみても、あと二日で一作が書けるなんて芸当は、遅筆の私に出来るものではなかった。醗酵したテーマもなかった。私は進退窮した感じだった。

　搗《か》てて加えて、私は自分の文学的立場が根本から揺らぐ不安に捉えられた。私は日本の文壇で特殊な私作家というものの一人として、身辺の日常に取材することによって、一地歩を占めて来たのであった。私は大義親を滅すと言った気持で、自分の肉親たちの秘事をも憚るところなく書いて来た。父のことを書いた時には、「親爺をボロ糞に書く。」と、父を自嘲させた。弟のことを書いた時には、「そんなことを書くと、弟に嫁の来手がなくなる。」と母を慨かせた。私の妻は発狂して死んだのであるが、それをも余さず書き尽した。そうした信念によって漸く贏《か》ち得た文学的生命であったが、今妹の横槍が出て、折角の作品の発表を断念するに至るのは、我と我が手で自分の文学を殺すもののように思われるのであった。「これは重大なことだ。」と、私の心は沈んだ。今日以後、身辺のことを書こうとすれば、周囲の者に気兼ねをして、勢い生温るいものしか書けなくなるのではないか。生温るいもので、人を感動させることが出来るはずはないから、自分の文学は駄目になり、延《ひ》いては作家的生命を失墜することになるのではないか。この不安に、私は虐《さいな》まれるのであった。それなら、新しい文学境地に転回すればいいのだが、私のような融通の利かぬ人間に、おいそれと一朝一夕で転回が出来るものではない。また、転回しようとも思わないのだった。「これは重大な危機に当面したぞ。」と、私は心の中に繰り返しながら、ハタと行き詰った感じだった。窮した果てに思い浮んだのが、先輩作家の加納道二先生のことであった。加納先生は、私に親しくしてくれ、私もまた文学一途に生きる先生に倣わんと心掛けて来た者である。この先生に手紙を出して、今日の窮境を訴え、教えを乞えば、何程か力を得て、打通の道を見出すことが出来るのではないかと思われるのであった。いつか、加納先生を囲む会があった時、その席上、モデル問題が話題になるに及び、「ここに瀕死の重病人があって、その人のことを書けば、その人は死ぬかも知れないという場合、諸君はどうしますか。」という問いを、先生が発せられた。一人一人意見を徴せられたが、私たち若い者は、みんな尻込んだ返事しか出来なかった。その際、先生は、「僕なら書きます。たとえ相手に打撃を与えても、愛を持って書けば、構わないんですよ。」と言い放った。非情と言えるかも知れないが、その文学至上の決意には心を搏《う》たれざるを得なかった。その後先生が発表された作品で、息子さんの嫁さんを描いて、相当手厳しいのを知り、先生の決意が動かすべからざるものであることを、まのあたりに見る思いがしたことであった。また先生の書いた或る作家評に、一旦発表した作品を、後になって、周囲に気兼ねして改作したということに就き、その作家の芸術家としての態度に非難を浴せているのも、目についた。そういう先生であるから、この際教えを乞えば、窮境打通の力強いアドヴァイスが得られるのではないかと、先生を唯一の頼みと思う心が湧いて来るのであった。しかし、このところ長く無沙汰をしていて、自分の困った時だけ音信を通ずるのも、何か憚られる感じだった。結局私は惑うだけで、便箋を取り出す気持になれなかった。

それにしても、心外の気持が頭を擡《もた》げて来た。加納先生の毅然たる文学的態度を思えば、妹の言い分に易す易すと屈した自分の弱さと人の好さに腹が立って来た。どんなに妹から苦情を持ち出されようとも、強く突っ刎ねるのが、自分の芸術に忠実な所以ではなかったのか。突っ刎ねなくとも、妹を説得すべきではなかったのか。考えていると、そういう自分に腹が立つと同時に、妹にも腹が立って来た。自分が秘していた原稿を盗み読みするなんて、思えばその行為が卑劣で、憎らしくてならなかった。その上、発表阻止の横槍を入れる。――私は妹に当りつけなくては、腹の虫が納まらなくなって来た。で、私はきっかけを作るため、格別咽喉も渇いていないのに、台所へ立って行って、水を一杯飲んだ。そして、座敷に戻りながら、そこで縫い物を取上げている妹に向って、遠廻しに詰った。

「さっき、原稿用紙が欲しくて整理箱を開けたと言ってたが、原稿用紙をどうするんだい。」

計子は俯向き込んで、答えなかった。

「原稿用紙が欲しくて、整理箱を開けたんじゃないんだろ、俺の原稿を覗くのが目的で、開けたんだろ。」

この一言は、計子の胸を刺したにちがいなかった。計子はいよいよ俯向き込んで、やはり一言も発しなかった。私が、そう突っ込んだのには、曰《いわ》くがあるのだった。或る晩、私が机に向って「老嬢」を書いていると、計子が外から帰って来た。彼女は私の側に来ると、火鉢に凭れて、見て来た映画の話をした。その時、机の上にひろげてあった原稿には、「妹」という字が一杯だった。妹はチラチラとその方に目を遣った。見られては悪いと思った私は、さりげない風をよそおって、原稿を肱で隠しながら、妹の話を聞いた。既に妹の目には「妹」という字が映っていたであろうし、私の気拙そうな様子からしても、何か自分のことが書かれているのを勘づかないわけにはゆかなかったにちがいない。そして、それが気になるまま、その朝私が茶の間に居坐っている隙を幸い、原稿用紙が欲しかったというのを口実に、整理箱を開けて、盗み読みしたことが、明かに看取されるのであった。私はそこを衝いたのであった。

計子はグウの音も出ない様子だった。俯向き込んで、うつろな様子で針を運んでいるのを見ると、私は可哀そうになって来た。盗み読みしたことに対して、彼女も良心の呵責を感じているにちがいなかった。また、兄が折角書き上げようとしている作品の発表を阻止したことについて、兄の仕事の性質を理解しているだけに、胸の痛みを感じているにちがいなかった。さりとて自分の意志も枉《ま》げられぬ苦しさに、悩んでいるにちがいないのであった。そう思うと、私はそれ以上責める気にはなれなかった。「嘘をつけ。」とか、「本当のことを言えよ。」とか、邪慳なことを口に出すのが憚られるのであった。

「まア、読んだことは仕様がないや。」と私は軽く言い残して、机の前に還って来た。しかし、何事も手に着かず、心乱れたまま火鉢を抱え込んで、重く曇った空合いを、ガラス戸越しに眺めていた。妹のところには、やはり老嬢で、隣家の二階を借りている友達が訪ねて来て、二人の甲高い話声が聞えはじめた。妹の、打って変った屈託なげな声を聞くと、彼女が思い詰めているらしい様子だった際なので、私は「助かった。」と思った。友達の顔を見て、心が展けたのであろう。間もなく二人は連れ立って、どこかへ出て行った。

私は所在なさに、近所に住むドイツ文学者の岩倉氏を訪ねてみようかと思った。滅多に私は人を訪問することをしないのであるが、その日に限って、誰かを訪ねて行って、自分の話を聞いてもらいたくて仕様がなかった。なんだか心細くて、人懐しい気持すらするのであった。その時、誰か玄関に訪ねて来た声だった。出てみると、思いがけず、「文学機関」の記者、木原君だった。昨夕会ったばかりなので、いつもなら一寸うるさく思いかねないところだったが、今は最も恰好な人が来てくれた思いで、私は喜色を浮べながら、木原君を迎えた。

「いらっしゃい。」

「明後日というお約束でしたので、悪いと思いましたが、明後日まで待てないものですから、今日やって来ました。実は印刷所の方が急いでいますので、少しでも戴いて行って、今日のうちに入れたいと思いまして。」

「そうですか。実はあの原稿のことで、一寸困ったことが出来ましてねえ。」

木原君はそう聞くと、顔色を変えた。

「どうかなさったんですか。」

「いやねえ、今事情を話すんだけど……。まア、お上りなさい。」

「戴けないのではないでしょうね。」座敷に通りながらも、木原君は心配顔だった。

「僕も弱りましてねえ、途方に暮れてるところなんですよ。あなたが来て下さって、助かりました。」

私は慌しく座蒲団を出し、お茶を沸かした。そして、「妹のいないうちにお話しますけれど。」と前置きして、急ぎ事情を打ち明けた。

「それは、困ったなア。」木原君は両手で顔の髪を掻き上げながら悄気《しよげ》返った。

「僕も実に困っているんですよ。あなたには済まないし、妹にも同情しないわけにゆかないし、板挟みの苦しみですよ。僕としても、目の前にぶら下っている作品を発表することが出来ないなんて、こんな困ったことはないですよ。」私も思いあぐねた顔をして言った。

「妹さんの気持も、柏木さんの気持もよく判るんですが、僕の方も、その原稿を戴かなくては、新年号が出なくなるんです。新年号でペエジを殖やしたでしょう、柏木さんのために空けてあるスペースが塞がらなくなるんです。これから改めて、誰かに頼むというわけにもゆかないし。」

「僕も長い間雑誌記者の経験がありますから、あなたの困るのは、よく判っています。僕も、当てにしていた原稿が出来なくて、編集長から責任を問われたことがありますからねえ。でも今度の場合、妹の意向を無視するのは可哀そうでしてねえ。」

「それはそうですけど、どうしても駄目でしょうか。」

「僕の一存で強引に発表すれば、発表出来ないことはないでしょうが、そんなことをして、万一妹に過ちが起っても困りますからねえ。妹はそれほど深刻に突き詰めて考えているらしいですから。妹に気附かれないように、題名を変えて出す方法も考えてみましたが、そんな姑息な手段は取りたくないし。」

「何んとか手はないでしょうか。」

「妹を説得して、納得ずくで発表するよりほか手はないでしょうね。」

「納得していただけないでしょうか。」

「それが問題ですがねえ。しかし、さっきは、妹も読んだ直後で、少し亢奮していたようでしたから、ああ言ったのかも知れませんが、亢奮が冷めれば、或は納得しないものでもないと思うんです。今一寸出かけていますから、帰って来れば、よく話してみましょう。」

「どうぞ、そうして下さい。頼みます。」木原君は拝むようにして手を合せた。

「僕も折角書いた作品ですから、妹さえ許せば、どうかして発表したいと思うんですよ。僕が死んだ後まで埋れさすに忍びませんからねえ。それに、妹の干渉で、言わば私設検閲のために、発表出来ないとなれば、僕の文学が根本から揺らぐことになりますからねえ。さっきから、重大問題だと考えてるんですよ。もう今までのような小説は書けなくなりますからねえ。」

「柏木さんの場合、それは重大な問題ですねえ。」

「そうですよ。ここで防塞の一端が崩れれば、僕の文学は総崩れになって、差し障りのないものしか書けなくなりますからねえ。それを恐れて、僕はこれまで再婚もしなかったんです。新しい女房を持って、自分の書くことが牽制されては、作家としての生命を奪われることになりますからねえ。」

十二時を過ぎたが、計子は戻って来なかった。私もいらいらしたが、木原君も焦慮している風であった。

「どうも、気が重くて仕様がない。一寸外に出て、ビールでも一杯引っかけて来ましょうか。その間に、妹も帰って来ているでしょうから。」

「ええ、僕も一杯飲みたいと思います。」と言いながら、木原君はもじもじして洋服の内ポケットに手をやっていたが、「少しですが、内金を持って来ていますから、置いて行きましょうか。」

「いや、いや。今は駄目です。妹が承諾したら、僕も困っているところですから、戴きましょう。」

そう言って、私は断った。咽喉から手の出るほど欲しい金が、木原君のポケットにありながら、それを手にすることの出来ないのがもどかしくてならなかった。

私が戸締りをして、隣の細君に用心を頼み、木原君を伴って出かけようとするところへ、妹娘が学校から帰って来た。これ幸いと、娘に留守居をさせて、二人は出かけて行った。私は馴染みの飲み屋へ、木原君を誘った。

「あら、暫くお見えになりませんでしたわねえ。」おかみは私を見ると喜んだ。

「一寸仕事が忙しかったものですからねえ。」

「そうでしたの。今日は、何んだか、少しお顔の色が悪くて、お元気がなさそうですわねえ。」

「今朝から少し悩みがありましてねえ。」と私は、思わせぶりな笑いを洩しながら、鬚もじゃの頬から顎を撫で廻した。

「何かございましたの。」おかみは心配げに私の顔を覗き込んだ。

「いや、文学上の悩みでしてねえ。」

「それは、御心配ですわねえ。」

「心が重くて、仕方がないんですよ。」

二人は最初ビールを飲み、あと酒を四五本飲んだ。

「今日は、あんまりお酔いになりませんわねえ。」とおかみも気遣わしげであった。

「心に引っかかるものがありますとねえ。」

「僕もちっとも酔いませんよ。」木原君の顔色も冴えなかった。

「これが、原稿の済んだ祝杯だったらいいんですがねえ。」と私は強いて笑った。

「頼みます。あとで祝杯が挙げられるように、頼みます。」木原君はまた手を合せて拝むような真似をした。

「そうなれば、いいんですがねえ。」と私は腕組みをした。木原君も晴れやらぬ面持で盃を含んだ。気ぶっせいな空気をほぐそうとして、おかみが話を別のところへ持って行った。

「話は違いますけれど、福ちゃん、昨夜六時頃から十一時過ぎまでずうっと、柏木さんをお待ちしていましたわ。」

「そう。」私は思わず眼に光を湛えて、からだを起した。福ちゃんというのは、最近までその店に勤めていた女の子で、今は罷めているのだった。私はその福ちゃんが好きで、毎晩のように来ていたものだった。

「近いうちに、自分で店を持つから、そうしたら、是非いらっしゃって下さいって。」

「福ちゃんに、一度会いたいなア。」と照れながら、私は現実の苦しみを離れて、俄《にわか》に気の引き立つ思いだった。福ちゃんの顔を思い浮べただけで、元気づくのであった。

「柏木さんも、隅におけませんなア。」と木原君もつい冷かした。

「木石《ぼくせき》に非ず。」と笑ってから、「さア、冗談を言ってる時ではない、帰ろう。」と私は木原君を促して立ち上った。酒も利いて、かなり楽観的な気持になっていた。

飲み屋を出て、中華そばを食って、二時間余りを費して、私達は帰って来た。玄関を入ると直ぐ、計子の脱いだ下駄が目に入った。茶の間を覗くと、彼女は台所に立って、棚に置いた鏡を見ながら髪を縮らせていた。私達は元の座に就いた。

「妹が帰っていますよ。」と私はヒソヒソとした声で囁いた。

「帰ってますねえ。」と、やはり小声で言う木原君も、そっと茶の間の方を覗いたものらしかった。

「やって下さいますか。」

「まア、お茶を一杯飲んでからにしましょう。」

私が気を落ちつけるため、お茶を持って来いと怒鳴ると、やがてお茶を運んで来たのは計子ではなくて、下の娘だった。妹は顔が出したくないらしいのだった。木原君がお菓子を買って来ていたので、それを一つ撮《つま》んで、グッと一杯お茶を飲み干すと、私は思い切って立ち上った。

「じゃア、一寸話して来ましょう。」

「頼みます。助けて下さい。」と木原君はまた手を合せた。

私は、茶の間と台所の間の敷居の上に立った。一寸口籠りながら、私は切り出した。

「あのねえ、今朝の話、どうしても発表しないで欲しいの。」

計子は返事をしなかった。

「知っての通り、雑誌社の人が、朝から附きっきりで、どうしてもあの作品を欲しいって催促してるんだよ。あの作品がなくちゃア、新年号が整わないんだって。非常に困ってるようだから、あんたさえよければ、俺は発表したいと思うんだ。俺も板挾みになって苦しいんだよ。」

「兄さんの苦しむ気持は判るわ。わたしも、よっぽどのことでなくては、こんな無理なことは言わないつもりだけど……。」

計子の眼からは涙が流れ、毛糸のジャケツの肩に止まって、朝露のように白く光った。

「それに、ここでねえ、俺があの作品の発表を思い止まるとなると、俺の今までの文学的立場が根本から脅かされることになるんだ。あんたも知ってる通り、俺はこれまで、身の周りのことを書くことによって、自分の文学を打ち樹てて来たんだからねえ、これからもうそれが書けなくなる、書いても差し障りのないものしか書けなくなる、そういうことになると、俺の文学が駄目になるんだ。俺にとっては危機だよ。自分の女房である滋子のことだって、俺は思い切って書いて来たんだ。」

「死んでる人と生きてる人とでは違うわ。」

「死んでる人と言っても、滋子は只の病気じゃない、精神病だったろう。それを明らさまに書けば、俺の子供達が結婚する時、障害にならないとも限らないんだ。それさえ押し切って、俺は書いたんだ。あんたの場合は、後に尾を引くことは何もないじゃないか。多少あんたの恥を曝すことにはなるかとは思うが、それさえ忍んでくれれば、貞操問題だとか何んだとか、破廉恥な行動について書くのではないから、何んでもないと思うんだよ。また、そんな問題だったら、書きやしない。さっきも言ったように、モラルの方面から、好意を持って、あんたの現在を追究してるんだ。承知してくれよ。少々後味は悪いかも知れないけれど。」私は酒の勢いで、口が滑かだった。

「後味は悪いわねえ。」と計子は少しふて腐れて言い返した。

「後味が悪いったって……。」

そう言いかけた時、誰か女の人が、玄関に訪ねて来た様子だった。計子は、その場を外すように出て行った。

「相川さんだわ。」

女流作家の相川琴江さんだった。私は中断して、相川さんを座敷に通した。相川さんと木原君とも知合いの間柄だったから、三人の間で、気兼ねなく話が弾んだ。数日前に催された、流行作家海門清二氏の豪華な出版記念会の模様が、相川さんの口から語られた。それが主たる話題だった。私は案内状を貰っていたが、都合が悪くて、当日出席することが出来なかったのであった。作家としては、一世の豪奢だと、案内状を貰った時から、私は思っていた。話に聞いて今更目のくるめく感じだった。

「われわれは、そういう世間的なことでは、とても足下にも寄れないから、作品の上で争うよりほかないですよ。」と、私は負け惜しみのような啖呵を切ったが、内心では、海門氏の生活力の強さを羨んでいた。終戦直後には、海門氏はエロ作家という悪評を蒙ったこともあったが、社会的にも文壇的にも図太く押し切って、今や押しも押されもせぬ花形作家の随一である。周囲の思惑など、意に介していないようである。然るに、私自身はと云えば、みみっちいことばかり書き綴り、しかも現在、妹への思惑にかかずらって、手も足も出ぬ有様である。私は海門氏の派手な行動を思うと、あらゆるしがらみを断ち切って、自らも強く行動したい衝動に駆られてならなかった。

そのあと、徐《おもむろ》に相川さんの持ち出した用件は、彼女の師匠に当る作家が、新しく新人育成の雑誌を起すについて、その資金募集の趣であった。私は、その作家とは二十年来の旧知だったので、少くとも千円の寄附がしたかった。しかしその日、私の持ち合わせと云っては、八百円なにがししかないのであった。私は奉加帳を手にしたまま暫く困じ果てていたが、ままよとばかりに、五百円と記入した。

「少くて、恐縮です。」と、私は奉加帳を返しながら、海門氏の豪華な出版記念会の話を聞いた後だっただけに、侘しくてならなかった。作家にも、ピンからキリまであるものだと自嘲せぬわけにゆかなかった。

それにつけても、自分の手に取れぬ、木原君のポケットにある一束の金が、ここにあればと恨めしくてならなかった。

　相川さんを送り出すと、私と木原君とは、二人きりになって、また困惑の顔を見合せた。

「妹さん、どうでした。」木原君が急き込んで、首尾を尋ねた。

「いや、まだウンと言わないんですよ。」

「困ったなア。」と木原君は顔をしかめ、「頼みます、ほんとに頼みます。」と、また手を合せた。

「また口説いてみましょう。」

「僕が話してみましょうか。」

「いや、僕がやります。」

「脈はありそうですか。」と木原君は私の顔を覗き込んだ。

「あるもないも、脈をつづけさせるよりほかないですよ。」

　私はまた立って行った。計子は相変らず頭をいじっていた。

「後味が悪いったって。」と私はさっきの後をつづけた。「あんたが胸を広く持って、兄貴、何書きやがったんかと嘯《うそぶ》いていればいいじゃないか。人に何か言われても、あれは小説だから、私は何も知りません、と言ってればいいじゃないか。今相川さんから、海門清二の出版記念会の話を聞いたんだけど、海門なんか、初めエロ作家なんて悪口を言われていたんだろう？　端たの者がそれを気にして咎めたり、また自分で筆の加減したりしていたら、決して今日の大をなさなかったと思うんだ。俺なんかだって、海門のような勇気が欲しいし、周囲の理解も欲しいよ。いじけていては、いつまで経ったって、俺の文学は大を成さないに極まっているからねえ。」

「そんなら、発表してもいいわ。」

計子はやや捨て鉢の調子で言った。私の説得が、うるさそうでもあった。それでも、私は安堵を催した。

「そうか。俺も自分のエゴイズムが気にならないことはないんだ。周囲を傷つけても止まぬ勇気だと言えば立派だが、周囲を傷つけても憚らぬエゴイズムだと言われれば、何んとも返事が出来ないからねえ。だが、作家にとっては、その勇気とエゴイズムが裏腹になって、初めて突っ込んだ作品が書けるというものだ。」

「じゃア、いいわ。発表して頂戴。」計子は聞くだけ聞くと、観念したらしく、後腐れなく、きっぱりと言い切った。

「じゃア、発表することにするからねえ。俺も有難いし、雑誌社の人も喜ぶだろう。心配し切っているところなんだからねえ。」

私は一寸ニコついて、座に還った。木原君は待ち侘びていた。

「どうでした?」

「到頭納得しましたよ。」

「そうですか。どうも有難うございました。」木原君は慇懃に両手を畳の上に突いて、改まったお辞儀をした。

私も愁眉を開いたが、妹の心事を思うと、妹同様、後味が悪くないことはなかった。いつまでも引っかかる気持が、除かれはしなかった。それに、まだこれからも、こういう苦悶を自分でも味い、周囲のものにも無理を押しつけて行かねばならぬ自分の文学的境涯を考えると、前途の多難が思い遣られぬではなかった。

書き残りの分は、翌々日の朝までに仕上げることにして、私は取り敢えず、出来た分のうち二十五枚だけを渡すことにした。木原君が懐ろにしていた一束の紙幣も、漸くのことで、私の手に渡った。

「祝杯――祝杯と言っては変だが、とにかくホッとした気持で、一杯やりに行きましょう。」

私は、木原君から貰ったばかりの紙幣を早速袂にねじ込んで、外に出た。外はもう暗くなっていた。昼間街に出た時、クサクサしていたのに引き替え、今は別人の感じで、晴れ晴れした気持だった。その気持を更に引き立てるように、街には夕靄がかかっていた。私は通りがかりの家具店の前で立ち停った。

「僕、妹に姫鏡台を買ってやりたいと思いますからねえ、一寸附き合って下さい。」

計子は予《かね》てから、鏡台を一つ欲しがっていた。彼女は、立て鏡と柱鏡とを持っているきりで、まだ鏡台というものを持たないのであった。二年前の春田舎へ帰った時、姉の勝美にその話をすると、女が鏡台を持たなくては、と嗜《たしな》められて来たのだった。それを私に打ち明けたのは、つい最近のことであった。

「そうだなア。鏡台は女のシンボルだからねえ。」と私は妹の話に相槌を打ちながら、内心では恥じていた。既に当然、鏡台くらいは私が買い与えてやるべきはずだったのに、私は今日までそれをなおざりにしていたのだった。

「わたし、大きな姿見より、姫鏡台の方がいいわ。」と、その時計子は眼を輝かした。

「姫鏡台って。」私は姫鏡台なるものを知らなかった。

「円い、赤い、可愛らしい鏡台があるじゃないの。」と計子は手で形を描いてみせた。

「ああ、ああ。あれか。」と私は頷いた。

「でも、買って来ても、うちには置くところがないわねえ。」と計子は雑然とした茶の間を見廻した。

「いや、買って来れば、置くところは自然に出来るものだよ。」

「今度月給を貰ったら、買おうか知ら。」計子は洋裁学校の先生をしているのだった。

「あんな鏡台くらい、今度原稿料が入ったら、俺が買ってやるよ。」と私は言った。

今、少し纏まった金が入ったのをしおに、私は妹に約束した、姫鏡台を買ってやろうとするのだった。しかし、時が時で、妹の御機嫌を取り結ぶようで、後めたい気がしないではなかった。また、そんな風に見透されそうなのも嫌やだった。だが、好い機会ではあるし、妹の労に酬い、妹の慰めとするのに、躊躇するいわれはなかった。私は店内を物色して、頃合いの姫鏡台を見出すと、翌日配達してくれるように頼んで、店を出た。

翌朝、宿酔の私がまだ寝ているところへ、姫鏡台は届けられた。許子は笑みかけた顔をして、それを抱えて、私の枕許に急ぎ入って来た。

「兄さん、昨夜頼んであったの。」思いがけなかったらしく、許子は少し亢ぶっていた。

「うん、昨夜出がけに、註文してあったんだ。」

「いいわねえ。」と許子は自分の顔を映してみたり、抽斗を一つ一つ開けてみたりしながら、深く考えない様子で、素直に喜んだ。私にはそれが嬉しかった。

「あんまり上等ではないが、これでいいだろ。店にある時は、もっといいのに目移りして、それほどいいとは思わなかったが、うちに持って来れば、これでも立派なものだよ。」

「上等だわ。……これ、臙脂色だわねえ。」許子は赤い塗りを撫でながら言った。

「まっ赤なのは、あんたにはどうかと思ったから、少し沈んだ色にしたんだ。」

「落ちついていて、いいわ。梅の花の模様もいいわ。」

「女なんて、そんなきれいなもので身の周りを飾ることが出来るから、いいなア。そこへ行くと、男なんて殺風景なもんだ。」

「だって、男の人はお酒が飲めるじゃないの。」そんな逆襲も、許子の喜びがさせるわざだった。

「兎に角、鏡台を買った以上、塵や埃をかからせちゃ駄目だぞ。女が、鏡に塵や埃をかからせるようでは、女として落第だ。滋子はよく鏡を汚していたが、俺はそれが不満だった。それから、時計のゼンマイを巻くことを忘れないこと。天井に蜘蛛の巣を張らせないこと。女の魅力は、顔や形よりも、そんな細かいところにあるんだからねえ。」と私は妹の喜びに附け込んで、一頻りお説教を言った。

「じゃア、直ぐ鏡掛けを拵らえるわ。」

計子は姫鏡台を抱えて、茶の間にかえると、一先ず、ミシンの上に据えた。煤けた茶の間が、急に花やいで見えた。計子自身も、花やいで見えた。

柳の葉よりも小さな町

もう大分以前のこと、東北地方の某地の俚謡が放送された時、その中に「柳の葉よりも小さな町」という文句のあったのを覚えている。当時私の家にはまだラジオがなかったので、その唄を聴いたわけではなかったが、新聞のラジオ欄に記載されているのを見たのである。私はその文句を読んだ瞬間、私の郷里にあるN町のことを聯想した。今でもN町のことを懐しむ度に、私はこの唄の文句を思い出す。

N町は、四国の西南地域の中央に位する小さな、古い町である。W川という大河と、その支流であるU川の間に挟まれたデルタの上に載っかった町である。W川は、支流を多く持つことにおいては、全国で信濃川に次ぐのだが、生産的《プロダクチヴ》なところが殆どなく、毎年の氾濫で県の財政を傾けている暴虐な河流である。政府の治水工事は、いつ果てるとも判らない。洪水の度に、町は濁流に取巻かれて孤立に陥るのである。町の人々の不安をよそに、それを喜ぶのは、町に通って来る私達中学生だけだった。その度に、学校が休めるからである。私達は濁流の彼方に町を望んで、そのまま足も軽く家に引き返したものだった。私の村の方からは、U川に架った久栄岸《くえきし》橋という長い橋を渡って、町の東入口から入るのだった。この橋は、欄干を低くしてあった。大水の折、流木や何かが引っかかるのを防ぐためであると、子供の時先生に教えられた。U川の両岸には、川柳が茂っていた。「柳の葉よりも小さな町」という俚謡を産んだ東北の町は、恐らく水辺に柳のある町に相違ない。Nも、水辺に柳のある町なのである。夏の朝早く町に入って行こうとすると、柳の茂みに靄がまつわり、町の人たちが河原に降りて来て歯を磨いているのが、橋の上から眺められた。

N町は、今も昔も人口には変化なく、いつも一万を上下しているのであるが、現在は県庁の支庁の所在地である。開府は遠く応仁の乱の頃だと言われている。その当時、この地は或る公卿の荘園の地だったので、その一門が京都の戦乱を逃れて来て、覇府を開いたのである。学者として名高かった関白一条兼良はその父親で、彼の書斎は、この地から送られた木材で建てられたものだったそうである。この公卿は四代にして、その七太夫（七家老）の筆頭だった長曾我部元親に滅され、元親の四国制覇が成るのである。今も四代の公卿を祀る神社が町の中央の小森に鎮座し、苔蒸した四基の墓も、町の奥の大きな杉の樹の蔭に残存している。そんな歴史があるので、町は京風だと言われている。

この町で、開府六百年祭が催されたのは昭和の初め頃だった。当時公爵として権門を誇っていたその公卿の当主も、この祭に招かれて来臨した。町では花火を打上げたりして、大変な歓迎だった。祭が終ると、公爵の一行は、県庁の所在地であるK市まで引き上げて行った。K市でもまた、公爵の歓迎会がもくろまれた。然るに、会の時刻になっても、公爵の姿が会場に現れないのである。公爵は遂に姿を現さなかった。歓迎会はおじゃんになってしまった。調べてみると、当の公爵は、その夜自動車を飛ばして、またN町まで引っ返していたのである。K市からN町までは、山坂三十数里の嶮路である。公爵はN町で宿泊していた旅館の女中に懸想して、その女中に逢いに来ていたのである。町に貴賓が来て泊る旅館は、町の西側、鮎漁で知られたW川の本流の広い河原を見渡す堤防内にあった。今は潰れているそうである。女中は、近在の百姓の娘だった。

近世に至って、この町から一人の異色ある人物が現れて、日本の社会を震撼させたことがある。彼は、明治の時代における大逆事件と称せられる事件の首魁と目された革命家である。私の親しかった或る知人は、金物商を営みながら、この町のインテリの元締みたいな男だったが、この革命家が「基督抹殺論」を書いた時テキストに使った聖書を所蔵していた。その聖書には紫色の鉛筆でもって、到るところに棒が引いてあった。またその男の話によると、この革命家が、クロポトキンの「パンの略取」という本を日本で初めて訳したのも、この町においてであった。彼は、当時中学三年生であった彼の甥を相手に、それを口述筆記させた。甥は筆記に飽きて来ると、「おんちゃん（伯父さん）腹が減った。」と空腹を愬《うった》えた。すると、彼は、「うん、もう少しじゃ。済んだら、饂飩《うどん》をおごっちゃるぞ。」と甥を励ましながら、口述をつづけたそうである。この甥は後に陸軍の少将か中将になって、戦争中は某要塞の司令官だったはずである。

この革命家の墓も、N町にあるのである。長い間禁断の墓同様になっていて、彼の墓を弔うのは愚か、彼の名を口にするさえ憚られていたものである。私なども、彼の墓が区裁判所の裏手にあるということを、おぼろげに聞き知っていただけだった。大っぴらに彼の墓を見に行くことが出来るようになったのは、戦争後のことで、私も終戦後の或る年の秋、町の青年の案内で、初めてこの墓へ行ってみた。区裁判所の通用門を抜けて裏に出ると、山際に接して芋畑があった。その芋畑の先に、壊れた竹垣に囲まれて、狭い墓地の一郭があった。そこに行ってみたが、彼の漢学の先生であったと思われる儒者の大きな墓が、墓地内を領しているのが目を惹くだけで、尋ねる墓はなかなか見当らない。青年も知らなかった。丁度裁判所の窓から、女の事務員が二人顔を出して休んでいたので、大きな声で聞いてみた。事務員は直ぐ指差して教えてくれた。墓石は、他の家族並みで、何んの変哲もない、小さなものだった。謀反人の墓だから、大きな墓を造ることが禁ぜられたのだということである。碑石の表には「幸徳秋水墓」と達筆で書かれていた。彼の親友であった小泉三申という政治家の書いたものだそうである。碑石の一方の側面には、歿年月日、(つまり処刑の日)一方の側面には、建立者である肉親の名が彫ってあった。戦争も終りに近い頃、この墓から、夜な夜な怪火が発した。「幸徳さんの墓から火が出る!」と言って町の人達は騒ぎ、何事か凶変が起るのではないかと恐れ戦《おのの》いたものだそうである。しかしこれは、烏かなにかが墓の上に糞をして、その糞の含む燐が燐光を放つのだと判明したのだった。

私は子供の時、このN町に行くのを、どんなに楽しみにしたことだろう。この町に行くのを考えると、大きくなってから東京へ行くのを考えたよりも、もっと楽しかったように思われる。私はフローレンスという町を知らないけれど、もし私が伊太利の少年で、フローレンスの町へ行くとするなら、その喜びが丁度これに匹敵するのではないかと空想するのである。

N町は、私の村から西へ二里の道である。一里ばかり歩いて行くと、村境をなす逢坂という坂にとりかかる。N町を開いた公卿が地名にまで京都を模したので、この坂もまた、あの京都から大津に越える逢坂に因んで名づけられたのではないかと思われる。逢坂の山は、春には一面に山つつじの花で被われ、そこを隧道が穿っている。この赤煉瓦で構築された隧道を見た途端から、N町を繞《めぐ》る雰囲気を感じはじめるのだった。見る物すべて、目新しくないものはなかった。隧道に入ろうとすると、「文明之利器」という文字が入口に仰がれた。隧道の中は暗くて、水がポタポタ落ちていた。声を挙げれば声が響き、手を拍てば手の音が響き、只歩いていても、足音が響いた。この暗い隧道の中で、蝮が這ってるのを踏んで、足を咬まれた人もあった。

隧道を出ると、茶店が二軒並んでいた。手前の一軒では、自転車の修繕を兼ねていた。山の崖寄りに泉水を造っているのも、その家だった。山から引いたきれいな水が、池の中の島から高く噴き上げる仕掛けになっていて、その噴水の下で、緋鯉や白鯉や真鯉などの大きなのが、群をなして泳いでいた。私達は、往きにも帰りにも、池の外の漆喰塀にもたれて、鯉の泳ぐのを飽きず眺めたものだった。噴水は風の向きにつれて、私達の額に降りかかることもあった。私達が中学校へ通う頃には、もう一軒の茶店の方に、「隧道美人」と言われた娘が店に出るようになって、人気を集めていた。私は恥かしいような気持もあって、いつも見向きもせずに通り過ぎた。

隧道から向うは、東山という村になる。勿論京都から採った名である。杉林の間の道を曲り曲って降って行くと、取っつきの家に紅梅の花が咲いていた。これは、町のお伊勢さんへお参りに行く時、目についた。その隣の家には、白い壁に鷹の羽の紋印が捺してあった。そのあたりからU川沿いの平野になって、田圃に藺《いぐさ》を作ってあるのを見るようになる。杞柳《こりやなぎ》を栽培してある田圃もある。杞柳はバスケットや行李などを作る柳である。洪水のために荒蕪して、稲作が出来にくいので、それを作るのである。岡添いの農家には、黄金色の玉蜀黍が軒先に懸け並べてあった。田圃を耕しているのは、のろのろ歩く牛である。町の方から肥車を牽かせて来るのも、牛である。肥車も珍らしかったが、牛さえも珍らしく眺めた。その頃、私の村には馬だけで、牛は一匹もいなかったのである。

横堤という堤まで辿り着くと、そこから指呼の間に、N町の家並が望まれるのだった。黒い甍と白い壁が入り交って、賑かそうだった。逸る心で急いで行くと、橋も間近かのところに、大きく聳えた一本松が立っていた。その下を堀川が流れていた。これは、幕府時代に、藩の経世家野中兼山の掘ったものだった。私達は新しい草履をはいて、家を出ていた。その草履で巻き上げた埃でまっ白になった脚を、堀の流れに浸して、冷やしながら洗った。それから桑畑に入って、小便をした。町には小便をする所がないのだった。着物の裾の埃をはたき、帯も締め直した。そうして身づくろいを整えて、橋を渡り、町に入って行くのだった。

南京町《みなみ》という、一番雑沓する町通りから入って行くのだった。入って間もなくの所に魚市場があって、生臭い匂いがして来ると同時に、喧嘩のような声でせりをしているのが聞えて来た。私は兎もすれば、その声に怯え勝ちだった。町に入ると、いつももう午になっていた。私達は其処で店屋《てんや》（茶店）に入って、弁当を食うのだった。弁当は、握り飯の焼いたのを二つ、風呂敷にくるんで、提げていた。お菜には、蕎麦を一杯食うのだった。蕎麦は一杯二銭だった。

それから私達は、北京町《きた》にある本屋へ行くのだった。私達が町に行くと言えば、大抵本屋へ読本を買いに行くのだった。春休みには新学年の読本を、夏休みには二学期の読本を、買いに行くのだった。私は新しい読本が好きだった。雑誌も買って来た。何よりも私の頭を占めたのは、水彩絵具と木炭紙だった。私は子供心に、風景画家を夢みていたのである。絵具は十二色のを買った。木炭紙は三枚で九銭だった。それをクルクルと筒っぽにして巻いて、大事に大事に持って帰ったものだった。私があんなに町へ行きたがったのは、この一軒の本屋があるがためであった。本屋の番頭さんは、金火鉢のそばに坐っていて、耳に鉛筆をはさみ、前垂をかけた膝の上で算盤を弾いていた。この一寸おっかない番頭さんさえも、私には永くなつかしい印象を残している。みんなは、ナイフや銀笛などを陳列してある「まからずや」（正札小間物店）に惹きつけられていたが、私は「まからずや」の陳列棚を覗いても、少しも心が躍らなかった。その代り、今出て来たばかりの本屋へは、直ぐまた還って行きたいほどの気持だった。

私はこの本屋へ行きたいばかりに、あらゆる機会を捕えて町へ行った。或る友達の両親は、時々荷車に薪を積んで、町へ売りに行っていた。私はその友達と一緒に、山のように薪を積んだ荷車の後からついて行ったこともあった。その友達は家が貧乏で、学校も中途でやめていたが、車の後押しの手伝いをして町へ行くのだった。父親が車の前を牽いて、母親と友達が後を押すのだった。車に手を添えて歩いていた私も、逢坂の坂にかかると、懸命になって後押しを手伝った。町では、友達の一家が薪を売り歩いている間に、本屋へ行って来た。帰りには、友達と二人で空車に載せてもらい、車の上で居眠りをしながら、逢坂を越えたものだった。うつらうつらとしていた目を、車輪が弾む拍子に時々開いてみると、手の届きそうな辺に、満開の桜の枝の揺れていることもあった。

或る年上の友人に誘われて、慌しく出かけたこともあった。父は留守だった。母が箪笥の抽斗や膳箱の抽斗から、本代を掻き集めてくれた。一銭二銭の銅貨ばかりだった。それを財布に入れて行った。手縫いの財布で、首に懸けていた。三年生になった春のことだった。本屋に行くと、新しい教科書を一式取揃えてもらった。三十一銭の代金になるのだった。私は首から財布をはずして、それを逆さにした。銅銭は畳の上にばら撒かれた。数えてみると、二十五銭しかなかった。六銭足りないのである。一寸辛い気持だった。本屋の小僧は気転を利かして、画手本を取除け、これは急ぐことはないから、今度の次ぎに買いに来るといいと言った。そうすると、二銭余って、二十三銭で済むのだった。三年生になって、初めて画手本が使えるのだったから、私はそれを一番楽しみにしていたのだが、止むを得ず見送らねばならなかった。私はそれに助けられ、余った二銭銅貨を一個、また財布の中にしまって、首にかけた。ひる飯は後廻しにしていたので、私達はそれから、その友達の親戚に当る店屋へ行って、弁当を食った。お菜はてんぷら（さつま揚）だった。とてもおいしかったが、二銭しか持たぬ私は、これが二銭で食えるのか知らと思って、内心不安でならなかった。しかし心配することはなく、友達がそこの小母さんに話して、私達は二人とも只で御馳走になれたのだった。私はホッと嬉しかった。その時、私の草履は擂り切れてしまっていたので、私は余った二銭で新しい草履を買った。

夏休みも終りに近づいた暑い日盛りに、私は或る友達と二人で、ぐったり疲れて、町から帰って来た。二学期の本を買いに行ったのだけれど、まだ大阪（取次店）から来ていなかったので、空しく帰るところだった。何んにも買わずに帰るのは物足りないから、私は「まからずや」で、鞘に入った短刀を買っていた。二十銭持って行って、五銭で買ったのだった。友達は倹約して、何も買っていなかった。私は友達の手前、自分だけ贅沢をしたようで、なんだか気の引ける気持だった。

私達は、その前の日の夕方、浜へ遊びに行っていて帰る途中、その日の町行きを約束したのだった。小松原のはずれに、大きな円い月が昇っていた。私達はその月を背に歩いていた。私達は手に桜貝を持っていた。その時友達が言い出した。

「今度町へ行く時は、桜貝をうんと拾うて持って行こうか。買うてくれるつうぜ。」

「そうじゃろうか。そんなら持って行こう。」と、私も直ぐ夢を描いた。

その日の私達は、桜貝を売る時の瀬踏みのような気持で、町を歩いた。しかし、どこに行ったら桜貝を買ってくれるのか、判らなかった。そんなものを買ってくれそうな家は、どこにも見えなかった。そう思って見ると、どこの家もどこの人もよそよそしく思えてならなかった。取着場がなくて、私は忽ち自分の夢の破れたのを感じた。友達も同じ思いのようだった。町へ行って桜貝を売るというのは、私の場合は正しく夢であったが、あまり家の豊かでなかった友達の場合は、もう少し現実的な問題だったかも知れない。それだけ友達の方が余計にこたえたかも知れなかった。その日も、友達は十銭しか持っていなかった。私達がひどく悄気ていたのは、そんなことも原因しているのだった。

私達は疲れた足を、通りがかりの、田の隅の小さな水溜りで冷やした。そこには、冷い水が湧き出ていた。

「ここで、弘法大師が足を洗うたつうぜ。」と友達が言った。

そこから程近くに、古びた石の道しるべが立っているのを、私達は後にしていた。それは、四国三十八番の札所、足摺山へ岐れる道を教えているのだった。

十四歳の春、私はこの町にある県立中学校の生徒になった。一学年五十名の小人数であった。私は四尺四寸の小さな中学生だった。靴は九文半であった。紺の着物に紺の袴をはき、背嚢を背負い、白いモールを一本巻いた菱形の帽子を冠って、往復四里の道を、毎日町へ通う身となったのである。朝毎に魚市場の喧騒を耳にしながら、私は町へ入って行った。そのあたりにはまた、小さな料理屋があって、首を白く塗った女が、寝乱れ姿で出ていたりした。私はそれを見ると、反吐が出そうな気持になって、避けて通った。時には、町の入口で、相撲取の太刀風を見かけることもあった。太刀風の本職は馬車の馭者らしく、いつも馬車の立て場にいた。馬車を御していることもあった。太刀風は宮相撲の大関で、強力ではないが、手がうまかった。私の村の慰霊祭にも来て度々相撲を取ったが、顔も体も柔和な相で、ニッと笑うと金歯が覗き、ひいきな相撲だった。私は、太刀風の顔をしげしげと見て通るのだった。

私の祖母は、私の足弱を哀れんで、毎朝新しい草履をおろしてくれた。私はそれを、毎日一足ずつ履き切った。雨の日には、袴の紺を腓《こむら》に流しながら、徒跣で歩いた。間もなく道に慣れて来ると、私は高下駄にした。靴は、他の生徒達と一緒に、町の靴屋に預けてあって、そこで穿き替えて、登校するのだった。靴屋に行ってみると、もうみんな出払ったあとで、自分の靴だけ一足残っている時の気の重さったら、なかった。そんな時は、遅刻しているに決まっていたからである。靴を引きずって、恐る恐る学校に近づいてみると、校庭はしいんと静まっている。土手囲いに植えたからたちの垣の間から覗くと、全校の生徒が朝礼に集まって、校長が長い口髭を銜《くわ》えるような口の利き方で、訓辞を与えているところだった。

話は飛ぶが、去年の正月のことだった。私は或る友人の家へ年賀に行こうとして、同じ区内の或る町で道に迷っていた。何度か来たことがあるのに、暫くぶりに来たせいか、どうしても道が判らなくて行き着けないでいた。路上で焚火をしている子供達に道を尋ね、見当をつけて、或る路地に曲り込んだ時だった。私はそこに友人の家を見出す代りに、若泉という門札を見附けたのである。瞬間、私の胸は騒いだ。私は、自分が中学校に入学した頃の校長が、若泉という人だったことを思い出したからである。しかも、若泉元校長がそのあたりの地内で住んでいるらしいことは、古い同窓会雑誌に載っていた旧職員名簿で朧げに覚えていたのである。私はこれは、若泉校長の宅に違いないと思った。しかし、名前は、若泉岩太郎ではなかった。若泉弘一となっていた。してみると、若泉校長は、もう亡くなられて息子さんの代になっているのだろうか。そうに違いないと思いながら、私は暫くそこに佇んでいた。生きていられればお訪ねしてみるのにと、私は口惜しい気持で、仕方なく二、三歩歩を移さんとした。すると、その隣に、同じような門構えが並んでいて、そこに懸っている門札が、若泉岩太郎とあるではないか。若泉校長はまだ生きていられるのかと私は深い感慨に耽りながら、その黒ずんだ門札を見上げた。私は一寸ためらっていたが、直ぐ意を決して、門を潜った。この機を逸しては、再びお目にかかれることはあるまいと思ったからである。私は玄関に立って、呼鈴を押した。胸がドキドキと動悸を打っていた。取次の人が出て来るのが、待遠しくてならなかった。私は息を殺して立っていた。やがて内から声があったので、私は恐る恐る一尺ばかり玄関の戸を開けた。式台の上には品の好いお婆さんが坐っていた。若泉校長の奥さんと思われた。私は四角張った固い姿勢をして、切口上で口を開いた。

「失礼ですけれど、昔K県のN中学で校長をしていられた若泉先生のお宅でしょうか。」

「左様でございます。」

「私は、N中学でお世話になった徳田と申す者ですが、友人の家を訪ねる途中、偶然お宅の前を通りかかったものですから、先生に一寸お目にかかって、御機嫌を伺いたいと存じまして……。」

「左様でございますか。今日は生憎くと、日本橋の方の学校へ出かけて、留守なんですけれど。……まあ、お入りになって下さいませ。」

私は遠慮深く、玄関の中へ入った。奥さんは、もとは歯並びの悪い人のように覚えていたが、今はきれいに入歯をして、それに年も取っているので、まるで、別人の感じであった。

「先生は御元気でいらっしゃいますか。」

「ええ、日曜日以外は、毎日日本橋の学校へ行ってるんですよ。」

若泉校長はもう長く、日本橋区内の或る私立女学校の校長をしているのだった。それも同窓会誌で知っていた。

「先生はお幾つになられたのでしょうか。」

「七十五歳になりましたんですよ。」

「N町の中学校にいられた頃は、お幾つだったでしょうか。」

「三十七の時赴任して、三年居りました。」

「三十七歳だったんですかねえ。お若かったわけですねえ。」

「N町も変りましたでしょうね。」

「ええ、南海の大地震で殆ど全滅していましたが、最近復興しているようでございます。」

「皆様に御無沙汰をしていて、皆様の御消息も判りませんが……大貫さんて方、いられましたねえ。」

奥さんは一寸考えるようにしていて、そう言った。奥さんは色々の人のことを思い出そうと努めた風であったが、まっ先に、そして唯一人思い浮んだらしいのが、大貫竹之進という剣道の教師であった。私はそれを面白く思った。大貫先生はもと武士で、秋田県から流れて来てN町に居着いて、中学校の剣道の教師になったのだった。もう六十を越えた老人で、私達は「お爺、お爺」と呼んでいた。妻も子もなく、全くの独りぼっちだった。ひどい秋田訛で、頭が陶器のように禿げ、猫のような口髭を生やしていた。竹刀とその附属品とは大貫先生から売ってもらうのだったが、大貫先生はそれでちょろまかしているという評判を立てる生徒もあった。

「ええ。大貫先生も、もう大分前亡くなられたようでございます。」

私はさりげなくそう答えたが、実はその時、大貫先生の晩年の醜聞が、私の頭を掠めていたのだった。しかし、そんなことを言うべき場合ではないので、私は口を噤むことにした。大貫先生は近在から女の子を貰って養女にしていたが、その娘に妊娠させてしまったのである。学校にいられなくなって、おしまいには、町の風呂屋に雇われて番台に坐る身となって、一生を終ったのであった。

私はその他の先生についても話してみたい衝動に駆られたけれど、そんな余裕もないので、鉛筆と紙片を借りることにした。私は今日の記念に、自分の姓名、原籍地、職業、現住所などを記して行こうとするのだった。私は書きながら、息が弾んで、時々手を休めねばならなかった。

「坊っちゃんは、もう大きくなられましたでしょうねえ。」と、私は息を入れながら尋ねたりした。

「息子は医者になりまして、嫁を貰いまして、向島の方で開業してるんですよ。」

「もうそんなになられましたですかねえ。坊っちゃんの誕生日に、私はその時分寄宿舎に居りまして、御赤飯を振舞っていただいたことがありましたが……。」

私は中学校に入った年の秋、腸チフスに罹って休学せねばならなかった。翌る年もう一度一年生をやることになって、その年は通学を廃めて、寄宿舎に入ったのだった。校長の官舎は、寄宿舎の直ぐ裏に当っていた。その頃校長の子息は、やっとよちよち歩きが出来るばかりになっていた。奥さんや女中の守で、寄宿舎の周りを歩いているのを、時々見かけたものだった。

校長には娘もあった。小学校の上級生だった。今上天皇の立太子式の行われた日、町の小学校では祝賀の運動会が催された。私は寄宿舎を出て、その運動会を見に行った。女生徒の鞠のあや取りが始まった時、一緒に見ていた友人が、「あれが校長の娘ぞ。」と言って、一人の女生徒を指さした。私は初めて見るのだったが、校長の娘は背が高く、髪をお下げに垂らしていた。鞠のあや取りもなかなか上手であった。私は校長の娘から目が放せないで、彼女が勝ち残るのを念じながら、じっと見詰めていた。校長の娘は十人くらいのうちまで残っていたが、遂に鞠を落して、万事休してしまった。私はひどくがっかりして、彼女に同情した。私はその娘さんのことも思い出して、尋ねてみようとしたが、なんだか端たなく思われそうだったので、思い止まることにした。私は自己紹介を書き終えた。

「先生には修身だけしか習いませんでしたから、勿論名前なんかお覚えになっていられないと思いますけれど、お帰りになりましたら、どうかこれをお渡しになって下さい。」と私は紙片を差出した。

「天沼にお住まいですか。」と奥さんは紙片に目を注ぎながら、「それではお近くですから、またお出ましになって下さい。日曜日でしたら、家にいますですから。」

「有難うございます。御機嫌よろしゅう。」

私はいささか興奮して、奥さんに別れて出て来た。そして、直ぐ次ぎの路地に折れ込むと、尋ねる友人の宅は、そこにあった。私は今の話をした。

「ふうん。若泉さんというのは、貴方の中学時代の校長さんなんですかねえ。そんな人とは知らなかった。」と友人も一寸唸るように言った。

「奥さんは、もう大分お歳を召した方でございましょう。時々お見かけいたしますわ。」と友人の細君も口を添えた。

若泉校長が奈良県の中学校へ転任になって行く時、私達全校の生徒は、久栄岸の橋のはずれに整列して見送った。校長の一家は、数台の人力車を連ねて、近くの港村まで行って、そこから汽船に乗船するのだった。やがて人力車は動き出した。私達も胸が一杯だったが、校長の家で使われていた女中が、橋の袂にしょんぼり立って、別れを惜しみながら、人力車の影を見送っている姿が、一入《ひとしお》私達の心に沁みた。と、その女中は、人力車を追って駆け出したのである。甲斐ないこととは知りながら、彼女は手を挙げて、追っかけたのである。彼女は暫く駆けてから、ようやく諦めたとみえて、そこに立ち止まり、いつまでも動こうとしないで、人力車の影が小さくなるのを見送っていた。

あの時からその日まで、三十五、六年が経過していたのである。

私はN町の中学を出ると、都会に遊学し、そこで具《つぶさ》に塵労も体験し、本来の目的である文学に向って志したのであるが、志は一朝には成らなかった。かくて私は、妻子三人を引き連れて都を落ち、故郷に身を寄せて、親の脛をかじりながら過した、しがない一時期があった。その時、私はもう三十を越していた。

私は、私が長く勤めていた雑誌社から退職金が送られて来たのを機会に、鼻の手術を思い立って、N町の或る病院に入院することにした。私は退職金が貰えれば、その頃新刊された「モンテエヌ随想録」全巻を買うつもりでいたのであるが、それを入院費に振替えたのであった。病院には、今は亡い妻が、五つであった息子を連れて、看護に来てくれた。

私がN町で寝起きするのは、二十年ぶりのことであった。病室は陽当りの温い部屋で、窓からは、W川の向うに聳える香山寺山のてっぺんが望まれた。古城山《こじようざん》で撞く鐘の音は、仰向きに寝ている私の頭の真上に落ちかかるように響いて来た。古城山というのは、W川と対になって、中学校の校歌にも歌われ、町の背後にあって松に被われ、公園となっている小山である。私はその鐘の音を初めて耳にした時、ああ、あの鐘はまだ鳴っているのかと、我に返ったような気持で聞いたものだった。中学校に行ってた頃は、毎日聞いた鐘だった。朝六時と晩六時の鐘は、寄宿舎にいた間しか聞けなかったけれど、昼十二時の鐘は、修身の時間に居眠りを催しているとき、教練の時間に空腹を抱えているときなど、その最初の一撞きで、毎日私達を生き返らせてくれたものだった。私はその鐘の音をすっかり忘れていたのである。ひとの話によると、鐘を撞いてる人は、今もあの時分の人だということだった。その人は、私がN町に別れ、他郷に出て、また帰って来る間にも、鐘を撞きつづけていたわけだった。香山寺山のてっぺんを眺めながら、この鐘の音を聞いていると、それは何よりも私をN町に在る気持にさせてくれるのだった。

私は鼻が快くなって来ると、あちこち町の中を歩いてみた。古い姿を比較的多く残している小姓町や愛宕町、新しい町の栄町などを見廻った。栄町はカフェや料理屋などの並んだ歓楽街で、太陽館という映画の常設館もそこに出来ていて、「只野凡児」というのがかかっていた。私は町を歩きながら、店先に坐っている小母さんの人を見つけては、あの人にも見覚えがあると思い、自転車を乗り廻して行く小父さんの人を見ては、あの人にも見覚えがあると思うのだった。しかし、たとえばカラツ屋（瀬戸物屋）の店先に紅茶茶碗が並んでいるのを見ても、私は時勢の変遷を感ずるのだった。私は中学を卒業するまで、紅茶も紅茶茶碗も角砂糖も知らなかったのである。

変っているのは、町の姿だけではなかった。私自身も変っているのだった。私は通りがかりに、或る小さな鉄工所へ寄ってみた。その鉄工所は、中学時代からの或る親友の姉夫婦が経営しているのだった。私は懐ろ手をして、にこにこ笑いかけながら入って行った。きさくな友人の姉は私の顔を見ると、「どこかで見たことのあるような人じゃが、どうも思い出せんよ。」と言った。私は自分の名を名乗らねばならなかった。それから、私は虫歯が痛み出した時には、中学の寄宿舎で親しくしてくれた或る上級生のやっている歯科医院へ出かけて行った。そこは、もとの郵便局の場所だった。二階の治療室へ上って行くと、その人は鼻の下に口髭を貯え、白い診察服を着て、女の人の歯を治療していたが、昔のまま、やっぱり背が小っちゃかった。私は、「田中さん、僕がお判りになりませんでしょうか。」と言った。田中さんは私の方を振り向いて「判りませんねえ。」と言った。「徳田巌です。」と、私は言った。「ああ、徳田君ですか。」と、田中さんは自分を羞かむように笑った。私はまた、吉川靴店のガラス戸を開けて、主人に物を言った。この主人は、私達が靴を預けていた靴屋で職人をしていたのだが、その後独立して、自分で店を出しているのだった。私の足を計って、九文半の靴を造ってくれたのも、この人だった。ひどい跛の人である。私はここでも、自分の名を名乗らねばならなかった。主人はひどく懐しがりながら、靴を削る手を休めて、「大分ええことになりましたろう。」と言った。「大分出世したでしょう。」という意味だった。主人はそれから、「何んにも肴はありませんが、一杯飲んで行ってくれませんか、どうぞ、どうぞ。」と私を招じた。上べだけのお世辞だったかも知れないが、私はとても嬉しかった。その日は丁度、町の祭礼で、在郷からも人出がして、賑わっているところだった。そこへ、奥からおかみさんが顔を出した。主人は、「昔中学校へ来よった徳田さんじゃよ。」とおかみさんに言った。おかみさんは洟も引っかけないような顔をして、そっぽを向いて「そんな人が来よったようじゃのう。」と言った。私は腸《はらわた》のよじれるような口惜しい気持になって、自分の独りよがりの懐旧癖を嘲笑しながら、二人に頭を下げて、ガラス戸を閉めた。

私は母校も訪ねて行った。私達の学んだ中学校の跡には、女学校が移転して来ていて、中学校は監獄の奥に新装されていた。あの花崗岩の門、門のそばの古い柳の木、草の生えた校庭、葉の落ちる松の木などは、もう過去のものになって、幻に浮べて見るほかはなくなっていた。監獄の囚人が、浅黄色や柿色の着物を着せられて、編笠を冠って、よく刈込みをしていた路傍の屋敷の木犀の木に目を停めたり、鈴を引き鳴らしたことのあるお伊勢さんの境内を覗いたりして歩いて、私は新しい中学校の門を潜った。

中学校には、学校の主と言われて、明治三十四年の創立以来勤続していた弘岡先生は、もういられなかった。私の知っているのは、畔田先生一人きりだった。畔田先生は図画の担任で、一寸厳つい顔をしているので、「たつのおとしご」という綽名だった。学校の先輩でもあるので、兄貴風であって、気のおけぬ先生だった。私は、日のよく当った教員室の一隅で、先生にお会いした。先生はいつまでも若く、ちっとも変っているとは思われなかった。相変らず色が黒く、厳つい顔をしていた。私は、みんなで先生に連れられて、U川の磧《かわら》へ写生に行ったことなどを思い出した。その時先生は、N町の比叡山と言われている石見寺山を背景にして、磧に引き上げてある川舟を写した。石見寺山の中腹は、その年の大豪雨で、荒々しく崩れ剝げていた。先生は赤と代赭色でもって、ベタベタとそこを描いた。それから川舟も真っ赤に描いた。すると、剽軽な生徒がそれを見て「御朱印船だ。」と冷かした。「要らぬことを言わぬ！」と、先生は顔の筋一つ動かさず叱っておいて、それきり黙って描きつづけた。先生は、点描派というか外光派というか、赤や青の原色をベタベタ塗りつける手法を持ち込んで、画手本の臨画でコチコチの画を描くことしか知らなかった私達の目を開いてくれたのだった。写生の行き帰りに、町の娘を見ると、それを冷かすものがあった。先生は学校に帰って来ると、私達を校庭に列ばせて点呼を採った後で、「諸君も、もう直き学校を卒業したら、嫁さんが貰えるじゃないか、女を冷かしたりするな。別れ！」と、むずかしい真顔のまま言って、別れさすのだった。

私は畔田先生の案内で、プールや講堂などを見せてもらった。運動場は広く、日は豊にそそぎ、奥御前神社の老杉はまなかいに聳えていて、この新しい学校に学ぶ若い中学生たちを羨ましく思うと同時に、どの廊下にもどの窓にも、自分の思い出が一つも染みついていないのを、淋しく思わずにいられなかった。私とこの新しい中学校とは、ただ畔田先生一人を糸にして繋がっているとしか思えなかった。

十二月三十一日、と言えば大晦日の夜十時頃、私は病院を抜け出て、W川の鉄橋の袂にあるうどん屋（この町ではそば屋とは言わない）を狙って行った。私はがらんとした土間の腰掛にかけて、がたがた慄えながら蕎麦を食い、少しばかり酒を飲んだ。穴のあいた窓硝子の外には、W川の流れが、青くキラキラと輝いていた。その穴からは、冷い風が吹き込んで来た。空には歪んだ月が寒々と懸かっていた。青年訓練所の服を着た若者を交えた四、五人の人が、熱い蕎麦を掻き込んで、長い鉄橋を渡って、川向うの村へ帰って行った。私はN町の雰囲気に心ゆくまで身を浸したい気持で、独り静に盃をふくんでいた。

ここにまだ鉄橋の架らない前には、岡田式渡船というのが、W川を横切っていた。こちらから向うの岸に鋼索が張ってあって、それを伝って渡船を渡すのだった。私が中学校に入って間もなくの頃、出水の日に、この渡船が転覆したことがあった。溺死者が多く出た中に、最も哀れだったのは、川向うの実習地へ桑を摘みに行っていた町の実科女学校の生徒が、十数人激流に呑まれたことだった。中学生にも死んだ者があったので、私達はここより少し下流の河原に毎日通って、屍体の捜索に当ったものだった。川には捜索船が何艘も浮び、私達は水際を往来して、屍体の発見に努めたものだった。今は、そんな過去の惨事なんか全くよそ事であった感じで、町には不釣合いな、大きな鉄橋が、安泰な姿で架っているのであった。それは、N町を一寸童話風に見せるほども大きなのである。窓から覗くと、その鉄橋は、私のいる店屋の直ぐそばから起って、赤錆びた鉄骨を月光に曝しながら、向うへ茫とかすんでいた。私は盃をふくんでいる間、その鉄橋を絶えず心に感じていた。私はこうして計らずも、昭和十年という年をN町で送ったのであった。

それより少し前の或る日だったが、私は土生《はぶ》山の墓地へも登って行った。そこの谷合いにある屠殺場へは、昔社会見学に来て、殺されたばかりの牛の、夥しい血の奔流に驚いたものであるが、墓地まで登るのは、今になって初めてだった。N町で、私の知らない所と言えば、其処だけが残っていたのである。私達にホップ・ステップ・アンド・ジャンプを教えてくれた体操の教師が、チフスで死んでそこに葬られているという以外、私には何んの縁もない場所だったからである。私は、贈従四位と書かれた幕末の剣客の墓や、潜水艦の実験中殉職した工学士の墓など見て、墓地を一廻りすると、病院に帰って来て、その晩「鉄橋の町」と題する文章を書いた。地方新聞のN町支局員から頼まれたものだった。私はその文章を、こう結んだ。

「僕はいまN町に起居しながら、N町を懐しむ情でいっぱいだ。だが、N町に別れる日もまた近い。僕は今日の 凩《こがらし》 の中を土生山の墓地にあがって見渡したN町の家並や、青いW川の流れを永久に忘れないであろう。」

間もなく病院を退院すると、私は志を立て直して、再び東京に上る決心だった。東京に行けば、陋巷に窮死せねばならぬ運命が待っているかも知れなかった。だから、これが、N町の見納めになるのかも知れないという感傷が、そういう文章を書かせたのだった。

私が幸にして、N町をまた見ることが出来たのは、ようやく終戦後のことであった。その間十年に余る。N町のことなど全然念頭にない年月だった。自分が窮死する代りに妻を窮死させた私は、妻の遺骨を埋めるために郷里に帰り、その時母校から招かれて、講演に赴いたのだった。私はバスに乗って行ったが、一本松は枯れて無く、河川工事が進捗して、U川の川筋は変り、久栄岸橋も跡を止めなかった。町は新開地の感じだった。

戦争中は、N町のような所にさえも数個の爆弾が投下せられたということだった。監獄の前の田圃には、その爆弾の跡がまだ生ま生ましく、大きな池になっていた。そのうちの一弾では、女学校のそばの床屋夫婦が死んだということを聞いた時、私は、寄宿舎にいた時分、時々行ったことのある床屋を思い出した。その時分、そこのおかみさんはまだ初い初いしい新嫁であった。殆ど顎がないと言ってもいいくらい短い顎の人で、赤い手柄の、大きな丸髷に結っていた。そのおかみさんが私の顔を剃っていた時、まだ手慣れぬ彼女は、どうしたはずみだったか、額を少し傷つけたのである。彼女は瞬間、顔がまっ赤に染んだ。彼女は狼狽して、薬指で傷を抑えてみたり、白い粉を擦り込んでみたり、手拭の端で拭ってみたりして、血止めに骨を折った。私は傷がヒリヒリと痛んだが、彼女が気の毒でならなかったので、知らん振りをして、目を瞑っていた。詳しく尋ねてみると、爆弾で死んだというのは、その床屋夫婦だったのである。

でも、爆弾の被害は大したことはなかった。その後につづいた南海の大地震がひどかったのである。倒壊家屋、死者共に多数、町は殆ど全滅していた。しかし、来てみると、急速に復興しつつあった。私は講演をすませると、それから、親戚へ行った。もとは、旧家の薬種商であったが、今はバラックで一時を凌いでいた。そこの娘さんも、地震のため、倒れかかる簞笥の下敷きになって、圧死したのだった。

それから二年して、再び帰省した私は、またN町を訪れたのである。郷里に疎開して、旧制N中学の最後の卒業生となった息子の卒業式に参列するためだった。田登《たのぼり》という産科婦人科病院に入院している四番目の妹を見舞う用事も兼ねていた。

この病院の院長田登準三氏は、私が中学校の寄宿舎にいた時分、五年生で、二学期引きつづき、私のいた室の室長だった。自習時間に、私が音読しようとするのを叱って、黙読する癖をつけてくれたのも、田登さんだった。毎晩消燈の時間が来ると、私は田登さんの蒲団を敷かせられたものだった。田登さんの言いつけで、寄宿舎を脱け出て、鍋焼饂飩《なべやきうどん》や善哉《ぜんざい》などを買いにやらされたこともあった。鍋焼饂飩の時は、私はその名がなかなか呑み込めないで、紙に書いてもらって行った。上級生の命令は嫌やと言えないし、舎監の目を盗んで寄宿舎を出、出前の箱を持って帰って来るのだったが、あんな怖い思いをしたことはなかった。舎まで帰って来ると、点検が始まろうとするところで、私は慌てて、出前の箱を廊下の床下に押し隠しておいたこともあった。間髪を入れずして、舎監は提燈をぶら下げて廊下に現れた。田登さんの卒業試験の済んだ日、私は田登さんにくっついて、奥御前の境内へ散歩に行った。境内の桜樹はまだ冬枯のままだった。田登さんは空気銃を持っていた。鳥が撃てないので帰りかけた時、「どこか撃ってみようか。」と田登さんが言った。「あの交叉点を撃ってみた（みなさい）。」と、私は鳥居の柱と横の棒の交っているところを指差した。「生意気なことを言うな。」と田登さんは笑って、私の指したところへ弾《たま》を撃ち込んだ。中学一年生が交叉点なんて語を使ったのを、田登さんは生意気だと思ったのだった。

田登さんが卒業してからは、もうそれきり交渉が絶たれていたのであるが、いつか私も中学校を卒業するようになって、九州K市の高等学校を志願したのである。その前から、田登さんはK市の医専に在学していた。私はそれを思い出して、下宿の世話を頼んでやった。K市で受験中、私と私の友人達の宿った家は、田登さんが世話してくれたものだった。K市で学生生活を送るようになると、私は度々田登さんの下宿へ遊びに行ったし、高工や医専に行ってる他の同窓生達も交えて、牛肉屋で酒を飲んだこともしばしばだった。そんな時、私達は田登さんを「お父っちゃん。」と呼んで、兄事した。田登さんは中学を卒業する時すでに歳を食っていた上、兵隊をすまして来ていたので、老けた医学生だった。鼻の下に口髭も生やしていた。田登さんが医学博士になったのは、私がK市を去って後のことだった。同県出身の力士玉錦が横綱になったのもその頃で、彼が横綱の免状を受けにK市に西下して来た時、K市在住の県人会では、田登さんの祝賀会と玉錦の祝賀会を兼ねて同時に開いたということであった。田登さんは他県の病院に長く勤務していた後、もう十年この方、N町に帰って来て開業しているのだった。私は妹を見舞った序《ついで》に、K市以来二十七、八年ぶりで田登さんに会うのも楽しみにしていた。しかし私はまだ、田登さんの病院がどこにあるのか知らなかった。それから先ず、見極めておく必要があった。

私はバスの中で、隣村の義弟（一番目の妹の亭主）と一緒になっていた。彼は税金のことで税務署へ掛合いに行くところだった。私は彼に従って、区裁判所の正門に突き当る通りへ歩いて行った。税務署は裁判所の隣に並んでいるのだった。そうして、田登病院はその途中にあるのだった。私は田登さんの病院のそばまで来ると、ここなのかと思い入れながら、病院の門札を眺め、木造二階建の病棟を見上げた。ここへは帰りに寄ることにした。やがて義弟は税務署へ別れて行った。税務署の前の空地には、義弟のような人の自転車がもう何台も並んでいた。差押物件が競売に附せられるのも、その空地だということだった。私は義弟に別れ、ふと気がつくと、そこに「N町立図書館」と大きな看板を懸けた新築の建物が建っていた。もとは忠魂墓地の登り口にあったのだが、ここに移転されて来たものと思われた。中学校へ一緒に入学した川端武君が館長をしていることを、私は聞いていた。川端君は町の人で、背は大きかったが、おとなしい生徒で、英語の時間にｓやｔの発音が下手で悩まされたことは、私同然であった。私は、その川端君に一寸会って行きたくなった。階下の小使室で尋ねてみると、川端君はまだ出勤していなかった。「僕はこういう者ですが。」と私は名刺を取出し、川端君への取次を頼んで、ドアの隙間からそれを小使室へ投げ入れた。小使室の小父さんは、食事でもしていたらしく、部屋の中で手間取っていた。

母校での卒業式が終ると、私は息子を保健所へ連れて行って、レントゲン写真を撮させた。それから一人になって、田登病院へ引っ返した。妹の病室へ行ってみると、妹は新しい蝿入らずを据えて、退屈そうに雑誌を読んでいた。病院の壁は、地震のため方々痛んで、粗塗りがしてあった。私は妹の部屋に外套と帽子を置いて、一旦玄関を出て、病棟つづきにある田登さんの本宅へ伺った。茶の間と覚しい部屋の外から覗くと、田登さんはジャケツ一枚の気安い様子で、火鉢を抱いて、煙管で煙草を吸っていた。

「田登さん。」と私は外から声をかけた。中学一年の時、田登さんを呼んだのとそっくりの声音だった。田登さんは顔を上げて、きょとんとしてこちらを向いた。頭の髪が随分白くなっていた。口髭にも白いのが交っていた。

「僕、徳田巌です。」

「ああ、徳田君か。えらい久しゅう会わらったのう。まア上った（上りなさい）。」

私は言われるままに、座敷へ上った。

「野村貞子というのが、入院してるでしょう。あれ、僕の妹です。見舞に来て、序にお寄りしてみたんです。」

「あれ、君の妹さんか。もう大体ええ。」

「大変お世話になりました。」

田登さんは茶を淹れてくれた。

「君も、頭が大分薄うなったのう。」と田登さんは私の頭から目を放さないで、「僕も白うなる一方で、叶わん。」と言って、自分の頭を撫で廻した。

「僕も、あと二、三年すると、五十ですよ。」

「もうそんなになったかのう。」

田登さんは午後の手術を控えていた。看護婦が呼びに来て、田登さんは立ち上った。

「そのうち、一度ゆっくり飲もうじゃないか。」

「飲みたいですねえ。」

「高等学校の時分には、吾人は肉を欲するなんて言って、牛肉をうんと食うて、飲みよったのう。今でも飲むじゃろ。」

「飲みすぎて困ります。」

私は妹の部屋に還って、田登病院を辞した。出がけに手術室の方を見ると、手術が始まっている模様で、患者の家族らしい人たちが、心配げな顔をして、手術室に詰めかけていた。

図書館は田登病院の直ぐの隣なので、私はまた川端君を訪ねて行った。二階に昇ると、四方の壁を本棚でめぐらし、男女の学生が三、四人、長い卓子《テーブル》に向って、静かに本を読んでいた。館長の川端君の席は、その一隅に仕切られていて、何か分厚い本を開いていた。

何年ぶりに会ったのだろうか。

「昔、中学校の寄宿舎で賄《まかない》をしていた伊与木さんという人を知らないか、ここで小使をしよる。君のことを話したら、知っちょったよ。」と川端君が言った。「一寸、呼んで来るけん。」

　川端君は直ぐ下に降りて、小使を連れて来た。小柄で、顔が艶々《つやつや》としていて、歳よりも若く見えてると思われる小父さんだった。その名前にも、その顔にも、かすかな記憶が浮んで来た。私と伊与木さんとは、お互に暫く顔を見合った。

「今朝ほどは失礼しました。伊与木さんということを知らないものだから、名刺を頼みっ放しにして……。」

「いえ、いえ。あんたが徳田さんですか。どこか知らんに、やっぱり幼な顔が残っていますらア。」と伊与木さんは笑った。

「あの時分は、まだ十五でしたよ。寄宿舎では、お隣にいる田登さんや米沢さんと同室で、鍛われたものでした。米沢さんが、日曜日に鴨や鷸《しぎ》などを鉄砲で撃って来て、賄の部屋でこっそり煮て食ったことがありましたよ。」

「そんなこともありましたかね。」

「米沢さんは、鬚もじゃで、獰猛な人だったなア。」と川端君が言った。

「怖かったなア。身慄いがするほど怖かったなア。中学生の癖に、インバネスを着ていたからねえ。」

「初桜と言う四股名で、角力も取りましたねえ。」と伊与木さんが言った。

「新地（遊廓）へ行たら、剣道の大貫先生に廊下でパッタリ出会うて、大貫先生から金を借って、払いをすまして来たこともあったそうだ。」と川端君は笑った。

私は、伊与木さんの嫁さんやおませな女の子のことなどを、伊与木さん自身よりもはっきり思い出したので、その消息を尋ねてみた。みんな、大阪で戦災に遭って死んでしまったということだった。伊与木さんは、財産も勿論失い、命からがら、身一つでN町に帰って来たのだった。

「リョウマチに罹りまして、手もこんなになってしまいました。」と言って見せる伊与木さんの左手は、五本の指が悉く曲っていた。

伊与木さんが階下に降りると、私は本棚を見て廻った。土地柄で、秋水の著書及び彼に関する著書も何冊か揃えてあった。県出身の作家の著書の中には、私の小説集も二、三冊交っていた。川端君は、N町史を頼まれているので、書かねばならぬと言いながら、木版本の古い郷土誌を見せてくれたりした。その時、私はふと、尾崎行雄の「政戦三十年」という本のことを思い出した。寄宿舎にいた時分、咢堂《がくどう》崇拝の上級生から奨められて、元の図書館で読んだのだった。私は「若しや」と思いながら、本棚を捜しているうち、到頭それを捜し当てたのである。もう表紙はちぎれていた。奥附を見ると、大正二年冨山房発行となっていた。中学一年の時手にした本を、私は再び手に取ってみたのである。私は懐しさのあまり、訳もなくページをめくり、本棚に返すのが名残惜しいような気持だった。

それから一週間ばかりして、私は田登さんに招かれて、もう一度町へ出かけて行った。隣の図書館から川端君と小使の伊与木さんも呼ばれて来て、思い出話に花を咲かせながら、御馳走になった。十時頃二人が帰ると、私と田登さんとは、二人だけで改めて飲み直した。差しつ差されつ、相当飲んだはずなのに、二人とも酔いつぶれるということはなかった。或る程度以上酔わないのだった。

「君もなかなか強い。焼酎でも飲まんと、勝負がつかんのう。」と田登さんは笑った。

「こりじゃ、いつまで飲うでも勝負がつかん。もう休ませて下さい。」

私はその夜、田登さんの宅に泊めてもらった。翌る朝は雨が降り出した。丁度旧三月三日の節句に当っていたので、私の乗って帰るバスは、雨にも拘わらず海岸へ遊山に行く人達で鮨詰めだった。その中には、華奢な細長いからだつきで、頭を角刈りにして、角帯を結んだ、町の芸者も乗っていた。私はその変態な芸者を見るのが嫌やな気持だったので、目を逸らして、雨の打ちつけるバスの窓から、後になって行く町の姿を眺めていた。町を出はずれるにつれ、U川の岸に並んだ柳の緑が、しとどに雨に濡れて揺れ動いているのを、遠目に目送した。

それ以来、私はN町を見ていない。

大懺悔

九州熊本市で、旧い友人が出している文化雑誌の最近号を手にすると、「ありし日の山田晋道師を語る」なる一文が、私の眼を射た。私は、熊本の五高で、今は故人である山田晋道師なる人物と同期だったのである。山田晋道師、俗名は山田晋と言った。高等学校時代には、山田は文科甲類一組、私は二組だったので、全然附き合いはなかったが、大学では同じ英文科で近づきとなり、その後多少の交渉があった。大学の最後の一年、生活の資を得るため、郷里の中学校で教師をしていた山田に代って、卒業論文の題目を主任教授に届出てやったのも、私だった。

「わが仏教界の、特異な存在として、独り異彩を放っていた山田晋道師も、故人となった。『親鸞を、現代に再生させるのは、山田師であろう』と期待されていたのに、惜しい人であった。山田師の一生は、求道の旅であった。彼の死が自殺であり、彼の晩年がどうであっても、その底を貫いて流れる求道心は、彼が身を横たえた鉄路から、『久遠』へ続くものであろう。

松原真龍師から、『現代の英雄』として世に紹介せられた彼の名も、彼が主宰した、月刊『畢竟依《ひっきょうえ》』と共に時代の激動の中に、忘れ去られようとしている。山田師を知る人々は、彼の死から色々のものを学んだであろう。彼が、身をもって示した人間の哀愁は、深くして大きい。しかし、久遠の光を凝視《みつ》め、体ごと合掌している山田晋道師の姿は、ゆるぎなく、私の眼前にある。非凡な求道者であった。」

こういう書出しで、山田を語る文章は、はじまっている。筆者は、北川一雄といって、山田と同信の人であるらしい。私はこれを読んで、山田にめぐり会った感じがするとともに、山田の隠れた半面、つまり、私達同窓が薄々にしか知らないところで営まれた彼の生活と、そこで形成された彼の実体をはっきり知ることが出来て、非常な興味をおぼえた。私達は一時、山田を誇大妄想の気狂いではないかと思ったことがあった。彼は押しが強く、出しゃ張りで、人を喰っていて、「あいつ、嫌やな奴だ」と、皆から鼻つまみ扱いされていた。私個人の印象でも、二十余年前の彼は、ガラガラしたガサツな男で、文学科の学生とは凡そ縁遠い感じだった。その山田が、或る人々の前には、久遠の求道者として、ゆるぎなく立っているというのである。

私が初めて山田を印象づけられたのは、高等学校に入って間もなく、新入生歓迎の弁論大会が催された時だった。山田も演壇に立った一人だったが、その時彼がどんな話をしたかは覚えていない。ただ、彼の爽かな弁舌が、満場を魅し去ったことだけは、今に忘れられないでいる。彼は尖んがり気味の坊主頭だった。えくぼの出来る頬をにこやかにして、盛にジェスチュアを交え、鼻の先にずり落ちる鉄縁の眼鏡を持ち上げ持ち上げしながら、抑揚巧みに聴衆に迫った。熱して来ると、卓の右や左に歩み出たり、また退いたりした。私はその時、彼が出っ尻であることにも気を取られてならなかった。彼は寸の詰まった上衣を着て、おまけに終始俯向き加減の及び腰だったので、その出っ尻が殊の外目立つのだった。制服の古びていること、物慣れた態度、老成した話しぶりなどから推して、私は上級生だとばかり思って聴いていた。あとで、それが同級生だと判った時には、私は圧迫されるような驚きを感じたものだった。それほど、彼の演説は新入生放れしていたのである。制服が古くて短かかったのは、中学の制服で、ボタンだけ取換えたものだったからである。

この一場の演説で、山田の雄弁は、忽ち全校に鳴り渡った。彼の演説は、新入生らしく初い初いしいものではなかった。第一次世界大戦の直後だったから、ニイチェの超人主義だとか、イブセンの第三帝国だとか、ロマン・ロオランの真勇主義だとか、「近代思想十二講」なんて本から借りて来た知識をひけらかす演説の中に交って、山田の演説はむしろ古臭く、彼の体験に即して真剣に語り、未来に理想を望むと言った内容のものだったように思う。この時でも判る通り、彼は終生、近代思想には目を開かずに済んだのではないかと思う。彼の演説は、古い型のうちでも、普通の雄弁というより、説教に近いものだった。

山田が宗教に入ったのは、高等学校二年の時だそうであるから、この時はまだ、宗教とは無縁であったはずである。それでいて、すでに彼の演説は宗教味を帯び、その調子は説教じみていたのである。私は山田の説教を聞いたことはなかったが、彼は恐らく稀に見る説教家ではなかったかと思う。事実、彼が善男善女の心をとらえて、生仏のように崇められたというのも、この快弁に負うところ多かったようである。

「全然腹案もなく、時と場所に応じ、説き去り、説き来る君の弁舌の爽かさ、譬喩の豊かさ、記憶が全部躍り出てくるかと怪しまれる話材の広さ。

それればかりではない。その時々によって、咲く花、散る木の葉、流れる水すらが、山田君の話の中で、生き生きと働く。それでいて彼は、歯に衣着せぬ、毒舌家である。山田君の話は、徹頭徹尾、慨世であり、悲憤であった。村人たちを叱りはしても、煽動は決してしない。にも不拘《かかわらず》、話す山田君と、聞く村人とが一つにとけ合って、泣いたり、笑ったりする情景は、晩年のそれと全く同じであった。

僅かの間に、君に対する尊敬や憧憬は狂信的なところまで燃え上った。路傍に土下座して彼を伏し拝むお婆さん達が出て来た。」

と、実際に当時の山田の説教を見た北川氏が形容しているのでも、それが頷けよう。彼は高校時代から、もはや傑出した説教家だったのである。

　私は今一度、山田の演説を聴いたことがあったが、これもうまいものだった。それは、同窓会の総務委員の選挙があって、山田も応援演説に立った時のことである。山田が応援していた候補者は、学習院を出た、元陸軍大将の息子であったが、おっとりした坊ちゃん風の人格者だった。山田は、汽車の中で、紺絣を着たその学生と初めて出会った時のことから説き起し、その人柄を浮彫りにして見せたのである。これは、前の説教的な演説と変って、弁舌による彼の叙述の力を遺憾なく示したものだった。弁舌は山田の身上であり、総てであったと言えよう。

　山田は福岡県立東筑中学の出身だった。寄宿寮の彼の室は三寮の二階で、私の室からあまり遠くないところにあった。彼は同じ中学を出た松下という友人と二人で、その室に屯していたが、時々同窓の連中がそこに集まって来て、東筑管絃団なるものを催していた。それは、バケツを伏せて、その尻をたたきながら、騒々しく寮歌の合唱をするのだった。私は快い午睡の夢を、幾度破られたことか知れなかった。喧しくてならなかったが、仕方なく物憂い気持で聞いていると、その中で一際甲高くひびくのが、山田の声だった。山田が音頭を取っていた。その頃は、山田もまだ無邪気だったわけである。

「天を望む山田晋」

　そう言った説明のついた山田の写真絵葉書が、学校の売店はもちろん、熊本市内の文房具店で売出されるようになったのは、私達が三年の時だった。その絵葉書は、山田が屹とした姿で、白い雲の浮ぶ天の一角を睨んで立っている絵葉書だった。気負って、風雲児めかしていたが、なにかマニヤックな姿で、笑止だった。それに類した絵葉書が一組になって、文房具店の店頭に掲げられてあるのを見て、なんという唾棄すべき男だろう、と私達は軽蔑したものだった。山田は自分自身の絵葉書を、自分で売出したのだった。私は文房具店の前を通りながらも、同じ高等学校の生徒として、自分のことのように恥かしくて、まともに正視することが出来なかった。

「山田は、頭が変になったらしい。」と評判になったのは、その頃だった。彼はほとんど学校にも姿を現さなかった。たまに現れても、絵葉書のことなど気にかけている風は見えなかった。微塵も、照れたり恥じたりはしていなかった。彼が学校に出ないのは、教授室でも問題になっていたようだった。彼は村から村を歩いて、老若男女を集めては説教をしているという風説が立っていた。それがまた、到る処で大へんな人気で、村の老若男女は、莚敷きの上に膝を揃えて坐って、山田の説教を有難がっているということだった。彼は台湾までも行脚の足を延ばして、長期欠席した。彼が久しぶりに学校へ現れた時、伸びほおけた髪が項《うなじ》を被い、肉が落ち、ひどく憔悴しているのが見受けられた。飲まず食わずで台湾まで行って、荒々しい気候の中で説教して廻ったので、疲労困憊して帰ったのだった。私など山田を馬鹿にしていた者も、これには、さすがに心を搏たれたものだった。

この間の事情は、私は今まで、ほんのぼんやりとしか知らなかったのであるが、今度そのあらましを知るに及んで、学校から姿を消していた間に、山田がどんなことをしていたのか、その姿を大体想像することが出来た。そして、一人の憑かれた人間を、そこに見出した。なお、山田の著書に「歴程手記」というのがあって、それを読めば、一切が詳細にわかるらしい。

山田が入信したのは、高等学校二年の時だったことは前に書いたが、その頃、山田は寮を出て、浄明寺という寺の裏の青木という家に寄寓していた。浄明寺では、住職の織姫師と北川氏とで、仏教日曜学校を開いたり、仏教少年団運動をやったりしていた。毎日朝晩、太鼓の音が鳴りひびいた。或る夜反省会を催していると、そこへ飛び込んで来たのが山田だった。

「太鼓の音で心の眼が、開いた気がする。生存から生活へ、僕は法学博士の夢を棄てる。」と山田は、北川氏に、入信の所信を陳べた。

山田が協力しはじめると同時に、少年団員は急速にふえて行った。山田はいつとなく、学校をすてて、少年団運動に没入してしまった。彼はあらゆる情熱と精力とを、それに打込んだのである。彼は貧しくて成績が良かったので、鴻池の奨学金をもらっていたが、不足の分は、春夏の休暇を利用して、熊本郵便局の臨時集配手に雇われて働いた。彼は郵便配達の鞄を吊るして、近村を駆けめぐりながら、青年処女の自覚と奮起を叱咤した。今のように、学生アルバイトなどと呼ばれて通俗化しない時分のことであるから、山田の集配手姿は、恐らく純真な印象をひとびとに与えたにちがいない。

「農村の昼は、人手は田畑にとられ、農家は、がら空きのところが多く、実に静かなものである。然し熱心な、この学生郵便屋さんは、老人、子供ともすぐ親しくなり、田のくろや、畑まで出向いて、村人に呼びかけた。村人は、働く学生さんに好意を持った。話を聞くにつれて、好意は尊敬に変り、村を挙げて、山田君を待つようになった。神社やお寺が、集会の場所となり、或時は、野道も、丘の上の山桜の下も、山田君の即席演説会場であった。仕事着のまま、泥手のままの集いが、山田君は好きであった。仕事の邪魔にならぬよう、集りよい場所なら何処でもよかった。青年処女は言うまでもなく、老人達も、山田君の話を聞いて、涙を流したり、一緒に腹を抱えて笑ったりした。それは燎原の火のように燃え拡がって行く。

五高生の郵便屋さんは、間もなく、『山田先生』と呼ばれ、郵便物は、村々の入口で、待ちかまえた村の子供や老人たちの手で、何の不思議なく配達された。僅かの時間でも、山田先生の話を、人々は聞きたがったからである。」

こうして、山田は熊本県下倫理運動の中核をなして来たというのである。山田は蓮台寺という村にも城山という村にも、少年団を結成した。青年会、処女会も、村々に簇出《そうしゅつ》した。熊本市の武徳殿で、青少年連合会の結成式を挙げるところまで持って行き、その時には、山田は団章の鉢巻をしめて、数百の青年男女を指揮しながら、団歌を歌い且踊って、市内の大示威運動を行った。山田ならやりかねないことだと思って、私は微笑を禁じ得ない。今から考えて、私がこの大袈裟な身振りから感ずるものは、修養団と新興宗教と国粋主義の入り交った臭味である。とにかく、私達が毎日学校へ行ってた間に、山田は学校を休んで、こういうことに一身を賭していたのである。彼の写真入りの絵葉書が、文房具店で売出されたのも、恐らくこの時期であろう。

この頃の山田の身辺に、可憐な乙女が点綴《てんてつ》されていたということも、今度初めて知ったことである。従って、私などの知らないところで、山田の生活はロマンスに彩られていたということになる。今は未亡人になっているはずだが、その時代はまだ大江高女の三年生だった青木光子さんという少女が、その相手だった。山田が止宿していた青木家の夫人の妹で、山田とは許婚の間になっていた。大江高女というのは、徳富蘇峰蘆花兄弟の伯母に当る竹崎順子が創立した、キリスト教系の女学校である。前に結んだ袴の紐に、黄色い条《すじ》が二本入っているのが、その校章だったように記憶している。私がそういうふうに回想を唆られるのは、山田の許婚者は可憐であったろうと羨むからである。

山田は法学博士の夢も抛った。学業も顧みなくなった。どこへ行くものか、姿さえ見せぬことの多くなった山田の変り方のはげしいのに、誰よりも心を傷めたのが、光子さんだった。光子さんは、明るい性格の、純情な文学少女だった。熊本の女学生で、洋装した最初の人であったという。山田の消息が不明になると、光子さんは必ず北川氏を訪ねて来て、何か山田から連絡はないかと尋ねた。そういう時、彼女は山田の身を思うあまり、「雨にうたれた海棠のような、愁然とした」姿であった。女学校三年生と言えば、十六か十七だったわけである。度々失踪する山田は、許婚者の憂いなどよそに、村から村へ現れて、仕事着や泥手の人達を集めて、彼の説教に余念なかったのである。しかし光子さんも、間もなく山田の思想に共鳴し、その情熱に打たれて、キリスト教の女学校に学びながら、歌い且踊る運動に身を投ずる。

高等学校時代には、私は山田と殆ど交る機会もなかったが、大学では、度々教室で顔を合せて、同じ高等学校から同じ科に来ているという意識から、親しい口を利き合うようになった。私は山田にノートを貸したこともあった。同じ英文科だとは言いながら、私は作家志望であったし、彼は英語が少し達者だというだけのことで、英文科に来ているという風であったから、深く触れ合うことなどは、全くなかった。その時分にも、彼にはもちろん宗教があったであろうから、心はここになかったと言えるのかも知れないが、彼はまともに文学のことを考えて、英文学を勉強しているとは思えなかった。極言すれば、彼はなんのために英文科に来ているのか判らない感じだった。強いて言えば、英語で飯を食うためかと思われた。実はそういう私自身、一途に作家になりたいばっかりで、その足がかりとしてよさそうなので、英文科に籍を置いているというだけの怠け者であった。けれども、私は文学に思いを潜めていたので、山田などは文学に縁なき男だというように考えて、彼を俗物視していた。

「この間、ブランデンを釣りに連れて行って、かえりに蕎麦屋へ寄って、饂飩を奢ったよ。」と山田が得意気に語って、一寸ケ、ケ、ケというふうに聞えるシニックな笑いをもらしたことがあった。

ブランデンというのは、終戦後もイギリスの駐日文化使節として来朝していた、詩人エドモンド・ブランデン氏のことである。大震災後の私達の学生時代にも、英文学の講師として日本に招かれて来ていて、私達を教えたのだった。当時はまだ二十七八歳の青年詩人だった。そのエドモンド・ブランデン氏を川へ釣りに連れて行って、饂飩を食べさせたというのだから、私は呆れもし、驚きもした。私は内気で、会話も出来なかったから、ブランデン氏など敬遠していたが、山田はブロークンでも何でも構わずブランデン氏に話しかけると言ったあんばいで、そんな突飛なことが出来たのだった。如何にも山田らしい振舞いだし、山田でなくては出来ない無茶に思われて、私は可笑しかった。同時に、山田の言いなりに、釣りに連れて行かれ、饂飩も食べさせられたというブランデン氏の自然な態度に、私はなんとも言えぬ味いを感じたものだった。ブランデン氏は山田という学生を、日頃どんな風に思っていただろうか。素朴な、生地をむき出しの、面白い学生だと思っていたかも知れないが、ブランデン氏は温和な詩人であったから、日本の学生に求めていたのは、もっと膚合いのちがう学生ではなかったであろうか。

山田は大学の三年になると、もう一切学校には出ないで、生活のために、母校東筑中学の教師をしていた。すでに結婚して、子供も生れていたかも知れない。卒業論文の提出期が迫って来ると、予《あらかじ》め論文の題目を主任教授に届け出ねばならなかった。私はそのことを山田に知らせてやったのだろうか。山田から題目を知らせて来たので、私は手続をしてやったが、山田の卒業論文の題目は、"MY ATTITUDE TOWARDS LITERATURE"というのだった。英文学とは何んの関係もなさそうで、別に英文学の勉強をしていなくても書けそうな題目だった。丸一年、全然教室に出ていない山田としては、そういう素手で書ける題目を選ぶよりほかなかったのかも知れない。

卒業試験が近づくと、山田は東筑中学を引上げて来た。彼は或る日、本郷菊坂町の菊富士ホテルにブランデン先生を訪ね、その帰りだと言って、私の下宿に寄って来た。私は菊富士ホテルと同じ番地に下宿していたのである。彼は卒業論文の結果を、早速ブランデン先生に尋ねに行ったのだった。

「君の論文のことも、序に聞いて来たよ。」と山田は、友人である私の論文はどうであろうかと気にしていたらしく言った。

「どう言ってたかねえ。」私はさりげなく聞いたが、一夜漬けみたいな論文を出していたので、内心は気懸りだった。

「君の論文は、アト・ランダム（気まぐれ）だと言ってたよ。」と山田は、聞いて来たままを言って、笑った。

私はもとよりそれは覚悟であったが、そうはっきり言われたとなると、気になってならなくなって来た。私は卒業出来るものかどうか心配になって、無神経な言い方をした山田を恨めしく思ったほどだった。山田自身の論文については、どういう批評を受けたのか、山田が語らなかったようでもあり、私が聞きもらしたようでもある。

口頭試問の折には、単語のディクテエションもあった。英文学史上の人名や普通の単語、合せて十題だった。山田は三つか四つしか出来ないらしかったが、大きな声で、「大丈夫、卒業出来るよ」と多寡をくくっていた。私は六つ出来たので、それを聞くと意を安んじた。

私達は、昭和最初の大学卒業生だった。山田は富山県の某県立中学へ、英語の教師として赴任して行った。私は東京に留まって、雑誌社に入った。山田は程なく、その中学で排斥を食ってしまった。東京の新聞にも、山田教諭排斥のストライキが報じられた。全校の生徒が校門で遮って、山田の出校を阻止しているという騒動だった。

「山田のことだから、例の調子でやってたんだろ。あれでは、総スカンを食いかねないねえ。」と、それを当然のこととして、私達同窓は取沙汰したものだった。例の調子というのは、山田の厚かましい態度で、それが生徒の反撥を買ったのにちがいないと想像されるのだった。

山田は善後策を考えて、私のことを思い出したのか、私に手紙をよこして、後任に来てくれないかと言って来た。排斥に遭ったことには一言も触れないで、山口県の中学へ転任することになったので、是非その後へ来て欲しいと書いてあった。私は文学に志を立てて、フラフラした気持でなく、腰を据えて雑誌社に勤めていたので、山田の手紙を見ると、自分の志が理解されないのかと思って、一寸心外だった。私は今更中学の教師になる意志は全然なかった。たとえ中学の教師になるにしても、同窓の山田がしくじったあとへ行く気は起るはずがなかった。私は自分の志を述べて、意を尽くした断りの手紙を書いた。山田は折返し返事をくれた。私の堅い志を讃え、残念ながら諦めるよりほかはないが、しっかりやってくれるようにと励ましてあった。

山田はその後、長崎県下の某中学でも、再び物議をかもしたそうである。山田の行くところ、必ず波瀾を呼ぶ感じである。山田は教室の中でも念仏をして、生徒に唱和させていた。今度はそれが職員の間で問題になって、信教は自由だが、学校では念仏をやめてもらいたいという決議となった。教育の根本は、念仏申して食事をする、その食事に対する作法からはじまるというのが山田の信念で、山田はそれを実行に移していたのだった。山田は職員会議の席上、

「私は只今、職員会議の決議によって、信仰か、パンか、どちらかを選ぶべき根本問題を

つきつけられました。山田は喜んで、パンをすてて、信仰を選びます。」と言い切った。山田は蒼くなった職員や騒ぎ立つ生徒達を尻目にさっさと引揚げると、その日から、天秤棒をかついで、野菜の行商をはじめた。そうしてその傍ら、雨の日も風の日も、その町にある真宗安勝寺の老僧の許を訪ねて、聞法《もんぼう》しない日は一日もなかったという。富山県の時も、宗教に関係があったのかも知れないが、私の考えでは、その時は多分、山田の性格から発散するものが、生徒達の反感を買ったのではないかと思っている。長崎県では、山田は生徒に念仏を唱えさしたりしたが、一面では、運動部の応援歌を作詞し、節は高等学校時代の寮歌の節で、自分で旗を振って音頭を取ったりして、生徒の人気を集めていたそうである。

山田が印度へ渡ったのは、いつだったろうか。私が職に離れ、志は空しく、落魄《らくはく》の極にあった頃のようであるから、多分昭和十二年か三年のことではなかったかと思われるが、それよりもまだあとのことだったかも知れない。山田の速達が、突然東京駅のステーション・ホテルから来て、近く印度へ渡航するについて、その前に一度会いたいから、壮行会に来てくれるようにとの案内だった。山田の山っ気も、印度へ行くところまで来たのかと思って、私はむしろその覇気に驚嘆したものだった。山田は長崎県下のその中学校を最後に、教員生活から身を退くと、長崎線の諫早駅に近い岡の上に小さな堂を建てて、托鉢伝道の生活に入っていたのだった。山田は仏の道を求めるところまで求めて、遂に印度の仏蹟巡礼を思い立つに至ったのかと思われて、私は山田の突き詰めた気持も想像した。

私は山田とは仏縁があったわけではなかった。肝胆相照らした仲でもなかった。彼は私に宗教について語ったことは一度もなく、私も彼を相手に文学を談じたことはなかった。同窓としても、彼にはもっと親しい同窓があったはずなのに、私は単なる行きずりの同窓に過ぎなかった。それでいて、時に触れ、山田は私を思い出してくれるのだった。彼の性格からして、もしかしたら、彼は孤独な除け者で、他に親しい同窓がなかったのかも知れない。或は、高等学校以来文学一途に生きている私というものを、山田は買っていてくれたのかも知れない。それで、私は彼の知遇を感じないではなかった。また、往昔、天竺へ渡る人を送ったような気持で、彼の印度行を送りたいと思わぬではなかった。しかし私は、ステーション・ホテルへ出かける気がしなかった。今も書いた通り、その時分、私は逼塞のどん底にあって、頑なに閉じ籠っていたので、友人や知人の顔を見るのも嫌や、世間に顔を出すのも嫌や、何事につけ、そういう卑屈な状態に陥っていた。ましてや、名を聞くだけでも華かそうなステーション・ホテルのような所へ行って、渡印の壮行会の催される山田の前に、自分のうらぶれた姿を現わす気にはなれなかったのである。それでもその翌日、私は近所の酒屋からステーション・ホテルへ電話をかけて、山田に言い訳をして、かたがた彼の壮途の無事ならんことを祈った。これが、山田と言葉を交した最後であった。会ってれば、山田と会った最後にもなるはずであった。

戦争中、私は空襲下の東京に留まって、古本屋を漁り歩くのを、唯一の慰めにしていた。或る日、住居から近い杉並区阿佐ケ谷の古本屋に入って、本棚を見廻っていた。どの本棚もガラガラで、売れ残りの本だけが埃をかぶっている中に、私は山田晋道著「インド紀行」という大型の書冊を発見した。「山田はやっぱり印度へ行ってたのか」と思いながら、私はズシリと重いその本を手に取った。山田が印度へ行くと言っていてから何年にもなりながら、私は山田のその後の消息を何も知らなかった。山田はあれから、本当に印度へ行ったのかどうか。その本は、私のそんな半信半疑を解くのに役立った。めくってみると、写真の豊富な本で、ヘルメット帽を冠って、諸所の仏蹟に立っている山田の姿を写し出していた。私はその時その本を買えばよかったのだが、買っても仕様がないといった気持が作用して、またもとの本棚に返してしまった。

私は今まで、山田の渡印は、純粋な仏蹟巡礼だとばかり解していた。仏陀の慈悲にあからんとする抑えがたき熱願に根ざすものとのみ思っていた。もちろんそれもあったであろうが、彼の下心には、私が最初に想像していたのとは違った形ではあるが、彼らしい山っ気がはたらいていたことも見逃せないようである。それは、山田の帰国後、彼の行動となって現れる。「印度の聖蹟巡拝で、山田君が頼って行った、当時印度布教中の日蓮宗の高僧藤本日慧上人との結縁は、山田君の眼を印度の仏教復興へ専注させる契機となり、大乗仏教による日印提携運動から、国際的政治舞台へと、山田君の生来の血を奔騰させた様である。」というのでも、それを覗《うかが》うことが出来よう。

山田はいつの頃からか、私のところへも、彼の主宰する「畢竟依」というパンフレットを送って来るようになっていた。彼の修養道場たる人間堂（後改めて是真寮）の発行だった。畢竟依というのは、愚禿親鸞作るところの「讃阿弥陀仏偈和讃《げわさん》」、「清浄光明ならびなし　遇斯光《ぐしくわう》のゆゑなれば　一切の業繫《ごふけ》ものぞこりぬ　畢竟依を帰命せよ」中の一句を採ったものである。それをパラフレーズしたと思われる山田自作の和讃もある。

　きよらけき　み光にあひまつれる　みのさちよ　もろもろの　なみだのたねは　いまもなほ　あがみ　しばれど　しばられしまま　はなたれて　西の旅路の　歩　一歩　かはらぬまこと　ほろびぬいのち　みほとけのみぞ　畢竟依

友達甲斐のないことには、私はこのパンフレットに大して興味が抱けなかったので、読むや読まずで反故にしてしまい、今は一部も手許に持ち合せない。このパンフレットで私が面白く思ったのは、山田の法話のあとに、信徒からの寄進が、毎号事細かく記載されていることであった。それはみな貧者の一燈とも言うべく、五十銭とか一円とか、零細なものみであったが、長崎県下をはじめ、九州各地からの寄進者の名前とともに、余さず報告せられていた。私はこれによって、諫早郊外の岡の上に集まって来る善男善女の群を思いやった。

山田が行い澄んでいた人間堂からして、彼の手で建てられたものでなくて、彼の同行や、もとの生徒の父兄達が自然に発企して、山田のために、念仏聞法の道場として建立したものだったそうである。風呂場まで完成するためには、四年の日子が費されている。それらの人達は、山田の念仏修行の真剣さに打たれ、我等の道の先達として、期せずして山田を崇めたのだった。一同の申合せで、山田一家の生活も、いつとなくそれらの人達によって見られるようになった。いつ誰が持って来たとも知れない米や野菜が山積し、誰の寄進とも分らない金銭が、道場の「志」の箱に満ちるという有様だった。山田はこの間、自由奔放、信ずるまま、感ずるままの信仰生活を営んでいたのである。

「稀代の念仏行者としての山田晋の名は、人間堂の名と共に拡がり、浄土門の注目の的となりかけた時、縁あって、山田君は宗学も修める為め松原真龍師の門に入った。山田入信の転機の鮮かさに舌を巻いた松原師は、某週刊雑誌からの『現代日本の英雄を誰と思うか』との質問に、たゆたいなく『山田晋』と答え、『はるばると来つるものかな山越えて幾山越えて来つるものかな』の讃歌を以て、山田君を迎えた。これが、血みどろの思想的遍歴の後、他力念仏門にたどりついた山田君の姿であった。これ等のことから、急速に山田晋道の令名は高く、九州各県は争うて、山田師の自県布教を乞う情況となった。

山田君の魅力は、彼の風格（言動）の全部から発散するものであった。例えば笑う時の、彼の顔と声とは、お互いの垣を破る、神秘な力を持っていたように思う。それのみでなく、熱心な信者から聞くところに依れば、彼のみによって、信仰が力として現実に生きて来る。あらゆる人生の問題を、即座に採りあげて、万人万様の問題を『浄土真宗の信』一つで美事に切開く手腕は、実に驚くべきものがあったと言われる。私も数回同座して、幾多の、悩める問題を持って山に登って来た男女が、山田君の法話を生くる力として受取って、いそいそと帰宅して行くのを目撃した。諫早町上山の人間堂の建設はまことに自然であった。」

山田が、諫早駅の近くで鉄道自殺を遂げたと聞いたのは、いつのことだったろうか。誰から、どうして聞いたかも、私は覚えていない。言ってみれば、誰かから、風の便りに聞いたようである。もう大分古いことのように思っていたが、昭和二十四年八月十四日未明のことであったというから、あまり古いことではないのに驚いた。山田に関する記憶が、もう古いことになってしまっていたので、彼の自殺も遠い昔の出来事であったように思われていたのであろう。

私は山田の自殺を聞いた時、狂信者の死という風に片附けていた。狂信の余り、死ぬようなことになったのだろうぐらいに考えて、ほとんど問題にしなかった。今度その委細を知ってみると、案に相違し、大小説のテーマになりそうな感動を受けた。彼の人間的な矛盾、葛藤、苦悩が渦を巻いて、それは、私の想像よりはるかに複雑で、大きかった。私は思わず、考え込んでしまった。「ありし日の山田晋道師を語る」の筆者が、久遠の光を凝視める求道者として、ゆるぎなく山田の姿が立っていると言っているのも、言い過ぎではないと思わざるを得なかった。従来山田を冷嘲して来た私も、ここに到って、襟を正さねばならなかった。

終戦以来、山田は英語が達者であり、活動力も盛んなところから、進駐軍の連絡委員となって、九州中をかけめぐっていたそうである。戦災で全焼した熊本医大を、熊本城内の元陸軍教導学校跡へ持って来ることに成功したのも、山田が進駐軍に働きかけた結果だと言われている。山田は茶色の僧衣を翻しながら、悠然と馬上に跨って戦災地を視察して廻って、各地のために種々画策を施すところがあった。いつも米兵を従者のように従えていたという。定めし奇妙な光景であったろうが、山田の得意、思うべしである。これに対し、心ある者はひんしゅくし、山田のために惜しんだようである。

「浄土真宗の山田晋と、日蓮の後人であり、今その再生を自認する藤本日慧が、宗門を越えて、同じ仏徒として提携し、アジア、ひいては世界的仏教化に乗り出そうとしたことも、動機は何であれ、山田君の才気が彼を煽って、危い政客的方面に逸脱させたものと思う。

前には、宗学の師である松原真龍氏の国会議員立候補を宗教家としての脱線であると非難して、両者互に溝の出来たままであった山田君が、何時の間にか日慧上人と共に不相応の方向に向い、今また語学達者のところで、進駐軍の連絡委員として得意然となったりしたことは、山田君のために稍々淋しすぎると思うが、事実は事実だった。」

と北川氏も言っている。昔の法学博士の夢が、ここで頭をもたげたのだと言えるかも知れない。

晩年の山田の身辺は「秋風しきり」であったと言われる。山田を渇仰していた地元の人々も、彼のあまりに無軌道な言動に愕いて、過半が彼から去って行った。山田に対する不評は、終戦の直前頃から、死後の今日まで、なおつづいている。「彼の非凡な、振幅の激しい、心の動きが、周囲の人々に汲み取れなかったのは当然であろう」と弁護され得るにしても、目に余るものがあった。

山田は、本物であったのか、いかものであったのか、意見の岐れるところであろう。

山田は日頃から、利害に敏感な自分を怖れていた。布教に請待されても、法礼は決して自分で開かず、同行一連の共同財産として、会計を設けて渡していた。開いてみれば、やはり法礼の寡多に左右される自分であることを熟知していたのである。終始一貫、これを守って渝《かわ》ることなかったのであるが、その山田が会計をごまかして、勝手極まる冗費を支出するに至って、是真寮の台所は火の車となった。現在長崎市に居住する高野医師は、山田に後援を惜まなかった人であるが、自分で是真寮の会計を監督して、山田の将来のために、彼の行動を経済的な立場から制約しようと計ったりした。それで聞かなければ、蟄居の手段に訴えるのも辞しない態度を示したこともあった。この煩悩を転じて、現代の親鸞たらしめんと期待した人々は、高野医師に同調して、山田と強く諫争した。だが、山田を説得することは出来なかった。こうして、同行や信徒は、山田から離れて行った。本人は別として、家族の生活は窮貧に陥って行った。

「女と金が、宗教家の一番おそろしいものだ、婦人の身上相談は家内と一緒に聞くことにしていると、山田君は語っていた。伝道区域の拡大と、自他の区別のない開放的な態度と、衆生縁の深さとが重り合って、彼の煩悩に拍車をかけ、遂に幾多世上に流される婦人問題を惹き起すに至ったのは、友人としてむしろ酸鼻の思いがする。」

山田がどんな風に女の問題を起したのか、私の知りたいと思うところである。それが判れば、山田の人間的苦悩が、もっと深く掘り下げられよう。とにかく女との関係は、山田をめぐって、後から後からと連起した。そのために、夫婦の間は嶮しく、子供達は子供達で、父の素行について不信の態度を露骨に見せ、家内は諍いの絶え間がなかった。所詮、山田も戦後の混乱と廃頽に捲き込まれたのだ。堅固に見えた山田の信仰も、根柢から揺すぶられることとなったのだ、と私は思う。

山田は富山県の中学に在任中、長男法一を五歳で疫痢で喪った。二男法二は肺壊疽を病んで、五高を中途退学した。法二は宗義上からも父に叛き、藤本日慧上人の愛弟子となって、熊本市外の法華寺院で団扇太鼓を叩いていた。三男法三は、一時共産党に入党していた。

昭和二十四年の春四月頃、山田は日慧上人に推挙されて、元皇族の竹園宮家に伺候した。浄土真宗の教義について進講するためだった。山田は法二も同道して行っていた。山田の進講が終るや、席に在った法二が突如立ち上った。

「父が今言ったことは、全部でたらめです。嘘っぱちです。父は御前で御進講の出来るような人間ではありません。」

法二はそう口走りながら、父の私行を発《あば》き立て、父の進講内容を痛烈にこき下ろした。

山田もこの時は顔色を変じ、

「父子でありますれば、法論を御前で闘わせるつもりはありません。まことに見苦しい姿をお目にかけて、恐縮に堪えません。」とお詫びして、悄然と退出して行った。

消息に明るい人達は、竹園宮家における法二の言葉が、山田を死に追い遣ったものだと言っている。その後の山田は、別人の観を呈し沈衰の色が覆うべくもなくなって来た。布教に出ても、その法話は精彩を欠き、自信過剰とも見えたものが、まるで自信がなさそうだった。些細なことにも直ぐ怒って、焦立ち易く、誰の目にも神経衰弱と映るようになった。

最初、法二が日蓮宗の門に入ったと知った時、熊本の念仏門の信徒達は、青天の霹靂のようにおどろいた。それとともに、山田自身も信仰的に行き詰まって、日慧上人に弟子入りしたなどの流言が飛んだ。

「僕はお父さんを信ずることが出来ません。僕はお父さんが知っての通りのからだだから、真剣に菩提を求めます。藤本上人のお弟子になって、命がけで求めます。どうしても駄目だったら、お父さんに頭を下げて、教えを受けに帰って来ます！」と法二は父と袂を分って、藤本上人の門に走ったのだった。

法二は執拗に、父に反抗し、父を妨害した。山田が招かれて法話に赴く寺には、必ず法二の姿が見られた。法二はどこまでも、それを尋ね出して行った。法二は聴聞者の群に交っていて、「父を信じては、危険だ。父は偽せ者だ」と叫び廻った。

山田は、その子の姿に、青年時代の自分を見出したにちがいない。いや、自分以上にマニヤックな姿を見出したにちがいない。法二は絶望的な病気に追い詰められている。父への不信で、歯がみをしている。戦争の痛手を負った戦後の青年である。それは、父の再生などといった生易しいものではなかったにちがいない。その一途さには、父として抗えぬ、どうともならぬものを感じたであろう。山田は喚き叫ぶ息子の方に向って静かに合掌し、何んとも名状しがたい面持で、説教所を出てゆくのが常だった。

山田は、父の心を子に伝えようとして、暇さえあれば筆を執っていた。しかし、書くに従って迷いを生じ、迷いは迷いを生み、徒《いたずら》に書きくずしで紙屑籠を満たすだけであった。それは彼の死ぬまでつづいた。が、彼は遂に、何物も子に書き遺すことなくして死んだのだった。

山田は或る日、長崎市に医師高野氏を訪ねて行った。山田は高野氏を前にして、自分の「罪業深重《じんじゅう》に徹到して泣いた。」それは、高野氏がぞっとしたほどの懺悔だった。鬼気迫るものがあった。それから二三日後に、山田は自殺を決行したのだった。

「熊本の伝道から帰宅した山田君は、仏前に坐し、『この山田は、何枚むいても何枚むいても、出て来るものは皆嘘といつわりの山田で、嘘偽のかたまりでした。それでも、如来様、アナタだけはお見捨てなく、私をお救い下さるか』と号泣しながら、長い間お念仏申し、仏前を荘厳して、諸仏具をそれぞれキチンと整理し、フラリと外出したままであった。昭和二十四年八月十四日未明には、山田君は諫早駅近くの、小川の上に架る小さい鉄橋の上に事前に横臥して、進行し来る列車によって、自決すると共に、往生の素懐を遂げた。余程自分の罪業を見詰めて、強い自己厭悪を持っていたのであろう。欣求《ごんぐ》浄土の念いも一入であったであろう。チャンと、どういうように身を置けば、首の位置はどうなり、血はどちらに流れるかを考慮して、実行したらしく思われる。首から上は小川の中に落ち、胴体も脚も二つに断れ、一滴の血痕も残っていず、死顔も、あまりに安らかで、美しいので、駈けつけた警官も鉄道員も近所の人々も感嘆したほどだった。」

熊本市に在住して、活花の師匠をしている清水トヨという老女史は、高等学校時代から の山田を、陰に陽に支持して来て、山田を印度へ行かせることなどに粉骨砕身した妙好人だそうである。現在は病褥にあるが、談一度び山田の事に触れると、忽ち亢奮状態に陥って、病気を悪化させるほどである。この人は、山田の死について、こう語っているそうである。

「何と言う業の深い人であったろう。山田先生の業をすっかり見てしまった私は、恐ろしいほどの煩悩を持った、俗気満々の先生に驚きました。先生の死は自業自得でしょう。それでいて、先生ほど大親切で、徹底的に御法義を説かれた人はありません。どんなに悪く思いたくても、先生は矢張り私には唯一人の善智識でした。」

北川一雄氏は、「ありし日の山田晋道師を語る」を、次のように結んでいる。

「山田君は青年時代から、感情的に一つのことに高潮すると、自己陶酔の境涯になる傾向があったかと思う。宗教的天才であったから、弁に筆に、随分同君から大きいものを受取った人も多いと考えるが、私が彼を特になつかしく思うのは、外面はともかく、彼は驚くほど自己にも妥協性のない求道者であったと思われる節である。おそらく彼の信仰生活の最後の染上げは、あの仏前での大懺悔であり、感泣念仏時であったであろう。身を以って示し説いた人間山田の説法こそ、私は随喜したく思う。」

山田の法要は、熊本市京町の仏厳寺で、高千倉徹紀師を中心に、毎年八月十四日に厳修されるのを初めとして、長崎市では高野医師が中心となって行われ、その他九州各地で行われているそうである。

一方、山田の未亡人光子さんは、信徒に叛き去られ果てた是真寮を、独り侘しく守っている。法二は長崎の病院で施療されている。法三は大村の工場で働いている。

美人画幻想

今月（八月）もまた、私はおぎくぼの古書展示会へ出かけた。ステッキと下駄を下足番に預けるのももどかしい気持で会場に上ると、先ずずうっと場内を見渡した。同じ常連で、顔を合せるのを楽しみにして来た文芸批評家のO君も、登山随筆家のNさんの姿も見えなかった。私は軽い失望を感じながら、陳列棚に目を走らせはじめた。

最初はいつものごとく気が逸って、目を走らせるのもそぞろであった。一棚見て、少し落着いた時分になって、ある古い美術雑誌に目が停まった。平和博覧会記念号だった。

「あの絵が載っているにちがいない。」と胸騒ぎをおぼえながら、私はその雑誌を手に取った。あの絵というのは、伊東深水の「指」という美人画だった。私は口絵をめくった。原色版のページを当てにしていたのに、そこにはなかった。一色版のページに移って、五六枚めくると、「指」はそこにあった。

「ああ、この絵だった。」

あらましは頭にあったその絵にめぐり逢って、私は心の中でそう呟きながら、しばらくじっと見惚れた。今から見ると、印刷があまり良くなくて、絵はかなりかすれていたが、それが却って時代を感じさせるあんばいだった。

「指」は、大丸髷に結った湯上りの美人が、うすものの着物を着て、竹の縁台に腰かけて、うつ向き加減にして左の手指を見詰めている図である。うすものを透けて、肩から腕、腰の膚が豊満に露わである。黒塗の下駄をはいた足先が着物の裾から覗いているのが、今この図版で見ると、手指よりも鮮かでなまめかしく、むしろ「足」と題した方がよさそうに思われた。これらはすべて記憶から蘇って来たが、記憶から浮んで来なかったのは、背景にある芙蓉か何かの庭花だった。夕闇にぽっかり開いている二輪の花は、完全に私の記憶から消えていた。それから私を驚かせたのは、美人が意外に大柄な女であることだった。

しかし私は、そんなふうに精細にその絵を見ていたわけではなかった。ただそんなふうに私の目に虚ろに映っただけで、私の頭の中では、私の老父の面影が哀しく追われていた。つまりその絵に、父の面影が二重写しになっていたのである。そもそも私は、「平和博覧会記念号」とあるこの美術雑誌に目を停めた瞬間から、父のことを思い浮べていた。平和博覧会が父に関係があるから、その記念号の美術雑誌に目が停まったのだった。そしてそれに関聯して、「指」という絵が頭に閃いたのだった。

大正時代のことになるが、第一次世界大戦の後で平和博覧会（当時平和博と呼んだ）が上野で催された時、私の父は見物に上京した。その時買って帰った土産に、一枚の絵葉書があった。それが、博覧会に出品されていた「指」の複写だった。

「よう描いたもんやね。本当にそっくりじゃった。」

父はその絵を見て、その迫真性に驚嘆したらしい口調で、私に示した。その驚嘆が、田舎の村長であった父にその美人画の絵葉書を買わせたのは明かだった。

絵葉書は、弟の持っていた絵葉書立に入れられて、机の上にいつも置かれていた。だから、私は原画を見たわけではなかったが、透き通った着物を着た女が、縁台に腰かけて指を眺めている絵は、私には熟知の絵となった。もしかしたらこの絵葉書は、郷里の家のどこかに、今でも残っているかも知れない。

ところで私の父は、この四月に脳溢血で倒れ、手足が利かなくなって、寝たきりの状態にある。一時は脳も冒されて、むやみに叫んだりしていたが、今は気分が落着いて、静に養生しているそうである。血色もよく、食欲もある。しかし何分高齢（七十九歳）のことであるから、再起は覚束ないであろう。そう長くは生きられないであろう。本人もそれを自覚している様子である。

日頃それが気になっているものだから、最近私は二度も父の夢をみていた。二度目の夢はすっかり忘れてしまったが、最初の夢はよくおぼえていた。郷里の家に近い雑貨屋に私はいた。そこへめくらの父（本当は半盲なのだが、夢では全盲になっていた）が、よろよろとした足取りで入って来た。どうしたわけか、私は郷里に帰っているのに、それを父に知らせていなかった。知らせては具合が悪いのらしかった。そこに居合わせた数人の隣人も、事情を察して、押し黙っていた。だから、父は私がそこにいるとは知らずに入って来た。狭い土間の中のことであるから、私は息を殺して、父のそばをすり抜けて、そこにあったテーブルに向って腰を下ろした。その向いに腰を下ろした父は、私に向って、「そこにおるのは、徳田巌じゃないか」と、きつい声で言った。私は返事をしないで、居合わす人達と顔を見合わせた。私は、どうして自分のいることが父に判ったんだろうと訝しんだ。すれ違ったときの自分の息の詰めよう、その時自分の掌が父の掌に触れたようであったからその感触、その場の気配などから、自分のいることが勘づかれたのに違いないと、私は思った。夢はそれからぼけてしまった。この夢が何を意味していたか、どういう意識が夢になって浮び出たかは判らなかったが、父がきつい口調で私の姓と名を呼んだのには、恨みと憤りが籠められていたような気がしてならなかった。私は、父の病気を聞いてから四ケ月にもなりながら、まだ見舞に駆けつけていなかった。父はしきりに私に会いたがって、速達を出せ、電報を打てなどと、看護の母や妹を責め立てていたそうである。そういう心の咎めが、父の恨みと憤りを買う夢を見させたのにちがいないと解釈せざるを得なかった。

「指」を見ていると、そんな夢も思い出され、父を案ずる気持に私は引き入れられて行った。その気持は次第に強くされて、父はもう生きている人ではなく、死んでいる人だと錯覚せられるまでになって行った。「指」と二重写しになる父の面影も、まだ生きている父の面影ではなく、生前の面影に摺り変っていた。

今は亡い父と錯覚するに及んで、私の胸の内の哀しみは深まった。それとともに、平和博に関する父の思い出が故人に対する追憶の形を取って、活潑に動きはじめた。私は涙に近い気持で「指」を見詰めながら、父が日光から絵葉書を呉れたのは、あの平和博見物の折だったな、と突如思い出した。それは、東照宮の天井に彫ってあるという左甚五郎作の鳴龍の絵葉書だった。その時分私は熊本の高等学校へ遊学していて、庭に梧桐のある下宿で、あの絵葉書を受取ったものだった。そして、休暇に帰ってみると、この「指」の絵が絵葉書立に立ててあった。それから成田土産の、茄子の形をした唐辛子入れも父は買って来ていて、釣針入れに使用していた。父は成田詣りの晩に出会った、恐しい大雷の話をした。東京では寛永寺の境内に宿泊所があって、同行の村長達とそこを探すのに道を迷って、どうしても行き着けなかった話もした。そんな、忘れていた追憶が一瞬の間に呼び起されて、私の胸を痛めつけた。

「うん、父はまだ死んだんじゃない。生きてるんだ。」

私はやっと我に返ると、そう自分に安心させて、雑誌を閉じてもとの所に戻した。値段は五十円だったから、買いたい気持がしないではなかったが、小さな家に本や雑誌の充満するのを、近来私は恐れているので、この雑誌は見送ろうと決めたのだった。

私は場内を一巡したが、めぼしいものに行き当らなかった。手ぶらで帰るのは物足りないから、後戻りして、鷗外訳の二冊揃いの「ファウスト」初版を買うことにした。その序に、「あの雑誌も買って帰ろう」という気になった。今をはずしたなら、いつまたこの雑誌に出会えるか知れないと思い返したのだった。私はズシリと重い「ファウスト」に添えて、平和博覧会記念号の美術雑誌を手に取った。

家に帰って夕食をすますと、私は古本の包みを解いた。「ファウスト」には目もくれず、美術雑誌を最初から丹念にめくった。巻頭には鏑木清方の「朱華芬芳」という絵があって、次には中川紀元の「美人閑居」、その次には南薫造の「ピアノ」、これだけが原色版で、一色版に移って、藤島武二筆「雪後」、アントン・スック筆「チェッコスロヴァクの女優」、石井柏亭筆「外套を被たる夫人」、高間惣七筆「卓上静物」などとつづいていた。昔、父が博覧会内の美術館に入って見て歩いた絵だと思うと、その一つ一つが私にはなつかしかった。「指」以外はただ見て過ぎただけで、何の印象も残さなかったであろうが、とにかく父が見たことのある絵なのだ。そこには、それを見た父の心が息づいているような気がせられてならなかった。画面に息づくのは、その制作者の精神ばかりとは限らない。それを見る人の心も息づくものなのだと私は感じた。

本文に入ると、扉に第一会場正門の写真があり、父はこれを潜って行ったんだなと思った。二ページと三ページには、正門前の恵比寿と大黒の彫像が立っている。お上りさんの父は、右に左にこの彫像を見上げながら、正門内に吸い込まれて行ったことであろう。博覧会の各種施設に対する批判や評判記には、それらの施設の写真が順次挿入されているので、これも父は見たんだな、これも見たんだな、と父の足跡を辿ることが出来た。鳥瞰図で見ると、折柄上野の山は全山桜花に包まれているが、父が行ったのは、もはや花は終った頃であったように思う。その上野の山にあった第一会場で、染織館、羊毛工業館、演芸館、農産館、蚕糸館、化学工業館、建築館、水産食料館、蔬菜園芸館、音楽堂、製作工業館などを見たあと、不忍池の第二会場へ歩いて、池畔に現出した北海道館、朝鮮館、台湾館、満蒙館、樺太特設館などの異国風な施設に目を瞠ったことであろう。

誌面は美術展の批評に変り、洋画の部を飛ばしてゆくと、「日本画部の印象」を、今年の春亡くなった詩人の川路柳虹が書いている。「指」の批評を探してみると、「三室には人だかりのしている一枚の絵がある。伊東深水の『指』である」という書出しで、ページが割かれている。人だかりの一語で、「指」の評判が手に取るごとく看取された。恐らく「指」の前には、博覧会の会期中毎日人だかりがくり返され、父もある日その人だかりの一人だったであろう。

川路柳虹は批評する。「もし高い芸術的標準をもってすればこの絵は通り一ぺんの『甘い絵』に過ぎない。しかし伊東氏に多とするところは矢張りその肉感描写であると自分は思っている。サンジュアリテというものは或る論者のいう如く決して審美的要素を殺すものではない。むしろ重大な美の要素である。吾々の官能を刺戟する美は当然肉感《サンジユアリテ》をも刺戟するからである。吾々は吾々自身の肉慾を生活の必須条件とするように美術の上に於ても同様の肉感表出を意義あるものと認めている。ましてそれが一つの美を構成する程度に芸術的に取り扱われている場合に於てこのものをむしろ尊もうとさえ思う。がこの絵で女の肢体の肉感をかほどにまで描きえた氏として他のところで恐ろしくセンチメンタルな遊びをし、それをこの絵の中心興趣としているところに氏の態度の妥協的低浅なのを惜むのである。それは全体の色調にある。この『夕闇』はあまりに墨の黒さである。暗いのでなく黒いのだ。光りが描けず色だけが出ている。のみならずこの夕闇を描くためにあの肉感の正しい描写をした肢体まで幽霊が水中から出てくる様に朧ろげにぼかして終っている。ことにいやなのはその題としている『指』だ。この指の爪紅《つまくれない》は（足のも、手のも共に）あまりに技巧的でセンチメンタルなトリックとしか見えない。こんな夕闇にあんな紅い色を示すことが他の合理的要素を既に破っている。私はこの絵の『甘さ』をもう少し抜いて、それをこの絵にある『肉感描写』ほどの力づよさに代えたなら可成り立派な作品になったろうにと惜む。」

これは美術評論家の評言である。しかし、私の父にはそんな専門的な知識や鑑賞力はなく、人だかりの一人になって、写実的な迫真力に舌を巻いただけの話だ。そのころ父は、四十を二つか三つ越した年配だったから、父もこの絵からサンジュアリテを感じたにちがいない。感じなかったとは言えない。けれども、父がサンジュアリテを意識したなら、この絵の絵葉書を買って帰って、妻子にも見せたいなどとは到底思えなかったであろう。旧弊な人間として、そんな絵葉書を買って帰るなんて、恥ずかしくて出来ないことなのだ。美しい景色や素晴しい催し物などを見る度に、故郷の妻子にも見せたいなアと嘆ずるのは、観光者に共通した心理だと思うが、父も「指」という見事な絵を見て、これと同じ心理に支配されて、絵葉書を買って帰る気持になったと見るべきであろう。結局、この絵に対する讃嘆が、この絵から受けたサンジュアリテを上廻って、それを消したのだ。それにしても、川路柳虹が口を極めて強調するほどもサンジュアリテに溢れた美人画の絵葉書をみやげに買って帰ったとは、父も思い切ったことをしたものだ。それとも父は、この絵から来るサンジュアリテにひそかな喜びを感じて、絵葉書を買って帰ったのだろうか。

私は「指」を見、その批評を読みながら、今は全く枯木の状態で、こんな美人画を見ても感嘆するはずはなく、枯木が朽ちるように朽ち果てるのを待つばかりとなっている父の身の上を思い浮べると同時に、それに対比して、父と同い年（七十九歳）の猪之吉小父のことを思い浮べた。父も恐らく、自分のことと猪之吉小父のことを度々思い比べることがあるにちがいないと思われた。

郷里からの風の便りによると、今年になってから私の村で最大の話題は、猪之吉小父の女狂いの件だそうである。一時は、猪之吉小父が三十万円で女に二階建の家を建ててやった話で持ち切ったものだそうである。この妾宅の建築中、猪之吉小父は毎日現場に出張って、ニコニコ顔で悦に入りながら、工事を差配していたそうである。

女は、隣部落の芝居小屋のそばで飲み屋を開いている後家さんである。猪之吉小父よりは二十六七も若く、五十を過ぎたばかりの女である。小学校で私より三四級下だったが、器量よしの、あだっぽい感じのする女である。事の起りは、猪之吉小父がこの女に金を貸してあった。女がなかなか金を返さないので、再々督促に行ってるうち、酒と色で蕩らし込まれたのだという風説である。それ以来、毎月一万円ずつ女に注ぎ込み、一晩おきに女の許へ泊りに通い、朝早く帰って来るのが見られるようになったのだそうである。猪之吉小父には、家内もあるのである。

私はこの話を聞いたとき、人間の生涯の計り難さに怖気を振るった。人間の一生というものは、その生涯を終えるまでは予断を許さないものだと、つくづく感じさせられた。それというのも、猪之吉小父は若い時から精農家で通った人であったからである。手一杯の百姓をして、猪之吉小父の家の田と言えば稲の色からして違い、蚕を飼っては村一番の収入を上げた。今盛んな葉煙草栽培では、村の草分けである。あまり大きくない百姓からやり上げて指折りの百姓となり、漆喰塀をめぐらした立派な屋敷も構えた。このままで行けば、猪之吉小父は、間違いのない生涯を閉じるはずであった。その寸前に至って、八十を目の前にする歳になって、俄《にわか》に女狂いがはじまり、財産を傾けるのも構わず、醜聞が流れるのも構わず、家庭に風波が起るのも構わない仕儀となってしまった。

女狂いをするくらいだから、猪之吉小父はまだ足腰もしっかりしている。七十九歳の老人とはとても思えないほどの元気さは、ひとびとを驚かせている。野良にも行けば、投網《とあみ》でボラ捕りもする。寝起きも思うに任せぬ私の父とは、同い年でありながら、雲泥の相違である。猪之吉小父はまだ何年も生きるであろう。私は自分の父にも、猪之吉小父ほどの生気があって、同じくらいに長生き出来ればと、残念に思う。父も自分に引きくらべ、子供の時からの友達である猪之吉小父の元気さを羨んでいることであろう。自分と猪之吉と、どちらが幸福かと思いくらべることもあろう。そして猪之吉小父の色恋沙汰を阿呆な所行だと笑いきれぬ感じを抱くことがあるかも知れない。

しかし、私の父が幸いにして猪之吉小父ほどの生気に恵まれ、この歳になって女狂いをはじめたとしたら、どうであろう。私はそれを父のために採らない。もはや七十九歳になれば、自ら進んで人生の深淵に臨むような所行に身を任せないで、平穏無事にその生涯を終える方が、父のために幸福だと思う。七十九歳になって愛欲に溺没出来て、猪之吉小父は稀有な歓びを味わっているだろうが、七十九にもなれば、それほどの歓喜を味わわなくても、思い残すことはないのではないか。私は父が一日でも長く生き延びてくれることを望むが、このまま大過なく生涯が閉じられるものとするなら、猪之吉小父のような老来の生気に恵まれなくとも、好しと考えたいと思う。

この間、門司に住んで梱包会社に勤めている森という男から手紙が来て、父の容態を知らせてくれた。森は、私の父が村役場に勤めていた時分、小使をしていた青年であった。それが郷里に帰省して、父を見舞ってくれたのである。父は喜んで、二時間も森を引き止めて昔の思い出話に興じ、森が辞去しようとすると、名残を惜しんで、伸び上ることの出来ないからだを伸び上るようにして、「来年もまた帰って来給え」と言ったそうである。その声は大きかった。私はそれを読んで、ちょっとホロリとしたが、父が来年まで生き延びるものとしている気構えが見えて、なんとなく安堵した。父は庭の小さな泉水に向けて寝床を延べ、蠅たたきを右手に持って、臥せっていたそうである。不叶《ふかな》いな手で、そして薄れた目で、蠅がたかって来ても叩けるはずがないのに、蠅たたきを振り廻すのを、唯一の慰めにしているらしく見えたということである。

あれは本当に死と云うものだったかしら。少しも恐怖を感じない。少しも不安を感じない。覚悟と云うものも覚えない。

　もしそれが死であったならば、そのまま死んでいたならば良かったと思う。もう死ぬる覚悟をしなくて良い。今更恐怖を感じなくても良い。不安を感じなくても良い。手を合せて、にこにこしながら身を投げる感じである。

　お風呂屋で、口がきけなくなった。上り湯を使いながら、おかしいので、誰かにものを言おうとしたが、知った人は居なかった。体を拭いて、着物を着て、帯を結んだ。おかみさんを呼ぼうとしたが、それができない。椅子に腰かけて、ぼんやりしていた。お風呂屋の若い衆が怪しんで、丸薬をのまして、それからおんぶしてくれた。その時、穿いて行った下駄を持って帰らないのに気がついた。お風呂屋から家迄一分位だった。

　家におぶさって帰って、何処へ寝かされたか覚えている。近所の医者が来て、足の痺れているのを引張っていたのを覚えている。その後は何も覚えていない。救急車に乗せられて病院に運ばれて来たことは全然覚えていない。救急車に乗せられて派手な音を立てて病院に行ったことを後から知ると、私は涙を流した。眠り薬を注射されて行ったのだそうだ。

私の父が、私が死んだと知って、頓死したと云う噂を聞いた。父は私と同じ病気で四年間も寝ていたが、なかなか死ななかったのに、私が急病で死んだので、ショックを受けて死んだのだと思う。父の経歴を逸早く書いた週刊雑誌が二つも出た。それから、私の瘠せた向う脛と父の病みほうけた向う脛とが二梃の杵を並べたようで、私は思わずすすり泣いた。それから左の手を頭の下に置いて寝ている自分の姿が、父が左の手を頭の下に置いて寝るその仕種にあまり似ているので、私は又すすり泣いた。

「おじいさんに逢ってくる。」と息子が言った時は、父が死んでいると思っていたので、生きているのが私は信じられなかった。私は嬉し涙が思わず出た。同時に、病人が東京と田舎とに別れているのを喜んだ。もし田舎か東京で一緒に暮すようなら、二人が同じ病気で寝ることになったろう。息子は私が病気になってから二月《ふたつき》位した後で、私の妻、即ち彼の母親の十七回忌に私の代理として帰ろうとするのであった。

祖母と母とは、すぐごっちゃになる。四十年前に祖母が死んだ歳に、母の年齢が近づいたせいだと思う。でも、生きている人であるから、母であると思う。

　母は東京見物に来たことはない。私が親不孝をして、母に東京見物をさせなかったのだ。その母が、父の葬式を済まして二、三日暇を取って、その間に私に逢いに来た。特別の計らいで私に会うことになった。病院は螺旋形の階段になっていて、担ぎ上げられる母と担ぎ下される私とが、顔を見合せるようになっていた。母は白無垢にふっくらとうずめられていたが、母の顔は一目も見られなかった。何度も思い返してみたが、向うの顔は記憶になかった。母は担ぎ上げられたように思うが、私の印象に残ったのは、ただ白無垢だけで、母の肉体ではなかった。母は私に逢いたくて、魂だけで逢いに来たように思う。それから母は天国へ行って、そこから郷里に帰ったように思う。

　私の病室は、母と擦違って二階にあった。窓から見上げると、古い蔦の葉が見えた。蔦の葉は窓の色とそっくりで褐色であった。

　私の末の娘が鹿児島へ嫁入していて、その娘が来ていたことを知っているかと後になって何度も訊かれた。多分知っていないだろうと云う口振りだった。ところが、私はそれを知っていた。電話が通じなかったり、飛行機に乗りそこなったりして遅く着いたことは知らなかった。帰りは一等車で帰ったことも知らなかった。ただ二、三日でいなくなったように思われた。その中の一日は友達の家で遊んで来たように思う。ツーピースを着ていたが、家で着古して垢じんだ不断着と思われた。

娘の家は中々盛んな菓子屋である。が、私の頭の中では、漁期を追って方々移転する漁師で、今は鹿児島の街から田舎へ移っていると云うことになっている。だから余りぱっとしないいなりわいのように思われた。薩摩港が遠く展けて、石の臼がころがしてある貧乏世帯が見えたりする。或は鹿児島県境の町に来て、物慣れない様子で雑貨を買ってる姿が見かけられたが、むっつりして余り晴々した姿に見えなかった。そんな風に娘を感じたのだが、本当の娘はそれと違っていた。娘から療養費の一部を貰ったり、夜具を一揃貰ったりしているのを後で知って、私は、涙を流した。孫が二、三ケ月後に生れたのだが、その時は妊娠していることも知らなかった。長女も妊娠して、正月に生れたが、まだ孫は見ていない。孫が二人生れたが二人共女であった。生きのびたお蔭で孫を見ることが出来るであろう。死んでいたら孫は見られなかった。

初めのうちは近親の者が、すなわち息子夫婦、妹、長女夫婦等が、世話をしてくれたそうだが、全然知らない。入れ替り立ち替り世話してくれたそうである。二、三日してから、背の高い小母さんが来てくれて、失禁を見てくれたりしていたようだが、身体が弱いので二、三日で別の小母さんに替ったようだ。

この小母さんは石谷さんと云って九州島原の生れだと云うことであった。生れた村は島原城内にあったと云うことであった。二十歳過ぎてから五十過ぎの人と結婚して、満洲に行ったりして今は未亡人になっていた。附添人として長期に亙る経験をいくつも持っていた。九十歳過ぎたおじいさんの附添をして、日向ぼっこで一年七ケ月生きのびさせた。又七十過ぎたおじいさんの看病をした時、病的な色気を持っていて、掃除をする時お尻をつっついたりする話などをした。

私は今度九州の旅に出て、長崎、島原を経て熊本へ出るはずであった。天草富岡では、四十年昔の宿へ泊って、昔の女中に逢えるはずであった。この女中はおしゃべりであったが、最近は目が見えなくて、手紙はいつも代筆して貰っていた。私より三つ四つ年上であったから、今は六十五、六であろう。今年は候鳥がどーと藪に来るのが、例年より早いような気がすると、耳で知る時候の変り目を書いていた。この女中と逢うのも天草行きの楽しみにしていた。昔の儘でいるのを見ると、女中ではなくて宿屋の娘であったろう。私はこの娘に少し誘惑されかかったことがある。有明海のたっぷりした波の上に月が出ているのを見て、「この秋分の月は、外海で見ると、くるくる廻って登ります。」と云って雨戸のそばへ私をつれて行った。有明海の海は、潮が引いている時は浜が見えるが、潮が満ちると雨戸に打ちつけるのであった。その雨戸を少し繰って、顔をくっつけんばかりにして月の光を眺めた。天草では「天草土産」という古い作品を出す計画であった。昔の天草版の真似をするつもりであった。天草本渡に住む人が労を惜しまないはずであった。私は明後日立つはずのところに、疲れが重なって来て、倒れたのである。新しい背広は拵えたままである。

私は夜を日についで、九州から東へ向って内海の小さい船路をたどって、又河をたどって、石谷さんの案内で、帰る途中であった。小母さんの船は白い屋形船であった。石谷さんは夜寝てから、患者に対して偉い人であった。毎晩蒲団に入る時、偉い人になった。顔には白い物で十字を書き、蒲団には十字の模様がはっきりと刻み込まれてあった。それから小さな箱の中には、退院の時私に呉れるのであろう、トクヒロイハキと私の名前を彫った物があった。私はその名を忘れたが偉い人の像もあった。何でも頭を半分に分けて、その半分に印をつけていた。私の顔をそって呉れる時、小母さんは頭を二つに分けてその一つに印を押した。これは私を偉い人のように仕立てたもののようであった。何でもカソリックの偉い人のように思われた。

小母さんの話では、キリスト教の偉い女の人が、水晶のように磨いた綺麗な屋形船に乗っていると云うことであった。男の人は油の光のように磨いた船に乗っていると云うことであった。私はとうとう男の人の乗っている船を見ることが出来なかった。女の人の乗っている船は格式ばらない船であった。従ってぼんやりした姿にしか私には写らなかった。石谷さんの船に比べれば、女の人の船は暗かった。いくら磨いても綺麗になりそうになかった。石谷さんの船が底光に光っていた。一番綺麗なのは小母さんの船であった。

私の郷里では、死ぬ時には白い船が迎えに来ると言い伝えている。だから危篤になると、船に乗ってはいかんと言って励ます。それで、こんな船の夢を見たのかもしれぬ。

私は夜眠れないので、眠り薬を貰った。それでも朝早く暗いうちに目がさめた。そうすると、室内の調度は真黒く、黒焦げのように見えた。私の寝具はその中で浮島のように見えた。此所では昔偉い人が洗礼を受けたのであった。その人は相当老人で、小柄な人であったが、女の人に連れられて来て、此所で洗礼を受けたのであった。それは正宗白鳥であった。それで正宗白鳥の洗礼の所として、神聖の場所というのだった。私は文士として、二人目だから、これは綺麗にせねばならぬと慎重に考えた。それでも私は小便がつかえて来て、何遍も放尿しようとした。それでこらえていたが、とうとうこらえられなくて、蒲団の端から放尿した。そのとたんに、私は目が醒めた。小母さんに告げると、怒られた。私の乗っている船はクリスチャンの船であることを教えられた。真白なお化粧をして、小母さんはそばに寄るとおっかない気持がした。小母さんは、すぐその場でよごれた寝巻を取り替えるので、寒い夜は小母さんに迷惑をかけるし、私も寒くて困るのだった。

或る晩は、キリスト教の良く知られた説教を大新聞の附録で読んだ。夢のことなので何も覚えてないが、原文の儘に載せてあった。私はそれがどんな内容を持っていたか忘れたが、キリスト教か或は切支丹の代表格の大新聞であるから、原文の儘でも通る。日本のキリスト教徒は無慚な迫害に耐えて来たので、それを冒険小説風に書いていた。一部のキリスト教徒はそれぞれ波瀾に富んだ巡礼記を書いていた。これらは総て原語で書かれていた。私は一つ一つ英語の原文で読んだ。原文で読むと実に短くて、すぐに読んでしまった。私は寝つきが悪いのに、一つ読み終えると目が醒めてしまう。まるで私の眠りを短くする為に短い原文で載せたように思われた。キリスト教のエキゾチックな香が、短い原文に溢れていた。

その説教の原文は新聞の、いつもは白く残されているへりの部分に印刷してある。その原文を読むと、白いお城や、ガラス絵、酸っぱい果物や甘いお菓子などの南蛮物の香気が立ち昇った。

私はだんだん良くなって、石谷さんは暇が出来た。ことに夜は時間を持て余した。それで石谷さんは私の第二作を読もうとした。私は私の第二作を探し出さなければならない。多くの作家は処女作をエロチックに書いているが、第二作はエロチックでない、燈の下で知らん顔している小母さんの隣で私は考えてみた所が、そう云う風になっている。第二作は日常茶飯のことがおもで、エロチックな物は少しもない。外村繁の物でもエロチックなところは少しもない。ところで、私の第二作はエロチックなものと小母さんは考えたのだ。自分の作品を探しているうちに第一作が見附かったので与えた。それから第二作をと思ったけれども、私の作品は第五作か第六作になっても、エロチックな場面は出ていない。で、私は第二作を探し出さないでほったらかした。そのうち小母さんの読む本が臭い屁を出しているのを私は嗅ぎつけた。臭ければ臭いほどエロチックな作品に当っているのだ。私にはエロチックな作品はなかったはずなのに、小母さんは第五作か第六作かにそれを見出したのに違いない。

私が良くなると、小母さんは暇らしく日向に蒲団を敷いて、週刊雑誌を読んだ。丁度蚕が桑を急いで食べちゃうように本を読んでいたから、小母さんは屁の臭い作品をそのようにしてたいらげていたのかも知れなかった。

小母さんは或る時私に尋ねた。

「私は或る晩、貴方を抱いて寝たが、知っていますか。」

「いいえ、知りません。」と私は知らぬ儘に答えた。

「貴方が左手で寝床を二、三遍かき寄せたんです。これはきっと一緒に寝ようとして奥さんを探しているのではないかと思って、私が身代りになって、抱かれて寝たんです。」

「ああそうですか。僕、二十年くらい女房がないから、一人で寝ることに、そんなに淋しい気持はしません。」と私は笑った。

「でも、私が抱かれていると貴方はそうっと私に抱きついて来ました。これで貴方の中枢部は大丈夫だと思いました。」と小母さんは保証した。
「どうも何も覚えていません。」と私は笑った。

私の部屋は白い漆喰で塗り込められ、それに電線が一本来ているだけだった。私は一日に一回か二回街を散歩し、この街が非常に美しい貝殻なんかで出来ているので驚いた。電線が盛上るように高くなったり、また電線が雪に喰い込むようになっていた。その街を歩いて行くと、目がさめるようだった。

この街は長与善郎氏の幼年時代に育った街だった。即ち肥前大村である。長与氏は東京で大きくなったけれども、この街の縁続きの人である。長与氏は少年時代に、我々の知らぬ美しいものを沢山持っていたように思われた。その住んでいた家は細かく入り組んで、我々が棲息している家よりも遥かに立派なものに見えた。長与氏がいなくなると、そんな珍しい物は一つ二つと消えて行った。今いるのは長与氏の妹で、この妹さんが、貝殻とか漆喰で拵えた物を持っているのであった。この人は竹久夢二の美人画に出て来るような人で、我々は魅力を感じた。道で逢ってほっとした微笑を受けるだけでも嬉しかった。まして美しいものを見せて貰う時は天にも昇る心地であった。

長与氏の家には、竹久夢二氏の手になる二つの木の葉の美しい彫り物があった。一枚は、木の葉を板にはったものであった。もう一枚は旅に出て、竹久氏が金に困って、間に合せに拵えた物である。それから、モデルになったりした路地や家並などが方々にあったけれども、今は消えて無くなっている。

窓は、頭の上に一つ。横一尺余り、縦一丈位の一つきりだった。今年は晴天続きで、日が一日中差し込んでいた。浣腸する度に臭みを消すため明けた。窓の縁は蔦の葉で、黒ずんでいたのが、散り失せた。それから窓の外には煙突があって、青い空に静かに煙を出していた。もくもくと出していることもあった。下の部屋が外科の診察室なのでストーブの暖かさが伝わってくる。ただし日曜日は外科の診察が休みなので、煙突の煙は出なかった。不断は病室にいると寒さ知らずであるが、日曜日は寒かった。一度雪が降ったことがあった。牡丹雪であった。雪は一向白く見えず褐色で、わらじの踵でふんづけているように舞った。

起きる時は窓から外をのぞくのが楽しみであった。同じような病室が二つ見え、看護婦が看病しているのがぼんやり見えた。一つの病室の人は退院して、新入院患者がそれにかわった。それが私の見る唯一の別世界だった。

いたずらしに二階に上ろうとした子供が、小母さんに怒られていたけれども、私は見ることが出来なかった。二階から向うを見たかったけれども、石谷さんの話では松の木がぽつんとあるきりで、他処と変ったことのない屋根だと云うことであった。

向うの屋根は黒い色をしていて、それと似た色をした雀が、まるで保護色をしているように黒く、多い時には五六羽、少い時には一羽遊んでいた。群れてる時には雄が雌にふざけていた。只一羽の時は淋しそうに遊び、さーと屋根を越えて行った。

夕方には月が出た。月は雲が飛んでいても穢くは見えなかった。だが、頭が適当な方角へ向かなくては、月影はとらえられなかった。


今年になって三十日目、入院してから九十日目になって、附添の小母さんは止めさすことになった。若い人達は、小母さんがプライベイトなことに口出しするのが厭だし、私は余りに偉すぎるのが気になっていたので、同意した。例えば、朝早く眼が醒めて、私は燈をつけたいのに、小母さんはそれを許さないのであった。で、小母さんは十時頃になって、大急ぎで身支度して帰って行った。

私宛の彫り物や、偉い人の肖像等は一つも残されなかった。一つは喧嘩別れのようにして帰ったせいかも知れない。別れを惜しんで私は涙を流したのであるから、そして手を握り合って別れたのであるから、喧嘩別れと云うのは当らない。そうしてみると、彫り物や、偉い人の肖像を持っていると云うのは、私の思い違いであったかも知れない。私は気をつけて、身拵えする所を見ていたけれども、そういうものの入った箱は遂に見なかった。それから小母さんは病院から借りていた蒲団を置いて行った。小母さんが十字に彩色していたあの掛蒲団だった。色あせた蒲団だった。十字に白く化粧した小母さんや、十字に彩色した蒲団は、私が幻想の中で化け物に仕立てていたのかも知れない。小母さんは化け物の偉い人から普通の人間にかえって、家に帰って行った。

それからすぐ私は退院したくなった。丁度気温は日によって暖くなった。しかし、主任の医者は、まだ充分暖くないし、また家庭に於て受入態勢が充分でないのを考慮して退院を見合せるように云った。だが、院長代理など古い医者は、温度も丁度になったし、退院した方が良いだろうとあけすけに云った。

「退院すれば大地も珍しいでしょう。」と院長代理は云った。この人は酒好きで、病気に対して楽観的であった。

成程と私は思った。三ケ月間大地を踏んでいなかった。窓からも一寸の土も見ていなかった。それで枕元に置いた鉢植のベコニヤや、黒い長い花器にさした猫柳の花を自分の手でもてあそぶことにした。ベコニヤは鉢植であったが、殆ど土は見えなかった。それでも、私は可愛い花や葉をほっぺたにくっつけた。猫柳の花はもうとうに薹が出たようになっていたが、その花をほっぺたにくっつけると、あたかも猫の足のように気持良かった。

家に帰ればせまい庭の土が見える。名も知らぬ草が萌出ていることだろう。それらの中から黒い土が見えることであろう。私は二、三日中に退院と決心した。

間もなく退院する日になった。その日の昼すぎ、寝台車の運転手と息子が、担架に私を載せてはこんで行った。廊下には看護婦は一人も見えなかった。顔見知りの看護婦を探したけれども見えなかった。曲りくねった階段を一つずつ降りて行くと、同時に人間臭くなって行った。何処の病院にも必ず壁にかかっている絵や医療注意が私の目を引いた。人里に帰った気持になった。履物が乱雑に脱ぎ放してあった。

私は庭に待たせてある寝台車に、運ばれて行った。小さな植込みに鶯の声がして、良い天気だった。四ケ月ぶりにそれを味わった。車に乗せられると足許の方から夜具をつっ込み、脇の方から雑具を押込んだりして、だんだん息苦しくなった。

私は一人で先に帰ることになった。自動車は私の知った道を帰って行った。クリーニング屋や、古本屋があった。しかしどの家にも人が見えなかった。車は道を横切ったが、そこには大きな酒屋があった。そこにも人が居なかった。家が近くなって、雑貨屋、薬屋、酒屋、魚屋、等の顔見知りの店があったが、人の顔は見えなかった。自動車が家に曲る時、米屋の小母さんが私を出迎えていた。主人が同じ病気にかかって心配なのであろう。私は寝台の中からゆっくりお辞儀をした。

私は退院したと云っても、右手、右足、口が不自由なのである。

上野桜木町

1

四月十七日の朝のことだった。時間は少しおそくなったけれど、中途からでもいいと思って、私はＮＨＫの「スタジオ一〇二」にスイッチを入れた。誰か西洋人が話している。つづいて長谷川泉氏が一言しゃべった。それで「一〇二」のトピックの一つはおしまいになった。長谷川氏は国文学者で、川端康成氏の文学に造詣が深い。西洋人は、サイデンステッカー氏であるらしかった。同氏は、川端さんと親しく、その文学にくわしいアメリカ人である。二人とも何を言ったか判らなかった。川端さんの写真が壁にかかっているのを見ると、川端さんに何か変事でも？　川端さんが死んだのではないかと、私は咄嗟に考えた。死んだのにまちがいないと確信した。

「オーイ、オーイ」と妹を呼んだ。妹はねむたそうな顔を見せた。「川端さんが死んだよ」と、私は何遍もくり返した。私は中風であるから、私の言葉はなかなか聞き取りにくいのだ。私は、蒲団をたたいてくり返した。

「それ本当？　新聞を見てみよう」やっと聞き取った妹は、驚きの声をあげて新聞を取りに行った。新聞受けから、その日の朝刊を取って来た。朝日新聞である。

「自殺だわ」と、妹は一言言ったきりで、あとがつづかない。私もショックを受けた。新聞の第一面に、「川端康成氏自殺！」と大きく出ている。妹は私の枕元で声を立てて、新聞を読みはじめた。私は身じろぎもせず、一語も発せず、聞きすました。川端さんは昨夜の十時ごろにはもう死んでいた。場所は、逗子の小坪、仕事場としていたマリーナマンションの四階であった。ガス管を咥《くわ》えて死んでいた。遺書もなくて、原因は判らない。こまごまと、記事が一面を埋めている。ほかに関連記事と写真が二面ほどある。

ふしぎなことには、私の傾倒し愛読した作家はみな自殺をしている。有島武郎、芥川龍之介、太宰治などである。みんな派手な作家である。私は地味な作家であるから、その反対の人にあこがれたのであろう。自殺するのは太宰君で最後かと思っていたら、今また川端さんが加った。川端さんも派手な作家である。

私は川端さんの死に興奮しないことにした。悪いけれど冷淡にすることにした。太宰君が死んだとき、興奮しすぎて困ったことを思い出したからである。太宰君のように自殺に引き入れられそうになって、神経衰弱になった。川端さんが死んだことを思っても、涙は案外出ない。一滴も出ない。しかし、興奮しないと言っても、頭は思考力を失い、胸の中は空虚な感じである。全身が無力感に包まれていた。

昼すぎに、主治医が来た。すぐ川端さんのことが話題になった。自殺の方法としては、ガス自殺が一番にたやすいということである。ガス管を咥えれば、一吸い吸っただけで死ぬそうである。

この主治医は、私が以前、川端さんの「明月」という軸を掛けていたのを知っているので、それを掛ければいいと言った。私も朝のうちからそれを思わぬではなかったが、わざと掛けなかった。軸を掛けることによって、川端さんを身近かに感ずる。それを私は敬遠したのである。自分も自殺に引き入れられるように思われたからである。

主治医と入れ代りに、若い友人のS君がやって来た。「たいへんなことがありましたねえ」と彼は早速川端さんのことを切り出した。彼は蒲郡から浜松方面に旅行中に、川端さんの死を知ったそうである。彼の持って来た安倍川餅を私はつまんだ。郷土玩具も買っていたけれど、自動車の中に忘れて来たと彼は惜しそうに言った。川端さんが、私の郷里に建った記念碑のために揮毫した「上林暁生誕の地」の下書きを出して見たり、「花ある写真」という川端さんの短篇集を彼にやったことを話したりして、彼は帰って行った。

それからしばらくして、彼から電話がかかって来た。先生が多少興奮していられたようだったから心配して電話をかけたということであった。別段興奮していないから安心するようにと返事をした。これは意外のことだった。私は彼に応対している間に、冷静に付き合ったと思っていた。少くとも興奮した素ぶりをしたとは思わなかった。興奮したとも、興奮しなかったとも考えずに、彼に応接したつもりだった。それなのに、興奮してたと彼に印象づけたのだ。自分では冷静なつもりでいたのに、第三者に、興奮していたと映ったのだ。そうだったのかと、私は反省した。これはよっぽど用心せねばならん。もしかしたら、人前で醜態を演ずることになりかねないと、おじ気をふるった。

夕刊でもまた、川端さんの死を三面にわたって取り扱っていた。私は夕食後それを読みながら、いつの間にか泣いていた。気がついて見ると泣いていたのだ。自然に泣けていた。興奮しないとか、冷静にしようとか、格別考えずに、少しも構えるところがなくて、歔欷《すすりなき》していた。歔欷に身を任せていた。号泣といえる程強いものではなく、時々新聞から手を放しては涙を拭っていた。目がぽうっとかすんで、写真の説明の短い文章でも一気に読めなかった。例えば、川端さんの母校茨木高校に建っているノーベル賞受賞の記念碑の写真の記事を読もうとして、泣けて仕様がなかった。偉大な先輩を失った後輩たちの心事を思いやって、万感が胸にせまって来るのだ。朝から涙が出なかったのに、一瞬の間に、堰を切ったように涙が流れ出たのであろう。後から後から涙が出た。朝から一滴も涙が出なかったのが、これで償いが出来たと思った。私は泣き放題泣いた。

翌十八日、それまで忘れていた弔電を、未亡人あてに打った。

カワバ　タサンノゴ　セイキヨヲカナシミマス」ワカイトキカラコンニチマデ　オセ

ワニナリマシタコトハコトバ　デ　ハモウシアゲ　ルコトガ　デ　キマセン」ツツシミテゴ　メイフクヲイノリマス」カンバ　ヤシアカツキ

2

川端さんといえば、上野桜木町時代の川端さんを私は思い出す。川端さんが鎌倉へ移ってから、私は一度も訪ねない。川端さんが上野桜木町にいた時分に、私は雑誌「改造」の編集記者であって、しょっちゅう川端邸に出入りしていた。単に出入りしたのではなくて、「禽獣」「末期の眼」など、川端さんの初期の代表作を取ったのである。自分でも思い出が深いし、日本文学史にも貢献したことが大きいと思う。

これよりさき、大森馬込の臼田坂上に川端さんが住んでいた時分、私は訪問したことがある。初めて原稿をたのみに行ったのだ。

見当をつけて臼田坂下まで行って、川端さんの住所を聞きに車宿に寄った。

「このあたりに、小説家の川端康成さんのお家はありませんか」

「知らないねえ。絵かきの川端龍子の家なら知っているが」日本画家の川端龍子の家は臼田坂下にあるのであった。

私は臼田坂を登って行った。川端さんの家は案外早く見つかった。新しい二階家であった。玄関先きに桐の花が落ち散っていた。それがいかにも、新感覚派作家の住所にふさわしく、新鮮に感じられた。私が訪うと、奥さんが小さな犬ころを抱いて、玄関口に現われた。川端さんは留守だった。川端さんは、萩原朔太郎、尾崎士郎、宇野千代、三好達治氏ら、馬込の文士たちと遊び歩いていたのであろう。

その次にうかがうと、川端さんは在宅されて、私は二階へ通された。私は伊豆の温泉のことを十枚くらいの随筆に書いてもらえないかとたのんだのだ。「改造」では、新しい作家に原稿をたのむ場合、小説よりさきに随筆をたのむ習慣であった。随筆でいいものが書けると、及第して小説をたのむのである。林芙美子、小林多喜二など、しかり。川端さんのこの時代の随筆は、「伊豆温泉記」という美しい文章だった。川端さんは自信がある作品らしくて、そののち小説の中に入れている。

座敷には、目ぼしいものは何もなかった。読みさしの本が一冊、放り出されてあった。川端さんはその本を取り上げて、「これ、とても面白いですよ」と言った。それは早川孝太郎の「猪・鹿・狸」という本であった。私は川端さんの言葉をおぼえていて、ずーと後年、古本市で「猪・鹿・狸」を買って来て読んだ。手織木綿の感じの文章だった。

臼田坂の近所に住んでいる友人がある。その友人が語るところによると、臼田坂の魚屋のおかみさんが、川端さんがノーベル賞をもらったとき、むかしのことを話してくれて、大変なつかしがっていたそうであるが、今度のことから受けた衝撃がどんなだったであろう。

川端さんを初めて見たというか、初めて会ったというか、それはこれより前のことだった。私たちは社で、熱海へ一泊旅行をした。私たち仲間は、その翌る日、熱海発の汽車に乗った。その時分、汽車は熱海まで通じたばかりだった。その汽車に偶然川端さんが乗っていた。膝の上に、「ロシヤ文学十人集」（?）という本を乗せていた。その本は「文芸時代」の出版元金星堂で出したものであるから、金星堂からもらったものであろう。私たちの同僚、芥川武雄君（龍之介に非ず）が川端さんを知っていた。円本（現代日本文学全集）の宣伝を全国的にくりひろげたとき、芥川君は川端さんその他の講師のお伴をして歩いたからである。どの方面だったかは覚えていないが、多分中国地方ではなかったか知ら。芥川君だけが川端さんと話をした。小田原へ来ると、私たちは川端さんに別れて、箱根強羅に遊んだ。川端さんはその頃、高円寺に住んでいた。伊豆の湯ケ島に滞在していて、帰京の途中であったであろう。

もう一つ、さかのぼって書いておきたいことがある。大正十三年の春、（関東大震災の翌年）私は大学に入るべく上京して来た。そして、古ぼけた木造の文学部事務室へ行った。そこの掲示板に、川端さんの名前と石浜金作氏の名前を並べて、「右之者×月××日迄ニ授業料納付セザルトキハ除名スベシ」と書かれているのが、私の注意を惹いた。（谷崎潤一郎は授業料を怠ったがために大学を除名せられた）

川端さんの年譜を見ると、その年、四年かかって大学を卒業したとある。掲示は雨に打たれていたから、随分前に貼られたものであろう。川端さんはもうそのころには、授業料を収めて無事大学を卒業していただろう。しかし金星堂主人福岡益雄氏の話によると、川端さんは大学を卒業してしばらくの間、背広がなくて、金ボタンの大学の制服を着て、金星堂へ「文芸時代」の編集に来ていた由である。

掲示を見たとき、私は川端さんの名前を知っていたけれど、作品は一つも読んでいなかった。新進作家としての川端さんを知っていたのである。それから目に触れるかぎり、川端さんの作品を読んだものだ。大学のバラックの図書館で、「新小説」を借りて「篝火」を読み、「新潮」を借りて「落葉と父母」(後に「孤児の感情」と改題)を読んだ。夏休みには、「文芸時代」を買ってかえり、「驢馬に乗る妻」その他の掌の小説を読んだ記憶がある。川端さんの処女小説集「感情装飾」を友達から借りて、初めて川端さんの小説集を読んだ。

3

私は上野桜木町の路傍の交番でたずねた。

「川端康成という小説家の家はどのへんですかねえ」

すると、お巡さんは反問した。

「川端、川端とみんな尋ねて来るが、川端は一体誰の弟子かね」

私は明快に答えた。

「菊池寛でしょう」菊池寛は当時高名な作家だったから、知らないはずはなかった。好都合だった。

こうして川端邸をたずね当てたのであった。私はその後、その路地がすり切れてしまうほど、川端邸へ通うことになった。

私が通いはじめたのは、「浅草紅団」のつづきを書いてもらうためだった。「浅草紅団」は朝日新聞の夕刊に連載されて、浅草ブームを引き起した。われわれ文学青年の間では、二言目には必らず「浅草紅団」が口を衝いて出るほどであった。新聞では一応打ち切っていたが、「改造」編集部ではその続篇を熱望したのだった。たしかに、三、四章を書き加えて、おしまいになった。単行本としては先進社から出した。先進社は、もと「改造」の編集主任の上村勝弥氏（旧名、清俊）が独立して始めた出版社だった。それが出た時、私は署名本をもらった。

上野桜木町の川端邸から浅草までは近かった。寛永寺橋から鶯谷駅へ下りて、そこから歩いて行けば、浅草は直ぐだった。浅草へ行くのに便利だから、大森馬込から上野桜木町に移って来たのにちがいない。川端さんは手帖をふところにして、朝となく夜となく、浅草をほっつき歩いた。雨が降っても日が照っても、一日も欠かさず浅草へ日参した。その丹念な写生が、川端さんの文学に生き生きとしたいろどりを与えた。映画館を三十館以上も見たそうである。

　そのころ「カジノ・フォーリー」という軽演劇の一座が、水族館の二階のステージに出演して、評判だった。川端さんは浅草へ行って、カジノの文芸部員や踊子たちと親しく交って、それを「浅草紅団」に書いた。「浅草紅団」はカジノの全盛時代を出現さした。川端さんは、「いはゆる『カジノ・フォーリー花やかなりし頃』は、一生私になつかしいだらう」と書いている。

　踊子では、榎本健一（エノケン）、二村定一、竹久千恵子、梅園龍子などが売り出していた。なかでも、川端さんが力こぶを入れていたのは、少女っぽい梅園龍子だった。「わが舞姫の記」という文章も書いている。しまいにはパトロンとなったほどである。

　私も時折カジノ・フォーリーを見に行った。あるとき埃っぽいステージを見ていると き、長身の人がうしろの壁によっかかって、ステージを見ていた。それは多分高見順ではないかと思われた。まだ高見順を知らない時分だから、はっきりしたことはわからないが、そんな感じであった。川端さんにはカジノで一度も会ったことはない。

　私は一度川端さんについて浅草を歩いたことがある。堀辰雄君も一緒だった。堀君は向島に住んでいたので、度々一緒に浅草を歩いていたらしい。私はほかのことは何にも覚えていないが、観音さんの近くの鳥料理屋に連れて行かれたことを覚えている。それは名高い鳥料理屋であるし、川端、堀氏は馴染みの店だったらしい。私は恐縮しながら、小さくなってご馳走になった。

そのころ、私はつまらぬことを私たちの同人雑誌に書いた。「浅草紅団」にケチをつけたのである。「あんまり浅草に深入りをすると、浅草に命を取られる」という意味のことを書いたのである。つまり「ミイラ取りがミイラになる」と書いたのだ。次に行って見ると、私が同人雑誌をやっていることを知っていた川端さんは、それをすでに読んでいて、「ミイラ取りがミイラになる」と口ずさんだ。私に腹を立てるでもなく、咎めるでもなく、含むでもなく、淡々としてさりげなく口にしたに過ぎなかった。それで私は救われたけれど、川端さんの心の中には、多少ひっかかるものがあったにちがいない。それにしても、盲目蛇におじずで、悪いことを書いたものだと恐縮した。今なら怖くて失礼で、とても書けない。若気の至りで、思い切ったことを書いたものだ。それも、ここそではなく、川端さんの目に触れることを意識して堂々書いているのだ。

その代り川端さんが「僕の標本室」(新興芸術派叢書)を刊行した時、私は持ち上げた。それが、好きな創作集であり、「新興芸術派叢書」の中で、一番魅力があったからである。持ち上げたことに、うそいつわりはなかった。「有難う」という掌篇の如きは、大好きな作品である。ほかにも大好きな作品がたくさんあったからである。

その「僕の標本室」を川端さんが私にくれたのは、四月か五月のある午後であった。それは川端さんにもらった最初の本であった。その本を抱えてかえりながら、私はうれしかった。雑誌記者冥利だと思った。私は寛永寺橋まで来るとちょっと立ち停って、その喜びをかみしめるように、「僕の標本室」にさわって見た。そこからは、かすんだ屋並がひろがって見えた。折から晩春のことであるから、暖かった。しばらくそうして、晩春の空気にひたっていた。

その後間もなく、「花ある写真」（新興芸術派叢書）が出た時も私はもらった。それから「古都」に至るまで、川端さんの主要著書の全部に署名して贈られている。

4

川端邸の玄関に立つと、たいがい奥さんが出て来て、用がすんだ。時には、二階や三畳の離れに通された。二階では、書道全集が先ず目についた。この時分から川端さんは書道に思いをひそめていた。それだからこそ、後年雄渾な、古典的な書が書けるようになったのだ。初期の川端さんは、ペンで繊細な文字を書いていた。古賀春江氏のシュル・リアリズム風の、あまり大きくない絵もあった。古賀氏は私達の同人雑誌の表紙を書いてくれていたのでなつかしかった。川端さんは晩年に至るまで古賀氏の絵を集めていたというから、川端さんが友情に厚かったと感心する。ふくろう（みみずく？）を飼っていた籠も目についた。これと同じものが、林芙美子さんの家にもあったように思う。川端さんから林さんに贈ったものか、林さんから川端さんに贈ったものか、それは判らない。

丁度この時分、「文学界」が同人雑誌として創刊せられた。同人である林房雄、小林秀雄、武田麟太郎、深田久弥氏らが、時折この二階に集って、皆が盛んに、甲論乙駁、談論風発したものだそうである。川端さんは終始黙って、微笑を浮べて聞いていた。そのうち、自分で納得出来ないことがあると、物静かに異議を申し立てた。それは皆を沈黙させるだけの力があった。さもありなん、と思われる。

三畳の離れは、薄暗くて、昼でもスタンドに灯をつけていた。川端さんは仕事をそこでするらしかった。机の上には、原稿用紙や万年筆がのっていた。クシものっていたように思う。川端さんは風呂から出たときなどによくくしけずっていた。川端さんが死んだとき、棺の中へ「愛用の原稿用紙、万年筆、クシなどを入れた」と新聞記事に書いてあった。クシに目をとめたのは、さすがだと思った。川端さんはクシを日常愛用していたものだ。

ある日、私がその三畳の部屋に入って行くと、先客があった。千葉かどこかの大学生で、川端さんに講演を頼みに来たのだった。一旦ことわられたけれど、なおまだねばるのだった。川端さんは一言もしゃべらない。学生は取付く島がないように、困った様子をして坐っていた。

私は原稿の催促に来たので、すぐ用事がすんだ。それから私はしばらくその場に坐っていた。それでも時折川端さんと口を利いた。学生のように口をつぐんだきりになることはなかった。私は学生が可哀そうになって、少し言葉をかけてやればいいのにと思った。川端さんは依然として黙して口を利かない。学生はとうとう根負けして、空しくかえって行った。

後日、ある支那料理屋で会合があったとき、私は参会した。私は川端さんや横光利一氏、中河与一氏などと同じテーブルに着いた。おどろいたことには、はじめからおしまいまで、三人で一言もしゃべらない。私は息苦しかったが、本人たちは少しも息苦しそうにない。それかといって、不機嫌ではない。腹を立てているのでもない。三人とも至極あたりまえの表情をしている。平生からそんなことに慣れているから、平気でいられるのだ。神経の太いのに私は驚いたものである。会の間中一言もしゃべらないで押し通した。神経の太いのに私は驚いたものである。それを思うと、川端さんが離れで、大学生相手に黙っていられたのは少しも不思議ではない。極く当り前のことだったのである。

新人作家として少しは名の知られている八木君（仮名）が、一時川端家で書生をしていたことがある。ある日、川端さんが寝呆けて、私が訪ねないのに、訪ねて来たと言って、それを取り次がなかったと言い張って利かなかったそうである。どんなに釈明しても、川端さんは怒って利かないものだから、八木君はとうとう私に手紙をよこして、川端さんに釈明の手紙を書いてくれと言って来た。「私は×月×日の午前中には、あなたを訪問しない」と川端さんに書いて、私は誤解をといてやったことであった。頼まれている原稿が気になって、寝呆けたのであろう。作家にはよくあることなのだ。八木君は間もなく川端家から姿を消した。折角出かかっていた名前もしぼんでしまった。彼は日本浪曼派の作家であった。

川端邸から通りをへだてて、公園寄りの上野桜木町に、宇野浩二氏が住んでいた。宇野氏は、その当時頭が可笑しくなっていた。私はそれでも、ちょくちょく原稿の催促に通っていた。ある朝、私は宇野氏を訪ねようとして、公園を歩いていた。図書館の前あたりまで来たとき、犬を引いて散歩に来る川端さんに出会った。シェパードらしく逞しい犬三、四匹を連れていた。川端さんが引いているというより、犬に引かれている恰好で、川端さんは反り身になっていた。

そのころ、川端さんのお宅へうかがうと、それらの犬が、ズサ、ズサと座敷中を駆けずり廻っていた。

その時分には、宇野氏の病気のことが話題になった。「宇野さんは、童話を書いて、税金を払うそうですよ」と、川端さんは感心するように話した。「おれだったら、払わないですよ。童話を書いて払うなんてしませんよ」と、取れるような言い方だった。

「改造」に書いてもらった川端さんの作品は、「浅草紅団」の続篇のほかに、「水晶幻想」「鏡」「落葉」「『鬼熊』の死と踊子」「慰霊歌」「二十歳」「禽獣」などである。「水晶幻想」と「鏡」とは、伊藤整君の「意識の流れ」の手法を模したものである。川端さんが新しいものに触手をのばす好奇心をうかがうことが出来るのである。このうちで、一番傑作であり、書いてもらうのに苦心したのは、「禽獣」(改造・昭和八年七月号)である。

その月も〆切が迫って来た。毎日出張校正に通い、校了も間近になった。私は毎日出社前に、川端さんの家へ行った。私の住居が駒込であったから、鶯谷から行くと、川端家は比較的便利で、近かった。私が行く度びに、原稿は一枚も出来ていない。「明日はきっと」と言ってかえるが、その翌る日になってみると、約束の原稿は出来ていない。もし五枚でも十枚でもできていれば、それを渡してくれた。そして、午後には奥さんが必らず原稿料をもらいに来た。川端さん自身が原稿料をもらいに来たことは一度もない。原稿を一枚も渡してくれないところをみると、川端さんは一枚も書けなくて苦吟しているにちがいない。そう思うものだから、私は威丈高になって催促をしない。催促をしないようで催促をするのが、私の原稿を取る流儀である。私の催促は弱いのである。川端さんは向う意気の強い雑誌記者は苦が手で、私のようにおとなしい雑誌記者に好意を持っていたようである。

一日延ばしに〆切を延ばしていたが、明日はいよいよ校了でギリギリの〆切という日、「明日きっとまちがいなくお願いします」と念を押して、私は川端邸を辞した。奥さんも、もう一日だけ待って下さいと懇願した。

翌る朝、私は薄氷を踏むような気持で川端邸を訪ねた。原稿は出来ていたのである。一晩で出来ていたのである。「文学的自叙伝」の中に、「私が第一行を起すのは、絶体絶命のあきらめの果てである。つまり、よいものを書きたいとの思ひを、あきらめ棄ててかかるのである」と川端さんは書いているが、それを実地にやったのである。それは三十二、三枚の「禽獣」という作品であった。虚無の風が胸の中を吹き抜けて行くような作品で、多くの人に感銘を与えた。川端さんの代表作の一つに数えられている。

その後、私が最後に行った時のことを、奥さんが話してくれたことがある。あのとき奥さんが出て来て、もう一日待ってくれと交渉していたとき、川端さんは奥さんの脇の障子のかげに坐って、両手を合せて、私を拝んでいたそうであった。その拝礼が通じて、私はもう一日待つと言ったのである。

5

昭和八年の夏、改造社では文芸雑誌「文芸」を創刊することになった。これは、現在河出書房新社から出ている「文芸」の前身、すなわち本誌の前身である。そして私が編集主任になって、発刊の準備をした。改造社では、社長があらゆる雑誌の編集長で、編集長に当る人はすべて、編集主任なのであった。

十一月に創刊号を出すことにきまった。編集方針は、調子の高いものと同時に広く一般の人に受けるために、通俗に堕しない範囲で、調子を落した原稿も載せることにした。例えば、竹久夢生氏（夢二はその当時夢生と言っていた）に絵と文を頼んだ。そこで、川端さんには一般向きの「小説作法」をたのむことにした。

川端さんは承諾した。そのとき、私は「永井荷風の『小説作法』のようなものを書いて下さい」と言った。川端さんは「それが読みたい」と言った。「社にかえってからお送りします」と私は約束した。

そのあとで、新人作家石坂洋次郎のうわさ話をした。石坂君はそのころ、秋田県の中学の先生をしていたが、「若い人」の冒頭七、八十枚を「三田文学」に発表して、好評を呼んでいたので、「文芸」創刊号にも創作をたのんでいた。

私は社にかえると、早速円本（現代日本文学全集）の「永井荷風集」を川端さんに送った。

こうして出来たのが、「末期の眼」というエッセイだった。先輩社員に読んでもらうと、むつかしくて、よくわからないと言った。原稿が多すぎて取捨に迷っていたところだったので、私はこれ幸いと思って、次号（十二月号）に延ばすことにした。もったいないことをしたものだ。

私たちが熱海に旅行して、川端さんと一緒にかえって来た直後のころ、川端さんは「春景色」という短篇を「改造」に持ち込んで来た。われわれ編集のものが読んだけれど、よくわからないというのが大勢の意見だったので、そのまま返してしまった。新感覚派の文学は、われわれには十分理解出来なかったのだ。先には、わからないというかどで原稿を返され、今またわからないというかどで一月くり延べさされた。川端さんは、後から来る人たちによって理解されないという不幸を背負っていたのだ。それとも、人より進みすぎている不幸を背負っていたと言えるかも知れない。

「末期の眼」はいよいよ「文芸」の十二月号に載った。それから今日まで、このエッセイは川端さんの最高のエッセイとなるのである。否、日本文学史において、最も特徴ある論文である。将来にわたってもそうであろう。私が最初に企画したように、ほとんど小説作法的な面影は消えている。しかしもとは、あくまでも小説作法であったのである。怪我の功名と言うべきであろう。川端さんの自殺に当っても、最もしばしば引用されたのは「末期の眼」の一節である。それに出合う度びに、私は誇りを感ずる。私の「文芸」編集時代は短く、一年足らずであったけれど、「末期の眼」を書いてもらった手柄によって満足に思っている。

それから二、三年経って、川端さんから小包がとどいた。なんだろうと思って包みを解くと、いつか用立てた「永井荷風集」であった。川端さんの義理堅さにおどろかされたものである。

6

「文芸」は順調に発展した。第二号で番匠谷英一氏の戯曲「源氏物語」を載せて、発行部数一万を突破した。同僚誌であると同時に先輩誌である「新潮」を凌駕する勢いを示した。当時文学雑誌で一万部以上も出ることは異数だったのである。

しかし、不幸は最も幸福な時にやって来る。その翌る年の四月のことであった。谷崎潤一郎氏の「春琴抄」を劇化するので、それを「文芸」に載せて欲しいと、久保田万太郎氏から申し入れがあった。願ってもないことだから、私たちは喜んだ。しかし、久保田氏は例の遅筆だから、四月号に間に合わなかった。関西へ旅行中だった社長がかえって来ると、戯曲「春琴抄」は「文芸」に載っていない。それで社長は激怒した。「文学青年の読むような雑誌を作っては駄目だ。そんなのは売れないよ」と社長はどなった。

戯曲「春琴抄」の載っていない雑誌は、文学青年向きであり、戯曲「春琴抄」が載ると大人向きだと単純に判断したのだ。この一言は私にはこたえた。社を辞めようとする思いがきざして来た。こんな社長の下では働けないと思いはじめたのだ。日がたつにつれて、私の心は一層その方に傾斜した。社長はそれに感づいたのか、機嫌を取るように酒を飲みに連れて行ってくれたりしたが、私の機嫌は直らない。

その時期の或る夜のことだった。私は川端さんと一緒にタクシーに乗ってかえって来た。どこで乗ったか、どこで降りたか覚えていない。そのうち、川端さんは私の左手をぎゅっと握ったのである。私の全身に戦慄が走った。自分は愛されているのだと思うと、私はうれしくもあり、また恥ずかしくもあり、私は握られた手で握り返えすでもなく、手を払うでもなく、されるがままにしていた。川端さんは私がなんの反応も示さないので、愛想をつかしたろうか。それでもやっぱり好意を持ちつづけただろうか。

後に、川端さんは「少年」という中篇小説を書いた。中学校の寄宿舎で同室した少年に同性愛をする小説である。それと同じ気持を私に抱いたのではないかと思ったものだった。それにちがいないと思った。

それからしばらく経って、私は社を辞めようとして、休みはじめた。川端さんが心配して、同僚の一人に言伝をたのんでよこした。「伊香保かどこかの温泉に行ってはどうか」というのだった。費用を川端さんが持ってくれるというのか、川端さん自身が一緒に行ってやろうというのか、わからなかったが、私は愛想づかしをされていないことを知って、安心した。でも温泉へ行くのは気が引けて、私は遠慮した。

そのころ、私が家でブラブラしていると、川端さんから舞踊会の招待状が来た。川端さんがひいきにしている梅園龍子の踊りの発表会が、朝日新聞社の講堂で催されるのである。当夜はひどい降りであった。私は女房を連れてびしょ濡れになって、朝日講堂へ出かけた。私は和服に下駄ばきであった。会場では川端さんや堀辰雄君らに会った。

梅園龍子は美しくて、踊りは上手であった。それにしても、貫録が少し足りないように思われた。痩せて骨張っていた。浅草から檜舞台に出たので、固くなっていた。かえりは銀座の千疋屋へ寄った。

その年の秋、私は父危篤の電報で、七年振りに帰郷した。まだ正式にやめていなかったので、改造社の社長に泣きついて、三十円を借り、それに漱石全集の廉価版を十円で売り、四十円の旅費をととのえて、妻子三人を連れて帰って行った。

幸に父の病気は快くなったが、私は心身ともに衰えて、そのまま都落ちの恰好になって、親の脛をかじりながら、しがない生活を三年の間送った。

二年目の春であった。私は少しでも養蚕の手助けをするつもりで、桑の葉をちぎっていた。丁度雨が降っていて、桑の枝を軒下の縁台の上に拡げていた。その時、郵便配達が来て、小包を一つ、置いて行った。川端さんからの小包であった。開けて見ると、野田書房版の「禽獣」であった。私は何となく、胸が熱くなった。尻をひっぱたかれたような気持もした。

この「禽獣」は、今でも故郷の生家に保存されているにちがいない。

ブロンズの首

1

私の病室の（脳出血）の枕元に、私のブロンズの首がある。屏風の外、整理箱の上に乗っかっている。私が元気だった時分に冠っていたハンチングをかぶせてある。ハンチングはブロンズ色をしているので、ハンチングがブロンズの一部分であるように見える。

「おれが死んだら、これを田ノ口へ送ってくれ」

私は家人にそう言ってある。田ノ口は私の故郷である。いま故郷の家には、年老いた母と妹が住んでいる。何年も先になると、妹一人になるかも知れない。とにかく、記念として故郷に残しておきたいのである。

制作者は、もと新制作協会の会員であった故久保孝雄君である。久保君が新制作協会の会員になったときは、会員のうちで一番若かった。前途を嘱望されながら夭折したわけだ。久保君は、明治の有名な文学者・久保天随の子か孫か、いずれにしても、天随の身内の者だったように聞いている。

このブロンズの像は、久保君の代表作の一つである。この作のできて間もなく、個展が催おされた。そのとき、毎日新聞で脇本楽之軒が激賞したのである。作品の写真も載った。この展覧会には、武者小路（実篤）さんの首も出品された。モデルが有名な人であるから、この方が好評を博するだろうと思っていたのに、無名の私をモデルにした作品が好評を博したのに反し、武者小路さんをモデルにした作品は無視されたのである。久保君は寡黙の人であるから、表立って自信があるように話したことはなかったが、心中では多分自信を持ったことだろう。単にモニュメンタルな作品としてのみ仕上げたのではなく、芸術として高い境地をも志して仕上げたものだったにちがいない。

私もこのブロンズの首が好きである。古典的に落ち着いていて、コクがある。いつまで見ていても見飽きることがない。真正面から見ると、顔が扁平に見えて少し物足りない。横顔を見ると理想的である。耳、眉、あごなどが立体的に引き立って見える。中学一年のとき、博物の先生が骨相学に凝っていて、私のあごをほめてくれた。それを思い出させる出来栄えで、二十年前の作品であるが、前頭部はすでに髪が薄くなっている。

久保君のパトロンになって、アルバイトをさせてくれたのは、森田久雄さんという実業家である。森田さんは私と同県の出身で、今は堀切バネ会社の社長であるが、その時分にはたしか副社長だった。鴨居に頭がつかえるほどの長身であるのが特徴であるが、心の広い、あたたかい人である。私は関西の大学を出た甥をバネ会社に入れてもらったが、そのとき親戚の友人もついて来て、一緒にバネ会社に採用してもらった。彼等は今相当な地位についている。甥はアメリカへ行って来た。

久保君のパトロンになったことでもわかる通り、森田さんは芸術を愛好する人である。どうしたきっかけで、二人が知り合いになったのか私は知らない。私のほかに、やはり同県出身の植物学者牧野富太郎翁や政治家林譲治氏のブロンズ像を久保君に作らせている。

牧野翁はその当時、夫人をなくされて、長女の鶴代さんと一緒に暮していた。森田さんが近づき願ったころは、耳は遠かったが、至極元気で、採集した植物の押し花を一つ一つ丹念にスクラップされていた。その翁の温顔を、久保君は彫塑した。鶴代さんがそばにいて、あれこれと注文をつけるので、ちょっとやりにくかったと久保君は言っていた。少しでも立派に仕立ててもらいたいという肉親の慾目だったたであろう。

森田さんが、牧野翁に書いてもらった色紙には、つぎのように書かれている。

烏兎匆々九十二年ハ夢と過ぐ
百年に近付く路は尚遥か
昭和二八夏　牧野結網　九十二歳

「結網とはどういう意味ですか」と森田さんはたずねた。

「支那の古い本に『魚を見て羨やむよりは、むしろ退いて網を結ぶべし』という好きな文句から取った」と、牧野翁は答えた。

　練馬区大泉にある牧野記念庭園を訪ねて行くと、久保君が制作したブロンズ像が、記念館の棚のすみっこにほこりにまみれて、静かに眠っているそうだ。

　林譲治氏が亡くなったとき、私は友だちと一緒にお悔みに行った。林さんは郷土の先輩であるのみならず、同郷の文化人で出していた同人雑誌「南風」の同人であり、「南風」という題字を書いているのだった。「南風」は今日でも年二回、細々としてつづいて目下四〇号である。「南風」という題字も林さんの書いた字を踏襲している。

　私たちがお悔みを述べて帰りかけると、簞笥の上に、久保君作の林さんのブロンズ像が置いてあった。

「これ、久保君の作ですねえ」と私は小さな声で驚いた。

「ええ、これを抱いて寝ますよ」と未亡人は気負って言った。このブロンズが、かわゆくて、かわゆくてたまらない様子で言った。未亡人は今でもそのブロンズ像をかわいがっているにちがいない。

　法政大学の中庭には、久保君作の野上豊一郎元総長の胸像が立っているそうである。野上氏はすでに死んでいたので、写真を見て制作したものらしい。野上弥生子夫人はそれを見て不満がった。「きつすぎる。もっとやさしい人だった」と言ったとか。世の夫人から見れば、あらゆる夫君はやさしく見えるのだと思って私はおかしかった。写真を見て作ったのだから、実際と違って、少しきつく制作せられたのかも知れない。

久保君は、森田さんに連れられて、初めて私の宅へ来た。そのときの写真が残っている。二人が堂々としているに反し、私はさなきだに貧相なのに、第一次脳出血のあとだったので貧寒に見える。久保君は終始黙っていて、鼻の穴をほじりながら、二人の話をきいていた。その間も、微笑を絶やさなかった。

そのあくる日から二日がかりで、久保君は私をスケッチした。鉛筆と画用紙で、私を前後左右から器用に描いた。

それから二、三日経って、久保君はちょっとスケッチしただけで、あらかた出来た私の塑像をのせた彫塑台を、私の家に運んで来た。それを狭い庭に据えて、仕事に取りかかった。庭には霜柱が立っていた。

私は病後なので、どてらを着て、大きな火鉢を抱えて、縁側に坐った。疲れるので蜜柑を用意してときどき食べた。久保君はその私を見詰めながら、粘土をこねた。ロマン・ロ一ランは彼を彫塑する高田博厚に向って、「君は指先で思索しているんだ」と言ったそうだが、久保君の指先を見ていると、正しく思索しているのだ。あるときは、目を細めて、粘土を小さくちぎっては、塑像にくっつけた。あるときは、へらで余分な粘土を削り取った。またあるときは、小さな角材をもって、あごの先や後頭部を叩いた。そうして粘土をかためるのだった。叩くたびに、私の頭の芯にひびいて痛かった。

「彫刻家は絵かきに比べて、扱う色彩が単純ですから、その点苦心が少いでしょうねえ」

と、私は退屈なときには無駄ばなしをした。

「彫刻家も苦心するんですよ。その点、絵かきの上かも知れませんねえ」

「そうですか」

「その証拠には、色盲の人の彫刻は駄目ですからねえ、色彩をつかいませんから」

「なるほど」と私は感心した。それで、久保君が眼を細めて見るのが、どうしているかがわかった。彼はそうやって、私の頬に浮ぶ色彩のニュアンスをつかもうとしているのだ。

また、私はこんなことも言った。

「十年経ったら、また制作しようではありませんか。今度は僕が金を出しますから」

「そうして頂けると有りがたいですねえ」

「十年の間には、僕がどんなに変っているか、あなたの技術がどれだけ上達しているかが、わかりますからねえ」

「そりゃ、面白いですなあ」

「それから十年経っても、まだ生きているようだったら、そのときまた作ろうではないですか」

「そのころは七十でしょうから、まだ生きられますよ」久保君は含み笑いをした。「それから先は期待出来ませんから、それまでとして、三つブロンズの像ができます。三つ揃えば、壮観ですよ」

私は三つのブロンズ像が揃っている壮観を想像したものであったが、初めてのブロンズ像を作ってから丁度十年目くらいに、私が第二次脳出血にかかり、次いで久保君が死んでしまった。私は曲りなりにも七十まで生きたが、ブロンズの像を作ってくれるはずであった久保君はもう亡い。今あるブロンズ像だけが残ったのである。それでも不足はないが、残念でないわけではない。

久保君は一日の仕事を終えると、かならず濡らした布で塑像を巻いてかえった。乾燥して、ひびが出来るのを恐れたためである。

久保君は一週間くらい通ったであろう。とうとう塑像は出来上った。久保君は別に気負ったところはなく、内心では出来栄えに満足しているように思われた。私は塑像はよくわからないから、ブロンズで出来上るのが待ち遠しくてならなかった。

最後の仕事が終った日の夕方、「今日は仕事が完成したから、一杯お祝いに飲みましょう」と私は阿佐ケ谷の酒場に、久保君を誘った。塑像は後から久保君の家に送り届けることにした。その酒場には、私の好きな女の子がいるのだった。フランスの画家コローの描いた「少女像」と似ているので、余計好きになった。そのことを久保君に話した。「少女も胸を張り加減に姿勢がよいが、その女の子も九州佐世保の女学生時代、鼓笛隊に入って先頭を歩いたものだそうだから、姿勢はよかった。「少女像」の少女もターバンを巻いていたが、その女の子もターバンを巻いていた。

「なるほど、コローの『少女像』に似ている」と久保君はうなずいた。世界的な名画だから、久保君も知っているのだ。

「そうだ。いつかモデルになってもらって、ブロンズをこしらえてはどうですか」

「生活に余裕が出来たら、是非やりたいですねえ」と久保君も満更ではないらしかった。乗り気を示した。

「是非お願いします」

私はジュースを頼み、久保君はビールを飲んだ。女の子が飲物を持って来た時、久保君のよごれたズボンを眼にとめた。

「これ、どうしたんですか」

「この人は彫刻家ですからねえ、粘土を散らかしているんですよ。絵かきは絵の具を散らかすように」

「へーえ」女の子は久保君が彫刻家と聞いて、あこがれとも驚きともつかぬ眼を輝かした。

久保君は飲んだというほども飲まないで、他愛なく酔っぱらった。もとから酒が強くない上に、今日は仕事が終ってホッとするし、疲れが出たのにちがいない。彼は人がちがったように、おしゃべりになって、何度も私に握手を求めた。

「Kさん、是非元気になって下さい。おかげで、こんな気持のいい仕事の出来たことはありません。十年後には、またお願いしますよ」などと久保君は繰り返した。私も初めのうちは一生懸命力を入れて握り返していたが、おしまいには、あまり度々なのでお義理で握っていた。

しかし、久保君の、からだがグニャグニャするところを見ると、これ以上飲むのは危険だと思った。阿佐ケ谷の駅がすぐ近かったので、彼を伴って駅までつれて行った。国分寺駅までの切符を買ってやって、彼が空席に倒れるように坐って、手を振っているのを見送って別れた。あとで聞くと、その電車は八王子行きだったので、八王子まで乗り越したということであった。

それから、四、五日して、私は塑像を久保君の家に届けた。近所の仕事師の小父さんに頼むと、リヤカーに乗せて運んで行った。久保君の家は国分寺駅の南口だそうである。私は国分寺の遺跡を探るために行ったことがあるが、南口には小さい流れに沿うて、竹藪の家が何軒も並んでいた。久保君の家はその中の一軒であるかも知れない。小父さんは帰って来ると報告をしてくれた。

「細君が出て来て渡して来ました。細君は、鶏のようにはだしでしたが、貧乏してるようで、気の毒でした」

「ううん。なるほどねえ」と私はうなった。われわれ純文学作家と同じく、彫刻家は注文が少い職業だから、生活は苦しいのであろう。久保君は、よっぽど貧乏しているなと想像して、私は細君を痛々しく思った。

その後しばらくして、いよいよブロンズができて来た。自分がブロンズになるなんて、まるで夢のようだった。ブロンズの首は四角な台石の上に乗っていた。ブロンズには肩はない。しかし、首を安定させるためには、肩をよく観察して制作せねばならぬと言って、久保君は私の肩を撫でたり、おさえたりした。それが見事に成功したわけである。首はびくともしないで、台石に乗っている。見ていて快い。

それから、真正面から見れば、顔は扁平に見え、横から見れば立体的に見える。それで横から見た方が見栄えのすることを発見したのは、ブロンズを身辺においてから直ぐだった。

その後、小磯良平画伯が美智子妃殿下の顔をいくつかスケッチして、新聞に載せたことがある。その時も、横顔を描いたのが一番見ごたえがした。人の顔というものは、横から見る方が一番きれいに見えるんだなあと、気がついたことだった。だから、自分のブロンズの横顔が立体的で、真正面が扁平に見えたからと言って、気にすることはないと思った。

久保君は彫刻家でも、色彩感覚がなくては立派な彫刻は出来ないと言っていたが、なるほど眉毛、頰っぺた、鼻の頭、あごの先などに、白い影が映っているのを見ると、彼は色彩感覚をもって彫塑したことが分るのだった。色盲であったら、こんなニュアンスは出ないだろうと思われた。

その後、私と久保君との間に、親しい交友がつづけられた。彼の温厚な人柄が好きだった。

昭和三十三年七月、第二十創作集「春の坂」をちくま書房から出した。この本は私の数ある本のうち、最も豪華だった。最近復元版が出た。久保君は、この本の装幀を引受けてくれた。彼は装幀をしたのは初めてだったのではないか知ら。表紙には蹲まる裸婦を一人だけ描いた。その裸婦は肉付が豊かで、背を丸め、横を向いて、その顔を両腕で覆っている。顔はふっくらとしているとおぼしい。それを一眼見て、私はいつか久保君を連れて行った阿佐ケ谷の酒場にいた女の子を思い出した。彼女はもうその酒場にはいなくなっていたし、もしまだいたとしても、彼女の裸体をモデルにしたとは思えない。彼が裸体になってくれと言っても、彼女がそれをがえんじないであろう。それにもかかわらず、彼女を裸体にすれば、その裸婦と同じであろうと思われるのだった。筋肉の盛り上り、背の丸め方、両腕で覆っている横顔のかすかな表情などは、彼女とそっくりと思われた。あの女の子をイメージに置いて、描いたのにちがいない。私はなんべんも本人を見ているから、確信を強めた。彼にそれをたしかめなかったのが心残りである。

あれは五、六年前のことであった。たしか初夏の気持よく晴れた朝だった。新聞で久保君の訃を知った。病名は胃ガンであった。私は悲しく淋しかった。惜しくてならなかった。私の付合う人はいい人ばかりである。久保君は殊に、大人の風格があっておっとりしていた。久保君の死を知ったとき、久保君は崖の上に立っていて、そこから身をおどらせて、飛び込んだような感じだった。

久保君は死の数ケ月前の秋のころ、リンゴを持って私を見舞ってくれた。その時の話に、彼は胃潰瘍の手術をお茶の水のある病院でしたと言った。「八月の暑い時で弱りました」と彼はこぼした。久保君はその時まだやつれてなくて、元気そうだった。彼が私より先に死ぬるとは意外で、信じられないような気持であった。

一周忌近くなったころ、未亡人が私を訪ねて来た。眼鏡をかけて、おとなしそうな人だった。地味な長袖のワンピースを着ていた。久保君の記念の個展を開くので、私のブロンズ像を借りに来たのである。

久保君は自分では胃ガンということを知らずに死んだ。彼は手術をして、それが少し良くなるとよく、病院のあたりを散歩した。お茶の水橋を渡り、ニコライ堂を見物したりして、明大通りや駿河台下の古本屋や、新本屋を冷やかして、疲れて帰って来たこともあった。ある日久保君は、斎藤茂吉の歌集「白き山」を古本で買って来た。久保君は日頃茂吉の歌を愛読していた。「白き山」は読みたいと思いながら、つい読みそびれていたのだった。「白き山」は茂吉の晩年の名歌集で、山形の疎開先で詠んだ秀歌がいっぱいだった。

彼は「白き山」も愛読した。一番好きなのは、次のような歌であった。

運命にしたがふ如くつぎつぎに山の小鳥は峡《かひ》をいでくる
水すまし流れにむかひさかのぼる汝《なれ》がいきほひよ微《かす》かなれども

なかんずく、久保君が好きなのは、巻首の小さな写真版であった。最上川の流れを前にして、川原に坐っている茂吉の写真である。茂吉は黒い洋服を着て、藁で編んだ小さな桟《さん》俵《だわら》（円座）を尻の下にしいて坐っている。投げ出した足には、藁沓をはいている。カンカン帽をあみだに冠って、眼鏡をかけている。横顔を見せて、口の周りには白いひげが伸びている。ポカンと口を開け、両手を組んで、心持背をかがめている。放心の恰好である。歩き疲れて、一休みの態である。

「この写真が実にいいねえ。もう死んでいるから仕方がないけれど、生きていれば誰かに紹介してもらって、それが駄目なら自分で押しかけて行ってでも、モデルになってもらい、ブロンズにとりたいねえ。石井鶴三の『島崎藤村座像』に匹敵する作品を作るんだがねえ」

そう言って、久保君は茂吉の死を惜しんだ。茂吉が生きていても、自分が死んでしまって、ブロンズが出来なくなった。久保君は謙虚で、少しも自信を口に出さないのが癖であるが、この時ばかりは、それを口に出した。彼は自分が死ぬなんて考えてもいないのだった。私は彼が茂吉をモデルにしたい気持に同感した。茂吉は近世の大歌人である。モデルとして不足はない。石井鶴三の「島崎藤村座像」に匹敵する作品を必らず成し遂げたにちがいない。それを思うと、彼が夭折したのが惜しくてならない。

未亡人はこんなことも話した。久保君は晩年にいたって、お角力さんに凝っていた。大関栃光をはじめとして、数多くの力士をモデルとした作品を作った。力士のブロンズはなんとなくユーモアがあった。殊におへそのあたりにユーモアがあった。久保君は力士をモデルにするだけで満足せず、角力を研究するために、自宅の庭に土俵を築いた。そして自分で角力を取った。近所の角力好きな青年を相手にしたり、来客に挑んだりした。ふんどしは二、四本支度していた。大抵の場合、彼が勝った。しかし、彼は勝負にはてんたんであった。

未亡人は大風呂敷を持っていて、それに私のブロンズをくるんだ。タクシーで荻窪の実家まで運んで行った。翌る日あらためて、銀座の個展の会場に持参すると言った。

個展がすむと、未亡人は私のブロンズを返しに来た。小さなレリーフと夏蜜柑をお礼に持って来てくれた。個展は大成功だった。大勢の見物人が来て、私のブロンズも好評だった由。うれしかったのは、森田さんが来てくれたことだった。あとで、築地の土佐料理店で御馳走してくれた。

レリーフは、久保君の死後方々を整理した際、床下から発見された中の一つである。未完成のものや出来上りが不満足のものなどが、アトリエの隅や床下などから発見されたのである。レリーフは、男の裸体が正面から彫ってあって、その男は大きな花籠を捧げ持っている。そのレリーフはいま、私の寝ているそばの床柱に懸っている。一番上に寒暖計、その次がレリーフ、一番下が秋篠寺の伎芸天の絵はがきを糊づけにしてある。四六時中レリーフは私の目に入るわけである。

個展のプログラムを見ると、栃光像や私のブロンズを代表作として掲げてある。最近の傾向として、前衛の試みがあって、それは久保君らしくなくて、私は組みするわけにはゆかなかった。略歴をたどって見ると、享年四十九歳。小田急沿線の中学の絵の教師を二年くらいしていたそうである。

私は久保君と一緒に、長野県の穂高村の碌山美術館へ行きたいと思いながら、それを実行しないでしまったことを残念に思っている。荻原碌山（守衛）は、ロダンの手法を初めて日本に持ち込んだ人であり、日本で最もすぐれた彫刻家である。碌山美術館には、その遺作の大部分が収めてある。一泊でそこへ出掛けることは、恐らく久保君も賛成したであろう。碌山は彼の尊敬するにちがいない先輩であったから、アルプス山中に一泊の旅行することは、二人の友情を深めることになり、思っても楽しいことではないか。

2

過日、ちくま書房の熊本君がやって来た。どうするのか知らないが、私の近著「朱色の卵」十冊に署名をしてくれというので、一週間預っておいて、サインをすませたのを取りに来たのである。

「今度創作集を出すときは、装幀を久保君の息子に頼もうではないですか」と熊本君は切り出した。

「ええ？」私は久保君に子供があるとは思わず、したがって息子に少しも関心を持っていなかったので、一瞬とまどった。

「息子は同じ芸大出身ですが、親父さんとちがって、彫刻科でなくて、洋画科だそうです。得意はやっぱり親爺さんの伝をついで、人物画だそうです。僕はまだ絵を見たこともなければ、本人に会ったこともありませんから、なんともいえませんが、親爺さんの息子ですから、なんか面白いものが出来そうに思えるんですがねえ」熊本君は、「春の坂」の装幀をたのみに行って、「蹲まる裸婦」を描いてもらった当の本人である。

「それもそうだけど、親子二代が一人の作家の創作集に、装幀をするのが、面白くはありませんか」と私は言った。

「勿論それがあります」

「息子さんの絵が、親爺さんの絵よりあんまり見劣りがするようだと困りますがねえ」

「いや、それは大丈夫らしいです。ひとからきくと、なかなかうまいそうです」

「それならいい。どうして息子さんは君のことを知ったのですか」

「お袋さんか誰かから聞いたんでしょう。僕が親爺さんと仲よしだったことを知って、とてもよろこんだらしいです。僕が久保君の家へ行っていた時分に、息子は小学校の五、六年生でしたから、おぼろげに僕のことを知っていたかも知れません。やんちゃらしい男の子が二人おったのを僕は憶えています。今度息子が新制作協会の展覧会に入選したので、ちくま書房あて、招待券を送って来たんです」

熊本君は「春の坂」の装幀を頼みに行って、忽ち意気投合して、仲よしになった。その時分久保君は角力に熱中していて、誰彼おかまいなしに挑戦した。熊本君は中学時代に角力の選手だったので、好い相手であった。しかし、中学を卒業してから一ぺんも稽古しない熊本君と、しょっちゅう稽古をしている久保君とでは、どちらが勝つか、どちらが負けるか、言うだけ野暮だ。ただ、一方が色が浅黒く、片方が色が白い。この二人が土俵の上で闘う姿は、一つの見ものであったろう。

「装幀は久保君の息子さんに頼むこととして……。もう少し作品が足りないから、いま急に創作集を出すわけに行きませんが、もっと先になってからお願いします」と私はあやまった。

「僕もこれから、展覧会を見に行ったり、息子にも会わねばならないしするから、そう急がなくてけっこうです」

「それでは息子さんを一度連れて来ませんか。僕も会いたいと思いますから」

「そう、機会を見て連れて来ましょう」

「久保君と瓜二つかな」

私は久保二世に会えるのをたのしみにしている。

文学のデーモン

解説
富岡幸一郎

小説の力とは何だろうか。

それは人間の生命の強さと儚《はかな》さ、その存在の小さな喜びと悲痛を美しい描写によって描き出すことではないか。

どんな人にも、その人だけが持つ思いがあり、力があり、他の誰とも違った個性がある。現実社会とはその個性がぶつかり合うなかで混濁し、様々な色が混じり合うことで、その人間だけが本来持っている色彩を消してしまうのだが、小説はそこからもう一度、その人だけが持っている秘められた「私」のあざやかな姿態を描き出してみせる。

上林暁という小説家は、この小説の力を一貫して至上のものとして表現した。昭和八年七月に金星堂から刊行された『薔薇盗人』から、昭和五十五年七十七歳で死去した翌五十六年二月に集英社より出された『半ドンの記憶』までの全二十九冊におよぶ創作集は、時代の変遷を貫いて、全くぶれることなく、作家が不断にこの小説の力を信じ、言葉による描写の彫心鏤骨《ちょうしんるこつ》の努力を重ねてきたことを雄弁に物語っている。作品はどれも肉親や知人、そして自身の故郷と経験に材を得たものであり、生涯に長編は一つもなく、いわゆる波瀾万丈の物語を記すこともなかった。しかし、その強靱で豊かな筆力は、堂々たる余人の及ばない文学世界を創り出した。

昭和二年、東京帝国大学英文科を卒業した上林は、改造社に入社、「改造」や「文藝」の雑誌編集者の仕事をはじめるが、同人雑誌「風車」に習作を書き続けながら作家として発つことを胸にひめていた。

《僕は将来、自分が立派な作品を書いて、持て囃されたりなどしたいとは思わぬ。ただ、コツコツと努力を重ねて行って、最後まで、少しずつでも登ってゆく作家になりたい》「小説を書きながらの感想」（昭和十七年）という一文に作家はこう記しているが、この「最後まで、少しずつでも登ってゆく」こと、その小説の言葉に賭けた登攀は驚くほどの高みへと読者を連れてゆくことになる。

本書の最後に収められている「ブロンズの首」は、昭和四十八年に発表された上林の後期の代表作（第一回川端康成文学賞）であるが、自分の首のブロンズ像を制作する彫刻家の仕事ぶりをこう描いている。

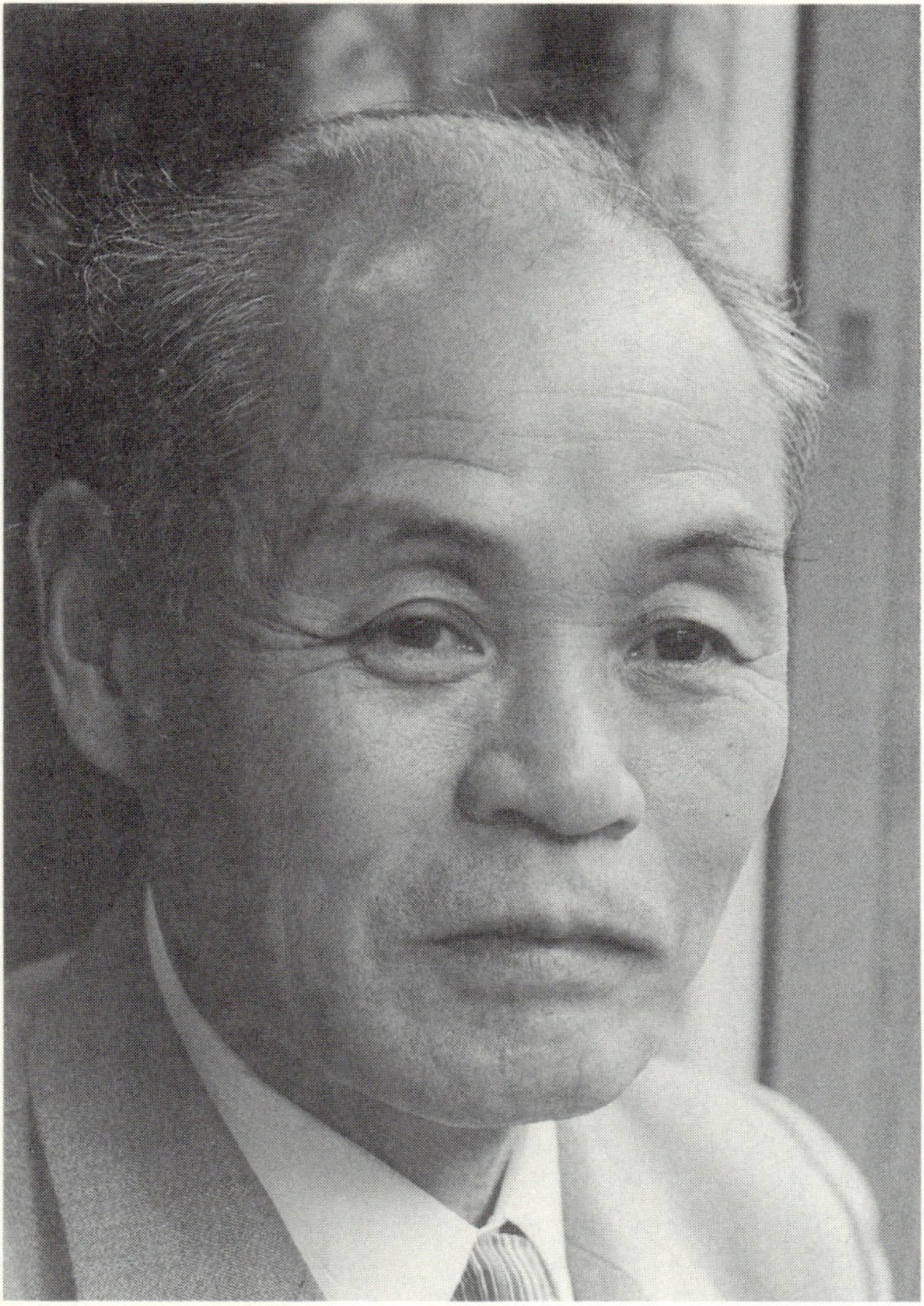

上林暁（昭和34年頃）

私は病後なので、どてらを着て、大きな火鉢を抱えて、縁側に坐った。疲れるので蜜柑を用意してときどき食べた。久保君はその私を見詰めながら、粘土をこねた。ロマン・ローランは彼を彫塑する高田博厚に向って、「君は指先で思索しているんだ」と言ったそうだが、久保君の指先を見ていると、正しく思索しているのだ。あるときは、目を細めて、粘土を小さくちぎっては、塑像にくっつけた。あるときは、へらで余分な粘土を削り取った。またあるときは、小さな角材をもって、あごの先や後頭部を叩いた。そうして粘土をかためるのだった。叩くたびに、私の頭の芯にひびいて痛かった。

これは上林暁自身の創作の風景でもあったろう。粘土をこねて、ちぎってはくっつける。その細かい作業の倦むことのない繰り返し。ひとつの短編を書き、そのなかに或る人間を描きとめるとはまさに言葉による彫刻である。

昭和二十七年の正月、上林は高血圧から軽い脳溢血を患い、以後三年は禁酒をして、『姫鏡台』（昭和二十八年四月、池田書店）をはじめ毎年のように創作集を出していくが、昭和三十七年、六十歳の年に脳出血で倒れる。半身不随と言語障害によって執筆はできなくなるが、口述筆記による『白い屋形船』（昭和三十九年十一月、講談社）を刊行し、同書で読売文学賞を受賞する。作家は以後自らの身体の困難と闘いながら、一作一作のうちに、人間の存在の実相を刻みつけるように描いていった。「コツコツと努力を重ねて行って」という言葉は、不撓不屈の小説を書くことへの思いに支えられて、途絶えることなく二十九冊の創作集へと結実する。

「薔薇盗人」は昭和七年に雑誌「新潮」に発表されるが、この最初期の作品には上林暁の生涯を貫く作家的資質がはっきりと現われている。当時、文芸時評をしていた川端康成はこの作を評して「生活を見ている眼の誠実の手柄」と指摘したが、五つになる哀れな妹のために学校の庭に咲いていた真紅の薔薇の花を盗み取って来た少年仙一の姿は、中指が一本足りない父親の喜八の描写などとともに、対象を見る作家の「眼」の光るような鋭さと、その描くべき人間を深く包み込む優しさにおいてきわまっている。この作品は作家自身の生活体験に基づいてはいないが、ここで素材になっている仙一、由美江、喜八、松原先生、芝居小屋に一緒に行こうとする友の道夫らの登場人物たちは、作家の美しい描写の力によって生命を賦与されている。それは少年の手によって折られ、すでに萎びかけた薔薇の上にも鮮烈に投影されている。

その垢染んだ（注・由美江の）着物の胸に、まっ紅な薔薇の花を徽章のようにくっつけて、仰向けに寝転がっているのである。夜になっても電気燈は勿論、洋燈も蠟燭もつけず真っ暗なまま、昼でも薄暗いこのあばら家のなかで、薔薇の花だけが、派手な、それだけ不気味な強い色彩で輝いている。

作家の「眼の誠実」と川端がいったのは、上林暁が、描かれる対象にたいするいたわりを内に含み、そのことにおいて人がそこで生きている真実の姿を浮き彫りにしている点であろう。上林文学はしばしば私小説の伝統のうちに位置づけられ、実際に身辺を描いた私小説風の作品が大半をしめているのだが、注意しなければならないのは、それは自己の感性を絶対化して、他者の内実を暴き出すリアリズムとは対極にあるということだ。志賀直哉などの私小説が、しばしば「私」を絶対化することでエゴイズムとリアリズムを取り違えてしまう文学的な罠に陥っているのにたいして、上林暁の「私小説」はつねに他者を包含し許容することで、また自然をはじめとする森羅万象を受け容れる姿勢を保つことで、描くべき存在に生命の息吹を注入し活力を回復させるのである。

「ブロンズの首」で彫刻家が粘土をかためて、小さな角材で「私」の像の「あごの先や後頭部を叩」くたびに、「私の頭の芯にひびいて痛かった」というさり気ない一行は、作家自身の創作の秘密を伝えて興味深い。つまり、そこでは創る者とその対象者たる者が、主体と客体として分離するのではなく、むしろ共鳴し合うことでひとつの親和的世界をつくり出すのである。その意味では上林暁の「私小説」は日常的リアリズムの世界を描きながら、自己と他者、「私」と「世界」のあいだの深い現実の断絶を乗りこえていく描写力を持っている。

「野」は昭和十五年に「文藝」に発表された作品であるが、生活に困窮し不遇の意識に苛まれる「私」の「精神の所産」としての「野の風景」が描かれている。林のなかに忽然とあらわれた神学校の庭や、牧場の敷地や田圃の小径、そしてかつて友人たちと夏の暑い日に訪れたZ池の光景などが見事な描写で書かれているが、「私」の心はその季節によって折々の変化を見せる風景を啓示のように受けとめる。その受容が、沈みがちな「私」の精神を静かにおおらかに解き放ってくれるのである。その自然描写の手法は比類ないものであり、上林文学の本質がよくあらわされた傑作といっていいだろう。

啓示という言葉を今用いたが、「聖ヨハネ病院にて」は敗戦の翌年に三十八歳で逝った妻の闘病生活に材をえた作家の代表作のひとつであり、病み衰えゆく妻のために、看病に疲れながらも「私」は共に「美しい生活」を求めようという、まさに神の啓示を受けるのである。日曜日の朝、構内の会堂で行なわれる弥撒《ミサ》に参列した「私」は、突然次のような言葉を「一種の宗教的陶酔」を覚えながら呟くのだ。

「自分は、如何なる基督教徒よりも、もっと基督教徒的でありたい」

それは聖書も知らず、基督教の何たるかも知らず、異端者のように会堂に一人佇む自分にとってまさに神的な啓示であった。

道は遠きに求むるに及ばず、また信仰は神に憑る必要はない。自分の身近かには、妻という癈人同様の人間が居るではないか。眼も見えなければ、頭も狂っていて、その苦痛をすら自覚しない人間が居るではないか。この人間を神と見立ててはいけないだろうか。この人間のために、もっともっとやさしく、もっともっと自分を殺してやれば、自分は基督教徒ではないけれど、彼等以上に基督教徒的であり得ないことはないはずだ。そうすれば、道はおのずから求められ、神はおのずから身を寄せて来るにちがいない……。

「この人間のために」とは、最も身近で最も親しい妻のためにということだが、その妻はすでに廃人のようになり死を待つだけの存在でしかない。そして、それは身近な存在であるだけに、「美しい生活」の共生を求めながらもつねに自分のエゴをぶつけざるをえない対象なのだ。「聖ヨハネ病院にて」は、この個我の葛藤と人間のエゴイズムを深くとらえながら、この瞬間の啓示によって現実をこえた神々しい夫婦愛を描くことに成功しているといってよい。

私小説が一般に肉親や血縁、夫婦や親子の赤裸々な現実を残酷なまでに描くことで、人間的リアリズムを映し出そうとしたのにたいして、上林暁はそうした現実を認めつつ、なお人間の持つ超越的な感覚――それは自ら「死」に接近した体験を基にして書かれた「白

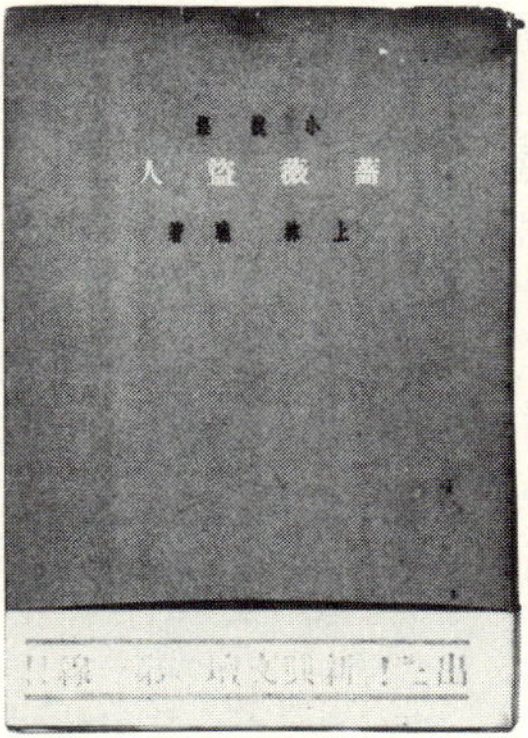

『薔薇盗人』表紙・帯
（昭8・7　金星堂）

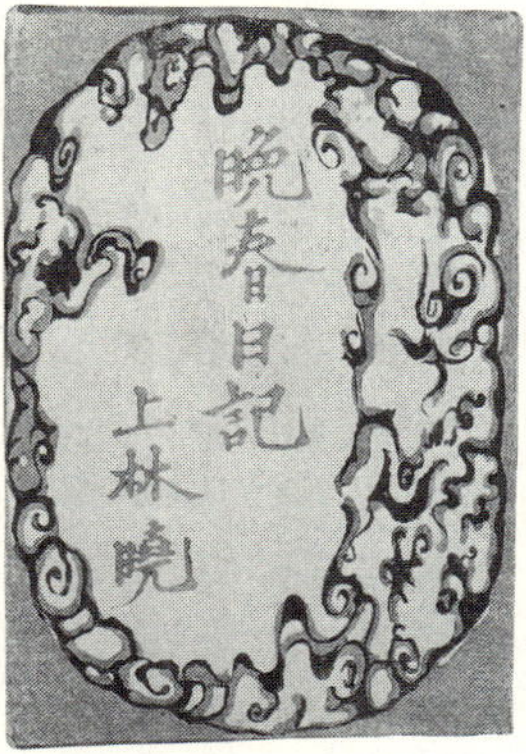

『晩春日記』表紙
（昭21・9　桜井書店）

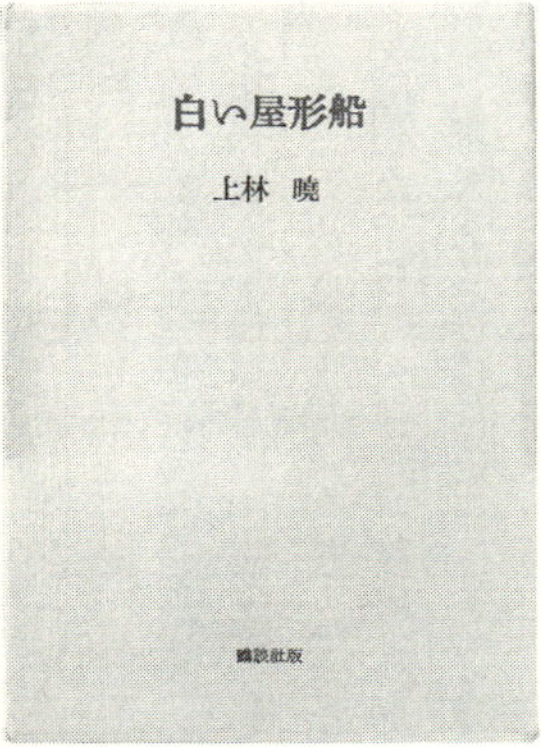

『白い屋形船』函
（昭39・11　講談社）

『半ドンの記憶』函
（昭56・2　集英社）

い屋形船」の不思議な幻想的世界によく描かれている——その祈りにも似た感覚を、作品の要におき、クライマックスにしているのである。

もうひとつ本書の表題作にした「大懺悔」という奇妙な味わいの作品にふれておこう。熊本の五高で同期であり、大学の英文科入学後に多少の交渉があった山田晋道師なる人物の数奇な人生を描いたこの小説は、作家の宗教的なものへの関心と反抗をにじませていて興味深い。仏教の伝道者としてその独自な個性を発揮しながら、その主人公が、父の宗派とは異なる信仰をえた次男の激しい反発と憎悪の前に崩れ去ってゆく姿は、生の光と死の闇を交錯させ慄然とさせるものがある。山田道師の破滅は直接には俗世の女の問題であると書かれているが、ここにはあきらかに父と子という血縁の奥深い葛藤がもうひとつの秘められた主題として揺曳している。

上林暁がその実父・伊太郎と実生活においてどのような関係にあったかはあまり知られていないが、旧家の造り酒屋であり小学校長や村長をつとめた地元の名士たる父親と、家業を捨てて小説家となった息子との関係は、かならずしも一様に尋常なるものではなかったであろう。

「美人画幻想」は父親が伊東深水の「指」という美人画の迫真性に感心しその絵葉書きを買ったというエピソードからはじまるが、病に倒れた父のことを見舞いにもいかない息子の「私」は、あれこれと空想しつつ、父親がこの絵のサンジュアリテ（官能性・肉感性）

に魅かれていたのではないかなどと考える。そして晩年に女色に狂った猪之吉小父のことへと話題は移るが、父の存在を「私」が静かに受けいれるところで作品は閉じられている。上林暁には「父イタロウ」という自分と同じ脳溢血で苦しむ父を描いた作品もあるが、実父の存在というよりは、父性的なものとのひそやかな戦いが、その文学の根底には流れていたようにも思える。

川端康成の自殺を知った日のことから、文学の師としての川端の回想を綴った「上野桜木町」も、先輩の尊敬する作家にたいする思いという以上に、この作家の内にある父性的なものへの戦慄と共鳴を覚えていたことの告白ではないだろうか。そして、この「父性」は人間の生命を創造し、その喜びと悲しみを深い波のように繰り返しもたらす「神」という遥かな超越者の、限りなく優しくそして不気味な表情に重なっていたのではないだろうか。本書の各編を読みながら、その一個一個の作品の感動の底に、この不世出の作家を最後まで突き動かしていた文学のデーモンが、なお大きな謎として横たわっている感を否定しがたいのである。

年譜

上林　暁

一九〇二年（明治三五年）

一〇月六日、高知県幡多郡田ノ口村（現・黒潮町）下田ノ口に父・伊太郎、母・春枝の長男（二男五女が続く）として誕生。本名は徳廣巖城《いわき》。小学校教員の父は単身赴任が多く、母と祖母・安以《あい》と過ごす（特に祖母の愛情を受けた）。父は後に教員を退職し村の収入役に。百舌鳥《もず》を愛し、俳句や釣り・酒を嗜み、造園に凝る姿は巖城に影響を与えた。

一九〇九年（明治四二年）　七歳

四月、下田ノ口尋常小学校（現・田ノ口小学校）入学。二日目に嫌気が差し、父が激怒。後には級長になった。父が酒造業に着手。

一九一五年（大正四年）　一三歳

三月、小学校卒業。四月、高知県立第三中学校（現・中村高等学校）へ進学し、往復約一六キロを徒歩で通学。一一月、大正天皇即位式の日に腸チフスにかかり、三週間生死の狭間をさまよう。同月、父が村長になる。病床で日記をつけ始め、三〇年頃まで続く。

一九一七年（大正六年）　一五歳

「文章世界」を通じ芥川龍之介や有島武郎などの文学に関心を抱く。村の友人らと回覧雑誌「かきせ」を始める。

一九二一年（大正一〇年）　一九歳

三月、中学校卒業。四月、熊本の第五高等学

校文科甲類に入学し習学寮入寮。秋、校友会雑誌「龍南」の懸賞小説で「岐阜提灯」が三等入選。翌年には雑誌部委員としても活動したほか、在学中に小説・戯曲各三編を発表。

一九二二年（大正一一年）二〇歳

三月、足摺岬方面に無銭旅行。四月、寮を出て熊本市上林町に下宿。

一九二三年（大正一二年）二一歳

七月、高知県立農林学校在学の弟・那翁城が急死。帰郷するが葬儀には間に合わず。

一九二四年（大正一三年）二二歳

三月、五高卒業。帰郷し病床の祖母を見舞う。四月、東京帝国大学文学部英文科入学。本郷区台町の千鳥館に下宿。上京後数日して祖母の訃報に接する。イギリス詩人エドモンド・ブランデンに学ぶ。

一九二七年（昭和二年）二五歳

三月、大学卒業。前年末、大正天皇崩御の号外の朝に書き終えた卒業論文は"Love and Humanity of Mrs. Browning"。四月、長野県立屋代中学校教諭として赴任予定であったが、改造社の入社試験に合格し同社に入社。『現代日本文学全集』の校正・宣伝作業を経て「改造」編集部に移り、原稿取りなどで作家との接触が始まる。五月、五高時代の友人と同人雑誌「風車」を創刊。改造社員は外部での執筆を禁じられていたため、上林暁の筆名を使い始める。熊本での下宿の地名「上林」と、字体が気に入っていた「暁」に由来。

一九二八年（昭和三年）二六歳

五月、「夜の自転車」（「風車」）。八月、郷里で田島繁稲（高知市在住）の長女・繁子と結婚。小石川区戸崎町の間借りを経て、一二月に市外巣鴨町駒込アパートに新居を構えた。

一九三一年（昭和六年）二九歳

一月、「風車」休刊。四月、「文藝レビュー」（伊藤整・福田清人・瀬沼茂樹ら）と合併し

「新作家」創刊。六月、「欅日記」(「新潮」)で商業誌デビュー。長女・伊禰子誕生。
一九三二年(昭和七年) 三〇歳
一月、「新作家」の後身「新文藝時代」創刊。八月、「薔薇盗人」(「新潮」)。
一九三三年(昭和八年) 三一歳
三月、市外滝野川町西ヶ原に転居。五月、長男・育夫誕生。妻が出産後の静養で鎌倉に別居し二妹・彌生が手伝いに上京。七月、初の創作集『薔薇盗人』刊。「文藝」(一一月創刊)の編集主任に。一一月、二三年九月の天草旅行による「天草土産」(「新潮」)発表。
一九三四年(昭和九年) 三二歳
四月、文筆生活を決意し改造社を退社するが生活が不安定になる。一〇月、父重病のため妻子を連れて帰郷、そのまま郷里で過ごす。
一九三五年(昭和一〇年) 三三歳
四月、改造社を正式退社。一〇月、中村町の幡多病院で肥厚性鼻炎の手術をし、出血多量で一時危険な状況になる。
一九三六年(昭和一一年) 三四歳
二月、二・二六事件下に妻子と上京。三月、杉並区天沼二丁目(現・天沼一丁目)に落ち着く。六月、同人雑誌「文学生活」創刊。
一九三七年(昭和一二年) 三五歳
一月、次女・道子誕生。心身ともに消耗し、遺書のつもりで元旦から一日一枚ずつ「学校」を執筆(一〇月、「文學界」掲載)。
一九三八年(昭和一三年) 三六歳
六月、「安住の家」(「文藝」)を発表し、私小説の道が開ける。九月、「ちちははの記」(「日本評論」)。
一九三九年(昭和一四年) 三七歳
一月、阿佐ヶ谷在住のドイツ文学者浜野修と将棋や酒の親交が始まる。二月、「離郷記」(「新潮」)。四月、浜野との交友を描く「寒鮒」が「国民新聞」小説コンクールで太宰治「黄金風景」とともに一等入賞。六月、浜野宅で復活第一回阿佐ヶ谷将棋会開催。この頃から阿佐ヶ谷将棋会（後の阿佐ヶ谷会）に参加し、しばしば優勝した。以後、井伏鱒二をはじめ荻窪・阿佐ヶ谷界隈の作家と親交。七月、妻が精神病を発病し、翌月小金井養生院に入院（一〇月、退院）。五妹・睦子が手伝いに上京。一〇月、「林檎汁」（「新風土」）。

一九四〇年（昭和一五年）　三八歳
一月、「野」（「文藝」）。四月、妻再入院。彌生上京。九月、「花の精」（「知性」）。

一九四一年（昭和一六年）　三九歳
一月、「二閑人交游図」（「月刊文章」）。二月、「悲歌」（「新潮」）。五月、睦子帰郷。一一月、井伏鱒二・小田嶽夫の徴用を見送る。一二月、「貧窮問答」（「公論」）。

一九四二年（昭和一七年）　四〇歳
五月、「不思議の国」（「月刊文章」）。七月、彌生が三児を連れ帰郷（翌月、長男を残し二児および睦子と上京）。一一月、「明月記」（「文藝」）。

一九四三年（昭和一八年）　四一歳
七月、「大学構内」（「日本評論」）。一〇月、「白雲郷」（「創造」）。

一九四四年（昭和一九年）　四二歳
一月、「小便小僧」（「文藝」）。五月、妻退院。発表のあてもなく「晩春日記」執筆（四六年二月、宇野浩二の推挙で「新生」に掲載）。八月、妻が小金井養生院へ三度目の入院。一〇月、次女を疎開させるため九年ぶりに帰郷するも、翌月に東京空襲のため急遽上京。荻窪署管内の警防団員として活動する。

一九四五年（昭和二〇年）　四三歳
三月、東京大空襲後に長女と睦子が郷里へ疎開し、自炊生活が始まる。八月、終戦。九月、妻を小金井町の聖ヨハネ会桜町病院へ転院させ、病室に寝泊まりして看護を始める。一一月、妻が北多摩郡多磨村の宇田病院に転院。『夏暦』刊。一二月、睦子が上京。

一九四六年（昭和二一年）四四歳
二月、「きやうだい夫婦」（「婦人画報」）。三月、「現世図絵」（「文明」）。四月、「四国路」（「文藝春秋」）。五月、「聖ヨハネ病院にて」（「人間」）発表。「展望」誌上で臼井吉見が称賛。五月三日、妻・繁子が宇田病院にて死去（行年三八歳）。七月、「女戒」（「思索」）。八月、「滞郷記―第二ちちははの記―」（「高原」）。九月、「嬬恋《つま》ひ」（「展望」）。同月、滝井孝作・浅見淵・外村繁らと「素直」創刊。一一月、『閉関記』刊。

一九四七年（昭和二二年）四五歳
一月、「死者の声」（「群像」）。九月、「晩夏楼」（「文壇」）。一〇月、妻の遺骨を郷里に埋葬。阿佐ヶ谷界隈での痛飲が続き生活が乱れる一方、酒場をめぐる作品を数多く発表。

一九四八年（昭和二三年）四六歳
二月、「弔ひ鳥」（「文明」）。三月、長女が疎開先から帰京。四月、「開運の願」（「新潮」）、「小さな蛎瀬川のほとり」（「群像」）。六月、『病妻物語』刊。同月、阿佐ヶ谷会で交友のあった太宰の死の衝撃で不眠症になる。

一九四九年（昭和二四年）四七歳
一月、「草深野」（「新潮」）。二月、弟・稜威郎の急病で帰郷。七月、「禁酒宣言」（「新潮」）。

一九五〇年（昭和二五年）四八歳
酒浸りのなか、高円寺の旅館や奥多摩川井の鉱泉場に赴き執筆する。一月、「お竹さんのこと」（「中央公論文藝特集」）、「聖書とアドルム」（「改造文藝」）。二月、「酔態三昧」（「新潮」）。六月、「真少女《まをとめ》」（「小説新潮」）。

一九五一年（昭和二六年）四九歳
一月、「青春自画像」（「別冊小説新潮」）。三月、「鉛筆の家」（「小説新潮」）。四月、長男が約八年ぶりに帰京。同月、「姫鏡台」（「群像」）。八月、「マヅルカ」（「中央公論」）。一〇月に高血圧が判明し節酒する。

一九五二年（昭和二七年）　五〇歳
一月、「入社試験」（「別冊小説新潮」）。同月三日、軽い脳溢血を発症し、昏睡の後に左半身不随に。四週間の絶対安静の後、三月中旬から創作活動再開。以後、三年間の禁酒。七月、「梧桐の家」（「新潮」）。八月、「柳の葉よりも小さな町」（「別冊文藝春秋」）。
一九五三年（昭和二八年）　五一歳
二月、「月魄《つきしろ》」（「群像」）。五月、「文学を漫歩する」（「アサヒグラフ」六月二日号）の取材で聖ヨハネ会桜町病院再訪。「旧病院」（「小説新潮」）。八月、「文学を見る」（「毎日グラフ」九月一六日号）の取材で小金井養生院再訪。「大懺悔」（「改造」）。九月、「聖ヨハネ病院再訪」（「小説公園」）。
一九五四年（昭和二九年）　五二歳
二月、「死と少女」（「群像」）。七月、「インバネス」（「新潮」）、「阿佐ヶ谷案内」（「読売新聞」）。一二月、「荻窪の古本市」（「心」）。

一九五五年（昭和三〇年）　五三歳
一月、脳溢血以来の禁酒を徐々に解く。三月、病後初の帰郷。講演や亡妻の十周忌を営む。七月、「父母の膝下」（「文藝」）。
一九五六年（昭和三一年）　五四歳
九月、「聖ヨハネ病院にて」を中心とした宇野重吉初監督映画「あやに愛《かな》しき」（独立プロ）公開。一二月、「桜貝」（「文藝春秋」）。
一九五七年（昭和三二年）　五五歳
二月、「つつじを看る」（「群像」）。六月、浜野修死去、弔辞を読む。一一月、文部省教科書検定審査審議委員となる（六二年一一月辞任）。一二月、「春の坂」（「文藝春秋」）。
一九五八年（昭和三三年）　五六歳
六月、「同窓会」（「新潮」）。八月、帰郷。一二月、長男が独立する。
一九五九年（昭和三四年）　五七歳
一月、「御目の雫」（「群像」）。三月、『春の坂』（五八年・久保孝雄装幀）で昭和三三年度芸術選奨文部大臣賞受賞。四月、父が脳溢血で倒れる。一一月、「美人画幻想」（「新潮」）。

一九六〇年（昭和三五年）　五八歳

長女が三月に、次女が一一月に結婚する。旧友と季刊同人誌「春夏秋冬」を創刊。「野」や「薔薇盗人」、「聖ヨハネ病院にて」などの「自作自解」を翌年にかけて同誌に発表。

一九六一年（昭和三六年）　五九歳

一月、宮中の御歌始に召され、貸衣装のモーニングで出席。三月、ドラマ「ちちははの記」（NHK・一〇月二七日）取材で帰郷。

一九六二年（昭和三七年）　六〇歳

二月、「阿佐ヶ谷会」（「群像」）。三月一二日、高知にてNHKテレビ「私の秘密」に出演。一一月四日、近所の銭湯で脳溢血を再発し、河北病院に入院。熊本・長崎での講演、天草版『天草土産』出版とラジオドラマ化の相談を予定した、五高卒業以来の九州旅行も中止に。睦子が病気静養で帰省し、自宅に長男夫婦が住む。同月、「去年の薔薇」（「群像」）。

一九六三年（昭和三八年）　六一歳

二月、右半身不随のまま退院。「諷詠詩人」（「新潮」）。六月、父・伊太郎死去（行年八四歳）。自身の病状への配慮から、八月になって知らされた。八月、入院中から長女・長男夫婦らが口述筆記した初の作品「白い屋形船」（「新潮」）発表。

一九六四年（昭和三九年）　六二歳

二月、母が睦子と義弟と共に上京し自宅に二ヵ月滞在。以後、睦子と長女・伊禰子が介護と創作に大きな役割を果たす。四月八日、ドラマ「娘の結婚（聖者《（ママ）》とアドルム）」放送（日本テレビ）。長男夫婦に代わり隣家に長女一家が移り住む。同月、「母ハルエ」（「群像」）。一一月、「父イタロウ」（同）。『白い屋形船』刊（読売文学賞受賞）。

一九六五年（昭和四〇年）　六三歳

一月、彌生が見舞に上京。三月一八日、ラジオドラマ「白い屋形船」放送（NHK第一《(ママ)》）。五月一六日、ラジオドラマ「父イタロー・母ハルエ」放送（NHK第二）。

一九六六年（昭和四一年）　六四歳

左手での食事や筆記の練習を始め徐々に執筆する一方、肺炎で河北病院へ二度入院する。一月、『上林暁全集』刊行開始（翌年完結）。彌生が看護に上京（三月帰郷）。三月一〇日、ドラマ「鉛筆の家」放送（NHK）。一一月一八日、「病妻もの」によるドラマ「わくらばの記」（岡田達門脚本）放送（TBS）。

一九六七年（昭和四二年）　六五歳

三月、「上林暁氏像」（五六年）を制作した彫刻家・久保孝雄が死去。

一九六八年（昭和四三年）　六六歳

五月、中村市（現・四万十市）為松公園に文学碑（「四万十川の青き流れを忘れめや」）建立。一〇月、郷里の入野松原に川端康成染筆の「上林暁生誕の地」碑と文学碑（「梢に咲いてゐる花よりも地に散つてゐる花を美しいとおもふ」）建立。

一九六九年（昭和四四年）　六七歳

五月、「天草土産」ゆかりの旅館・岡野屋に文学碑建立。七月、「ジョン・クレアの詩集」（「新潮」）。一一月、「紅い部屋」（「群像」）。一二月、芸術院会員に推される。

一九七〇年（昭和四五年）　六八歳

六月、「筒井筒」（「すばる」）。七月、病床の句作による『群島』（共著）刊。

一九七一年（昭和四六年）　六九歳

一二月、「四万十川幻想」（「展望」）。

一九七二年（昭和四七年）　七〇歳

彌生の死（一月）、編集者時代から交流のあった川端康成の自殺（四月）に強い衝撃を受ける。七月、「上野桜木町」（「文藝」）。秋の叙勲で勲三等瑞宝章。一一月、「ばあやん」（「季刊藝術」）。

一九七三年（昭和四八年）　七一歳
一月、母校・中村高等学校に文学碑（「文藝は私の一の藝二の藝三の藝である」）建立。
一二月、同じく田ノ口小学校に記念碑建立。
一九七四年（昭和四九年）　七二歳
一月、「極楽寺門前―妹彌生の霊にささぐ―」（「群像」）。四月、「ブロンズの首」（前年四月、「群像」）が第一回川端康成文学賞に（六月の授賞式には睦子が代理出席）。
一九七六年（昭和五一年）　七四歳
九月、生前最後の創作集『極楽寺門前』刊。
一九七七年（昭和五二年）　七五歳
六月、増補改訂版全集刊行開始（八〇年完結）。
一九七八年（昭和五三年）　七六歳
二月、「龍舌蘭」（「すばる」）。四月、母・春枝が老衰で死去（行年九三歳）。
一九七九年（昭和五四年）　七七歳
四月、妹・伊郁子が死去。

一九八〇年（昭和五五年）
一月、「造り酒屋」（「新潮」）。一月、七月に肺炎で近所の前田病院に入院。回復するも、八月二八日午後一時五九分、脳血栓で死去。翌日密葬し荼毘に付された。九月一日、荻窪の光明院で葬儀・告別式（喪主・徳廣育夫、葬儀委員長・尾崎一雄）。山本健吉・河盛好蔵・瀬沼茂樹・福田清人らが弔辞を読む。九月二四日、郷里の菩提寺・長泉寺の僧および喪主・育夫によって生家にて葬儀を行い、近くの小高い丘の墓地にある妻の墓の横に埋葬。戒名は文学院碧巌暁天居士。「秀夫君」と題された作品の下書き一九枚が残された。

作成に際しては全集はじめ各種の年譜を参照し、長男・徳廣育夫氏の一閲を得た。単行本の記述は最小限にとどめた。別掲の「著書目録」とあわせ参照されたい。

（津久井隆編）

著書目録

上林暁

【単行本】

薔薇盗人①　昭8・7　金星堂
田園通信②　昭13・9　作品社
文学開眼　昭14・7　赤塚書房
ちちははの記③　昭14・8　竹村書房
現代作家印象記（古木鉄太郎との共著）　昭14・12　赤塚書房
野④　昭15・10　河出書房
悲歌⑤　昭16・9　桃蹊書房
流寓記⑥　昭17・9　博文館
小説を書きながらの感想　昭17・10　文林堂双魚房
明月記⑦　昭18・5　非凡閣
不断の花　昭19・2　地平社
機部屋三昧⑧　昭19・8　地平社
夏暦⑨　昭20・11　筑摩書房
晩春日記⑪　昭21・9　桜井書店
閉関記⑩　昭21・11　桃源社
嬬恋ひ⑫　昭22・2　非凡閣
紅い花　昭22・4　三島書房
海山　昭22・9　新興芸術社
花の精　昭22・11　小説新聞社
文学の歓びと苦しみについて　昭22・11　圭文社
死者の声⑬　昭23・1　実業之日本社
病妻物語　昭23・6　小山書店
星を撒いた街　昭23・10　白鳳出版社

晩夏楼⑭　昭23・12　非凡閣
開運の願⑮　昭24・3　改造社
聖書とアドルム　昭26・5　目黒書店
姫鏡台⑯　昭28・4　池田書店
小便小僧・聖ヨハネ病院にて　昭28・8　筑摩書房
珍客名簿⑰　昭30・4　山田書店
入社試験⑱　昭30・8　河出書房
三人姉妹　昭32・9　小壺天書房
過ぎゆきの歌⑲　昭32・10　講談社
春の坂⑳　昭33・7　筑摩書房
文と本と旅と　昭34・5　五月書房
土佐（武林敬吉との共著）　昭34・11　中外書房
御目の雫㉑　昭34・12　筑摩書房
迷ひ子札㉒　昭36・6　筑摩書房
諷詠詩人㉓　昭38・7　新潮社
白い屋形船㉔　昭39・11　講談社
草餅　昭44・4　筑摩書房
ジョン・クレアの詩集㉕　昭45・1　筑摩書房
句集　群島（尾崎一雄・木山捷平・関口銀杏子・山高のぼるとの共著）　昭45・7　永田書房
朱色の卵㉖　昭47・3　筑摩書房
ばあやん㉗　昭48・5　講談社
幸徳秋水の甥　昭50・8　新潮社
句集　木の葉髪　昭51・7　永田書房
極楽寺門前㉘　昭51・9　筑摩書房
半ドンの記憶㉙　昭56・2　集英社

【全集】

上林暁全集（全15巻）　昭41〜昭42　筑摩書房
上林暁全集（増補改訂版　全19巻）　昭52〜昭55　筑摩書房
上林暁全集（増補決定版　全19巻）　平12〜平13　筑摩書房

現代日本文学全集40　昭30　筑摩書房
新選現代日本文学全集8　昭34　筑摩書房
昭和文学全集9　昭37　角川書店
日本文学全集33　昭38　新潮社
日本現代文学全集84　昭40　講談社
現代文学大系31　昭40　筑摩書房
日本短篇文学全集27　昭43　筑摩書房
日本文学全集52　昭44　集英社
カラー版日本文学全集31　昭44　河出書房新社
日本の文学52　昭44　中央公論社
現代日本文学大系65　昭45　筑摩書房
筑摩現代文学大系30　昭53　筑摩書房
昭和文学全集14　昭63　小学館

【文庫】

二閑人交游図　昭21　手帖文庫
聖ヨハネ病院にて（解＝伊藤整）　昭24　新潮文庫
上林暁集（解＝山本健吉）　昭28　市民文庫
聖ヨハネ病院にて――病妻物語全篇（解＝外村繁）　昭30　角川文庫
姫鏡台　昭32　角川文庫
武蔵野（写真＝大竹新助）　昭37　現代教養文庫
白い屋形船・ブロンズの首（解＝高橋英夫　案＝保昌正夫　著）　平2　文芸文庫

「著書目録」には原則として編著、再刊本、新装版等は入れなかった。／単行本の①から㉙は、上林暁自身が創作集としたものである。「閉関記」は執筆の遅れにより「晩春日記」と順序が前後した。／**【文庫】**の（　）内の略号は、**解**＝解説、**案**＝作家案内、**著**＝著書目録を示す。

（作成・編集部）

本書は、増補決定版『上林暁全集』第一・第三・第五・第九・第一〇・第一二・第一三巻（平成一一年〜一三年　筑摩書房刊）を底本として使用しました。本文の旧漢字、旧かな遣いは、原則として新漢字、新かな遣いに改め、明らかな誤記誤植と思われる箇所は正し、振りがなを多少加えるなどしましたが、原則として底本に従いました。また、底本にある身体及び精神の障害に関する表現等で、今日からみれば不適切と思われるものがありますが、作品が書かれた時代背景と作品的価値、および著者が故人であることなどを考慮し、底本のままとしました。よろしくご理解のほどお願いいたします。

【初出と初刊本】

薔薇盗人　「新潮」（昭和七年八月号）『薔薇盗人』（昭和八年　金星堂刊）

野　「文藝」（昭和一五年一月号）『野』（昭和一五年　河出書房）

聖ヨハネ病院にて　「人間」（昭和二一年五月号）『晩春日記』（昭和二一年　桜井書店）

姫鏡台　「群像」（昭和二六年四月号）『姫鏡台』（昭和二八年　池田書店）

柳の葉よりも小さな町　「別冊文藝春秋」二九号（昭和二七年八月）同右

大懺悔　「改造」（昭和二八年八月号）『過ぎゆきの歌』（昭和三一年　講談社）

美人画幻想　「新潮」（昭和三四年一一月号）『迷ひ子札』（昭和三六年　筑摩書房）

白い屋形船　「新潮」（昭和三八年八月号）『白い屋形船』（昭和三九年　講談社）

上野桜木町　「文藝」（昭和四七年七月号）『ばあやん』（昭和四八年　講談社）

ブロンズの首　「群像」（昭和四八年四月号）同右

聖《せい》ヨハネ病院《びょういん》にて・大懺悔《だいざんげ》

上林《かんばやし》 暁《あかつき》

二〇一〇年一一月一〇日第一刷発行
二〇二三年四月二〇日第五刷発行

発行者――鈴木章一
発行所――株式会社 講談社
東京都文京区音羽2・12・21 〒112-8001
電話 編集(03)5395・3513
販売(03)5395・5817
業務(03)5395・3615

デザイン―菊地信義
印刷――株式会社KPSプロダクツ
製本――株式会社国宝社
本文データ制作―講談社デジタル製作

定価はカバーに表示してあります。

講談社
文芸文庫

ISBN978-4-06-290104-8

青木淳選	建築文学傑作選	青木 淳——解
青山二郎	眼の哲学|利休伝ノート	森 孝一——人／森 孝一——年
阿川弘之	舷燈	岡田 睦——解／進藤純孝——案
阿川弘之	鮎の宿	岡田 睦——年
阿川弘之	論語知らずの論語読み	高島俊男——解／岡田 睦——年
阿川弘之	亡き母や	小山鉄郎——解／岡田 睦——年
秋山駿	小林秀雄と中原中也	井口時男——解／著者他——年
芥川龍之介	上海游記|江南游記	伊藤桂一——解／藤本寿彦——年
芥川龍之介 谷崎潤一郎	文芸的な、余りに文芸的な|饒舌録ほか 芥川vs.谷崎論争　千葉俊二編	千葉俊二——解
安部公房	砂漠の思想	沼野充義——人／谷 真介——年
安部公房	終りし道の標べに	リービ英雄-解／谷 真介——案
安部ヨリミ	スフィンクスは笑う	三浦雅士——解
有吉佐和子	地唄|三婆 有吉佐和子作品集	宮内淳子——解／宮内淳子——年
有吉佐和子	有田川	半田美永——解／宮内淳子——年
安藤礼二	光の曼陀羅 日本文学論	大江健三郎賞選評-解／著者——年
李良枝	由熙|ナビ・タリョン	渡部直己——解／編集部——年
石川淳	紫苑物語	立石 伯——解／鈴木貞美——案
石川淳	黄金伝説|雪のイヴ	立石 伯——解／日高昭二——案
石川淳	普賢|佳人	立石 伯——解／石和 鷹——案
石川淳	焼跡のイエス|善財	立石 伯——解／立石 伯——年
石川啄木	雲は天才である	関川夏央——解／佐藤清文——年
石坂洋次郎	乳母車|最後の女 石坂洋次郎傑作短編選	三浦雅士——解／森 英一——年
石原吉郎	石原吉郎詩文集	佐々木幹郎-解／小柳玲子——年
石牟礼道子	妣たちの国 石牟礼道子詩歌文集	伊藤比呂美-解／渡辺京二——年
石牟礼道子	西南役伝説	赤坂憲雄——解／渡辺京二——年
磯﨑憲一郎	鳥獣戯画|我が人生最悪の時	乗代雄介——解／著者——年
伊藤桂一	静かなノモンハン	勝又 浩——解／久米 勲——年
伊藤痴遊	隠れたる事実 明治裏面史	木村 洋——解
伊藤比呂美	とげ抜き　新巣鴨地蔵縁起	栩木伸明——解／著者——年
稲垣足穂	稲垣足穂詩文集	高橋孝次——解／高橋孝次——年
井上ひさし	京伝店の烟草入れ 井上ひさし江戸小説集	野口武彦——解／渡辺昭夫——年
井上靖	補陀落渡海記 井上靖短篇名作集	曾根博義——解／曾根博義——年
井上靖	本覚坊遺文	高橋英夫——解／曾根博義——年

▶解=解説 案=作家案内 人=人と作品 年=年譜を示す。 2023年3月現在